ライオンは仔猫に夢中

平塚おんな探偵の事件簿3

東川篤哉

祥伝社文庫

目次

第一話　失われた靴を求めて　5
第二話　密室から逃げてきた男　87
第三話　おしゃべり鸚鵡を追いかけて　175
第四話　あの夏の面影　239

第一話　失われた靴を求めて

1

平塚市豊田。そこは庶民的な住宅街と狭い農地が混在する一帯。その片隅に問題の工場はあった。工場といっても、すでに現役としての役目を終えた、かつての印刷工場だ。鉄筋五階建てのビルは朽ち果てるままに放置され、いまやすっかり廃墟と化している。

そんな廃れた町工場を取り囲むのは、聳え立つブロック塀と強固な鋼鉄の門扉。おかげで廃墟を好むマニア、暗闇を好むヤンキー、人目を好まないカップルなども、そう簡単に侵入することは許されない――はずなのだが、しかし残念。門扉鍵はとうの昔に破壊され、その気になれば誰もが楽々と侵入できる環境にあった。「――つまり、自殺願望を持った若い女性が、ひとりでここを訪れることも、不思議じゃないってことね」

そんな呟きを漏らしながら、私こと川島美伽は、あらためて建物の脇に転がる美女の死体を見やった。革ジャンの両腕はバンザイした恰好。デニムパンツの両脚はだらしなく開かれている。カッとばかりに見開いた両目は、真っ直ぐ建物の屋上を見詰めていた。

女性はビルの屋上から転落。コンクリートの地面に叩きつけられて命を落としたのだという。死体から流れた血は、灰色の地面に盛大な赤いシミを残していた。

いまは一月下旬。だが、この季節にしては妙に暖かく、どこか春を思わせる陽気だ。私は白いニットに紺色のスカート。ベージュのトレンチコートを着込んでいる。その姿は、さながら女性敏腕刑事といった雰囲気。そんな私は隣に立つダークスーツの男に尋ねた。

「ちなみに、死体の第一発見者は誰？　死体発見時の状況は、どうだったのかしら？」

スーツ姿の若い男、守屋健一は手袋をしたまま手帳のページを繰る。そして知的な銀縁眼鏡を指先で押し上げながら、私の問いに答えた。「発見したのは、近所に住む七十代の男性です。早朝に犬の散歩をしていたその男性は、この廃工場の門扉が開いているのを見て、なにげなく敷地内に侵入。犬を散歩させるうちに、この場所にたどり着き、地面に倒れている女性を発見したそうです。一一〇番通報したのも、その男性でした」

「ふーん、そういうこと」死体発見に至る経緯としては、いかにも平凡。特に疑問を抱く余地はないように思われる。私は足許に転がる死体を指差しながら、いきなり問題の核心に迫る台詞を口にした。「で警察は、この女性が自殺であると、そう判断したのね」

「ええ、そのとおりです」

守屋健一は即座に頷いた。「現場の状況から見て、飛び降り自殺であると。自殺の動機もいちおう、それらしいものがあるわけですし」

「不倫相手に捨てられた若い女性が、悲しみのあまり自ら死を選んだ。そういうことね」

「あるいは自分をフッた男性に対する当て付け。そんな可能性も考えられます」

「なるほどね」平塚署の無粋な男性刑事どもの考えそうなことだ。けれど——と、私は同じ女性として直感的に思った。「いまどき男にフラれたくらいで自殺する女なんている？」

すると突然、足許のほうから「あたしも同感だぜ、美伽」

死体の美女がむっくり起き上がって、余計な口を挟む。私は慌てて彼女に抗議した。

「あら、駄目よ、エル。死体が意見をいうなんて変でしょ。それじゃ怪奇現象だわ」

「怪奇現象じゃねえ。ただジャンケンに負けただけじゃんか。意見ぐらい、いわせろってーの！」

私の乱暴な友人、生野エルザは唇を歪めながら不満げな表情を浮かべた。細身のデニムパンツに黒い革ジャン、白いスニーカー。男の子のようなショートヘアを右手で掻き回し、茶色い眸で恨むような視線を私に送る。降り注ぐ真冬の陽光を受けて、彼女の茶色い髪が一瞬、金髪かと見紛うばかりの光沢を放った。その光景は、同性の私でさえハッと息を呑むほど魅力的。だが、私の気持ちを知ってか知らずか、美しい友人はコンクリートの上で大胆にあぐらをかいて、自分の役割をすっかり放棄する構えを見せた。

「だいたい、なんで現場を調べるのに、わざわざ死体の役が必要なんだよ。そこの彼が口頭で説明してくれたら、それで充分じゃんか」

「まあ、実際エルのいうとおりだけど」――でも、いったいどの口がいってるの？　と私は首を傾げざるを得ない。そもそも守屋健一の運転する車でもって、この現場に到着したのが、いまから少し前。そのとき赤い血の沁み込んだコンクリートの地面を見詰めながら、『なんかイメージ湧かねーな。おい美伽、そこに寝っ転がって死体になってみ』などと無茶な注文をつけたのは、むしろエルザのほうだった。

そこで急遽、嫌がる私と無茶な友人との間でジャンケン三本勝負が勃発。結果、私が二連勝し、哀れな友人は自ら死体の役を演じる羽目に陥った――という経緯なのだ。

しかし結局、彼女の忍耐は数分しか持たなかったらしい。すっくと立ち上がったエルザは、デニムのお尻を両手で払いながら、この悪ふざけを自ら終了させた。「ところで、死んだ女性の服装は？　まさか革ジャン着てたわけじゃねーよな」

「ええ、革ジャンではありません。ですが、下はあなたとよく似た細身のデニムパンツだったようです。上は赤いセーターにこげ茶色のダウンコート――」

「靴は？」エルザは自分の履いた白いスニーカーで地面を蹴った。

守屋は再び手帳に視線を落としながら、「靴、ですか。ええと、はい、靴は踵の低いベージュのパンプス。これは屋上の鉄柵の傍に綺麗に並べて置いてあったそうです。それから彼女が愛用していたトートバッグも同じ場所に。バッグの中にはスマホや財布もありました。財布の中身には、いっさい手が付けられていませんでした」

そうかい、と短く呟くエルザ。そして探偵はその茶色い眸を頭上へと向けた。

「よし、それじゃあ、今度は屋上を見てみようぜ」

しかし、なにゆえ私とエルザが守屋健一なる男とともに、廃工場を調べているのか。

そもそも事の発端は、昨日に遡る。場所は平塚市札場町。競輪場から歩いてすぐの一角にある『海猫ビルヂング』。その二階に看板を掲げるのが、愛と推理とガールズトークあふれる我らが聖地『生野エルザ探偵事務所』だ。その荒っぽい気性から《平塚のライオン》とも呼ばれる友人にとっては、惰眠をむさぼるためのねぐら。あるいは獲物を得るための狩猟の場。私にとっては猛獣を飼いならすための試練の場だ。

だが、そこで働く我ら『平塚おんな探偵』も、今年に入ってからはなぜか苦戦続き。

浮気調査で男を張り込めば、怪しいストーカー女と間違われて通報される。家出少年を保護しようとしたら、誘拐犯に間違われて、やっぱり通報されてしまう。逃げたワンちゃんを発見したと思ったら、手を噛まれる。挙句の果てに、エルザは愛車のシトロエンで走行中にオカマを掘られて、まんまと当て逃げされる始末。お陰で車は修理工場行きだ。

そんな不運続きの探偵事務所の扉が突然開いたのは、その日の終業間際のことだった。姿を現したのは中肉中背の中年紳士。そして眼鏡を掛けたスーツ姿の若い男だ。一見して、会社の上司と部下と思える二人組。最初に口を開いたのは若い男のほうだった。彼は両手に嵌めた黒革の薄い手袋を脱ぎながら、「あの、こちら探偵事務所で間違いございませんか」と聞いてきた。

はい、もちろん――と笑顔で応じた私は「あ、ですが少々お待ちを」と二人を一瞬待たせてから衝立の向こう側にある応接セットへ。そこのソファで寝そべっているライオン娘の《後ろ脚》を蹴っ飛ばしながら、「エル、お客様よ。ほら、起きて！」

居眠りしているエルザを無理やり叩き起こすと、ようやくお客様たちを応接セットにご案内。私は人数分の珈琲を淹れ、エルザは洗面所で顔を洗う。そして数分後――

湯気の立つ珈琲カップを前にしながら、ようやく私たち四人は対面した。

差し出された名刺によれば、中年紳士の名前は小松雄二。その傍らには『代表取締役社長』の肩書きが添えてある。会社の名前は『小松精機』で、本社は横浜市にあるらしい。どんな会社か知らないが、社長の身なりや貫禄から察するに、まあまあの規模の会社と思われた。

ちなみに付き添いの男の名は守屋健一。肩書きは『社長室主任』とある。おそらくは秘書的な存在なのだろう。そんな二人は私が淹れた珈琲を、まずはひと口。そして目の前に座る女探偵の様子を見やる。彼らの眸には興味と戸惑（とまど）い、そして若干の失望の色が滲（にじ）んでいた。

　なぜなら、このときのエルザは革ジャン姿ではなく、デニムパンツに清潔感のある白シャツ姿。私から見れば魅力的な装いだが、依頼人から見れば、その姿は頼れる探偵のようには映らなかっただろう。もっともエルザにしてみれば、そんなことは事務所開設以来の日常茶飯事。男たちの視線など気にも留めないふうで、まずは事務所の全構成員を紹介するところから話を始めた。「あたし、生野エルザ。こっちは助手の美伽だ。よろしくな」

　毎度のことだが、友人は私の名字を軽視しすぎる。私は自分の口から「川島です。川島美伽です」と繰り返す。それを待って友人は本題に入った。

「で、あたしたちに頼みたい用って、なんだい？　社長さんが部下を連れて、わざわざ平日の夜に探偵事務所を訪れるんだ。それなりの用件だとは思うんだけどよ」

　演歌歌手にとってお客様が神様であるのと同様、探偵事務所にとっても依頼人は神様。だが、たとえ相手が神様だろうが閻魔（えんま）様であろうが、タメ口で喋（しゃべ）るのが生野エルザという野生動物の性（さが）。申し訳ないのだが、依頼人には強い意志と深い寛容さでもって、この試練を乗り越えてもらわなくてはならない。私は祈るような思いで依頼人の反応を見守った。

すると小松雄二は探偵の言葉遣いに対する不満を飲み込むように、ぐっと歯を食いしばる素振り。そして静かにその口を開いた。驚いたことに、彼もまたエルザに負けず劣らずの、実に立派なタメ口だった。

「私はつい最近、娘を亡くしてね。警察の見解によれば、自殺とのことだ。だが、私はどうも納得がいかない。そこで、こちらの探偵事務所に再調査を依頼したいと、そう思ったのだよ。警察の知り合いに聞いたのだが、この事務所は過去に、いくつかの難しい事件を解決しているらしいじゃないか。ならばぜひ、と思ったんだが――」

「へえ、そんな噂があるのかい。だけど正直、噂ほどじゃねーんだぜ」

と、こんなときに限って友人は謙虚で控えめな態度。瞬間、素早く目配せする社長と部下。二人揃って席を立ちそうな雰囲気を察した私は、全力で友人の言葉を否定した。

「いえ、彼女は謙虚ぶってますが、お客様のおっしゃるとおりです。我が探偵事務所には、数々の難事件を解決に導いた実績と信頼があります。――そうでしょ、エル！」

「そうだっけか」と友人は曖昧に頷きながら、「まあ、とりあえず詳しいことを話してみなよ。大丈夫。話を聞くだけで大金取るみたいな、あこぎな真似はしねーからさ」

するとを浮かせかけた依頼人も考えを改めたらしい。再びソファに深く座り直すと、娘の死にまつわる詳細を語りはじめた。それによると――

小松雄二には娘がひとりいた。名前は小松静香。年齢は二十四歳。横浜にある実家を離れ、平塚市内のアパートでひとり暮らしだった。職場は『湘南部品工業』という自動車関連の中小企業。彼女は資材部で事務を担当する契約社員だったという。

　依頼人は話を続けた。「事件の第一報を受けたのは、忘れもしない一月十日の朝だ。その日は日曜日だった。自宅にいた私のもとに平塚署から電話があった。『娘さんらしい女性の遺体が発見されたから、確認してほしい』という内容だ。私は横浜から、急いで平塚の現場に駆けつけた。何かの間違いであってくれ、と願いながら――。だが遺体は確かに静香だった。娘は廃工場のビルの屋上から転落して命を落としたらしい。遺体が発見されたのは十日の早朝だが、実際に娘が死んだのは前の晩の一月九日、土曜日の夜だそうだ。私には意味が判らなかった。いったい誰が静香をこんな目に――と、そう思った」

「静香さんは何者かに殺された。そう考えたってことかい？」

「そうだ。私にはそうとしか考えられなかった。事故にしては、現場が廃工場というのは不自然すぎる。土曜の夜に娘が廃工場に立ち入る理由などない。きっと静香は誰かの手で、その場所に連れてこられて、屋上から突き落とされたのだ。そうに決まっている」

「それで、警察はなんていってた？」

「警察の反応は鈍いものだった。自殺か事故、あるいは殺人の可能性もあると見て、捜査に当たったそうだ。――ふん、『あるいは殺人の可能性』だと！　馬鹿馬鹿しい！」

突然、怒りがぶり返したように気色ばむ依頼人。すぐさま部下の守屋が「社長、そう興奮なさらずに……」と横からなだめる。

エルザは淡々とした口調で質問を挟んだ。「で結局、警察は自殺と判断したわけだ。でも、なんでだ。遺書でも見つかったのかい？」

「いや、遺書などはなかった。だが警察の調べによると、静香には付き合っていた男がいたらしい。そして死の直前、静香はその男と別れて酷く落ち込んでいるように見えた。そう証言する者が、職場に複数いたんだ。それが決め手になったようだ」

「つまり、自殺の動機があったってわけだ。ちなみに、その付き合っていた男っていうのは、どういう奴だい。名前ぐらいは聞かせてもらえたんだろ？」

「ああ、沢井という男だ。沢井武夫。『湘南部品工業』の資材部の部長だ」

「資材部ってことは、つまり娘さんの上司⁉　あれ、まさか、ひょっとして……」

眉根を寄せるエルザに、小松雄二は黙って頷く。そして怒りに満ちた声を発した。

「そう、お察しのとおりだよ。沢井武夫は妻帯者だった」

「…………」牝ライオンの喉がグッと音を立てた。

妻帯者との道ならぬ関係。それは自殺の動機にもなり得るが、殺害される動機にもなり得る。いや、むしろ後者の可能性のほうが高いかもしれない。おそらくエルザもそう直感したのだろう。彼女は俄然、この話に興味を抱いた様子で前のめりになった。

「要するに、あんたはその沢井武夫って奴を疑ってる。あたしたちは、そいつのことを徹底的に調べ直せばいいいんだな。それで、あんたのモヤモヤした気分も晴れるってわけだ。

——よし、いいぜ。その仕事、引き受けてやろうじゃねーか」

と、なぜか上から目線で応える女探偵。だが、そのとき私は重大な事実に思い至った。

「ちょ、ちょっと待って、エル」私は慌てて友人の耳に囁きかける。「駄目よ。いまは引き受けられないわ。だって、あたしたちの車は修理中なのよ。しかも代車も貸してもらえなかった。車ナシじゃ仕事にならないじゃない」

「うッ、そういやそうだった」たちまち表情を曇らせるエルザ。

だが私たちの会話に聞き耳を立てていた依頼人は、ならば、とばかりにいった。

「ふむ、どうやら車がなくてお困りのようだな。だが心配いらない。そういう事情なら、この守屋を貸そうじゃないか。存分に使ってやってくれ」

意外な提案に、私とエルザは思わずキョトン。当の守屋健一も「え、社長……」と当惑を露にする。だが小松雄二は、いかにもワンマン社長といった趣で一方的に決断した。

「いいな、守屋。明日からしばらくの間、おまえは自分の車でこの事務所に日参するんだ。そして彼女たちの足代わりとなるように。なに、心配しなくてもいい。私の車なら、他の社員に運転させるさ。おまえは彼女たちの調査に協力するんだ」

社長の下す無茶な命令。だが部下の守屋はいっさい反論することなく、「承知しました」と真っ直ぐ頷く。むしろ不満げなのは探偵のほうだった。

「あたしら、車だけ貸してもらえれば、それで充分なんだけどよ……」

だが小松雄二は断固として自分の提案を譲らなかった。「いいや、ぜひ守屋を使ってくれ。彼はデキる男だ。今回の件にも精通している。きっと君たちの力になるだろう。いいな、守屋、彼女たちのことをちゃんと見張っ――いや、サポートするんだぞ。判ったな」

慌てて言い繕う社長。「判りました」と頷く部下。

それを眺める私たちにも、依頼人の狙いは判りすぎるほどよく判った。

小松雄二はイマイチ信頼できない探偵事務所に、お目付け役を置いたのだ――

そんなわけで今日の朝から私とエルザは、守屋健一の運転する車で調査を開始。まずは現場を見ておくのが先決、ということで豊田の廃工場を訪れ、ジャンケン三本勝負をおこない、エルザが地面に寝転がり、そしていま私たちは建物の屋上へと向かうところである。

屋上に通じる道は鉄製の非常階段のみだった。エルザは一段一段を踏みしめるように、階段を上がっていく。その口からは警察の唱える自殺説への疑問が、溢れ出していた。

「小松静香は上司である沢井武夫と不倫関係にあった。だが、その関係は壊れ、静香は落ち込んだ。だからって自殺ってのは短絡的すぎる。さっきも美伽がいったように、いまどき恋に破れて死を選ぶ女なんて、あんまりいない。むしろ、その沢井武夫って男が邪魔になった小松静香を屋上から突き落とした。そう考えるほうが自然な気がする」

「確かに、ありそうな話ね」私は友人の後に続きながら頷いた。「実は静香は別れ話に応じないでゴネまくった。そこで沢井はカッとなって静香を突き飛ばす。ところが、そこは廃工場の屋上だった。静香はそのまま地上に転落した――みたいな」

「ええ、社長もそのようにお考えのようです」守屋健一は手袋を嵌めた手で階段の手すりを摑みながら、慎重に言葉を続けた。「しかし実際には、警察が沢井武夫を逮捕するには至りませんでした。どうやら沢井には確かなアリバイが認められたようなのです。沢井が具体的に、どのようなアリバイを主張したのか、それはよく判りませんが……」

「じゃあ、それも後で調べてみねーとな。――ふう、やっと着いた」

荒い息を吐きながら、エルザはようやく非常階段を上りきった。階段と屋上の間には、両者を隔てる鉄柵がある。だが、やはり正門と同様、それはとっくに破壊されていて屋上への出入りは誰でも自由な状態だった。そのことを確認したエルザは「ふーん、自殺志願者にとっては、おあつらえ向きの環境じゃんか」と素直な感想を口にする。

確かに彼女のいうとおり。だが邪悪な意思を抱く犯罪者にとっても、ここはおあつらえ向きの環境だ。自殺と決め付ける根拠にはならない。

私たち三人は問題の屋上へと揃って足を踏み入れた。先ほどエルザが死体のフリをして寝転んでいた地面。その真上に位置する地点に真っ直ぐ歩み寄る。屋上を囲む鉄柵の手すりは腰ぐらいの中途半端な高さ。しかも腐食が激しく、錆（さび）が浮いてボロボロの状態だ。

「靴とバッグが置いてあったのは、この鉄柵の手前です」守屋は手袋を嵌めた手で、手すりの一部を握り締めた。「静香さんは一月九日の午後八時から十時の間に、この手すりを乗り越えるようにして地上に転落したものと思われます」

「ふーん、午後八時から十時、それが死亡推定時刻なんだな」エルザは錆（さ）びた手すりに身を預けながら真下を覗（のぞ）き込む。「ちなみに、それ以前の静香の足取りは判ってるのかい？彼女が、この廃工場にやってくる前に誰とどこで何をしていたのか――」

「いえ、それは判然としていないようです。しかし無理もありません。九日は土曜日で会社は休み。静香さんはアパートでひとり暮らしですので、自分の部屋にいれば誰とも顔を合わさずに一日過ごせます。夜になって暗い中を出掛けたとすれば、やはり誰とも出会わなかった可能性が高い。それに静香さんのアパートから、この廃工場までは歩いても移動できる距離ですから」

「なるほどな。逆にいうと、誰かと一緒だった可能性も否定はできねーってことだ」

ええ、おっしゃるとおり——と紳士的な態度で頭を下げる守屋。対照的に野生児エルザは、鉄柵から身を乗り出しながら不満そうに吠える。「それはそうと、なんでえ、畜生！建物の縁が邪魔で、真下の様子が全然見えねーじゃねーか」

叫びながら上半身を手すりの向こうに突き出すエルザ。その姿に、私はくらくらするような眩暈を覚えずにはいられなかった。ああ、私のガサツな友人は、なんと危険な真似をするのだろうか。彼女が全体重をゆだねている鉄柵。その錆びついて腐った手すりがポキンと折れたその瞬間、先ほど地面の上で死体の役を演じていたエルザの姿が、現実のものとなるというのに、彼女にはそれが判らないのだろうか。——まったく、無駄にハラハラさせるんだから！

悪い想像に震える私は、「ああ、もう見てらんない！」といって、いきなり背後から彼女の腰にしがみつく。そしてギュッと目を瞑ったままで、「駄目よ、エル。それ以上は危ないって！」

叫び声もろとも、友人の身体を手すりから引き剝がすようにして、後方に投げ飛ばす。

結果、私は廃墟の屋上で親しい友人に渾身(こんしん)のバックドロップをお見舞いするに至った。

「わあ！」「きゃあ！」と仲良く悲鳴をあげながら、揃って屋上に倒れ込む私とエルザ。

むっくりと起き上がったエルザは頭を押さえながら、「なにしやがんでー、美伽！」

一方の私は腰を押さえながら、「なによー、誰のせいだと思ってんのよー、エル！」

そんな私たちを唖然(あぜん)とした様子で眺める守屋は、不思議そうな顔つきで聞いてきた。

「あの……お二人は普段から、そういった調子なのですか……？」

友人は「ううん、違う違う、今日は特別」と首を振る。

私は「ええ、いつも、だいたいこんなふう」と頷いた。

2

結局、屋上で何の発見もできなかった私たちは、再び階段を下りて地上に舞い戻る。廃工場での現場検証は、これにて終了。私たちは壊れた正門へと向かった。

門を入ったところに一台の車が停めてある。古いシトロエンではない。新車かと見紛うばかりに磨(みが)きぬかれた青いルノーだ。この日の朝、守屋健一が社長命令によって探偵事務所を訪れた際、乗ってきたのが、この車だった。正式には『ルーテシア』の名で呼ばれる人気のフランス車だ。おそらく会社の車ではなく、守屋の愛車なのだろう。このフランス車と初対面した際、エルザは「ひゅう！」と下品な口笛を吹き、「これなら探偵の乗り物として上等じゃん」という高評価を与えた。いまはこの車が、私たちの足代わりだ。

エルザはルノーに歩み寄ると、「なあ、車のキー貸してごらんよ。今度は、あたしが運転してあげるからさ」と恩着せがましいことをいって守屋に右手を差し出す。実際は、車好きの探偵が珍しい外車に乗りたがっているだけだ。守屋はキッパリと首を振った。

「申し訳ありませんが社長命令ですので、運転はわたくしがいたします」そして守屋は後部座席の扉を私たちのために開けてくれた。「どうぞ、お乗りください」

まるで執事のような畏まった態度。私はお嬢様気分で「ありがとう」と軽く会釈して後部座席に乗り込む。だが友人は少々不満げな表情。「ちぇ、融通利かねーんだな」と舌打ちしながら渋々と私の後に続いた。

守屋は運転席に乗り込むと、黒革の手袋を嵌めたまま、おもむろにハンドルを握った。ハンドルといっても、お仕着せのものではない。見るからに高級感の漂う木製のハンドルだ。むしろマニアっぽくステアリング・ホイールなどと呼ぶべき代物かもしれない。ハンドル以外にも、シフトレバーの握りは、やはり木製。ダッシュボードにも細かな改造の跡がある。シートには特製のカバーが掛けられており、足許に敷き詰められているのは毛足の長いふかふかのカーペットだ。

守屋が相当な自動車マニアであることは一目瞭然だった。

「それで、今度はどちらにご案内いたしましょうか」

「例の沢井武夫って奴に会いたいんだけどよ。この時間なら会社にいるのかな？」

「いえ、その人物でしたら、会社にはおりません。いまは自宅にいる可能性が高いはず。真っ直ぐそちらに参りましょう」

じゃあ、頼むぜ——と頷くエルザ。さっそく守屋は愛車をスタートさせた。沢井の自宅の位置は、すでに頭に入っているらしい。後部座席に座る私は、隣の友人に囁いた。

「あの社長さんもいってたけど、確かに使える人みたいね。これならナビいらずだわ」

「ナビいらずっていうより、助手いらずだな」エルザはニヤリと笑って、容赦ない言葉を私に向けた。「このままだと川島美伽は、全然いらないキャラになっちまうぞ」

「な、何いってんの、エル。ぜ、全然いらないキャラだなんて、そんなわけないでしょ。わ、私がいてこその『平塚おんな探偵』なんだから！」と全然動揺を隠せていない私。

だが現実はエルザのいうとおりだ。守屋健一が助手としての有能さを発揮するごとに、私の存在感は希薄になっていく。ただでさえエルザに比べて地味な存在だというのに——微妙な立場を自覚した私の中で、強い危機感と嫉妬の思いが渦を巻く。そんな私は後部座席で靴を履いた右足を軽く持ち上げた。そのまま運転席の後ろをそっと蹴る。軽い憂さ晴らしのつもりだったのだが、すると相手も背もたれ越しにドンヨリした殺気か何かを感じたのだろう。首を曲げながら聞いてきた。「――ん、どうかしましたか」

「え⁉　いえいえ、なんでもないですよ。何か感じましたか」

シートカバーの背面にくっきり残る自分の靴跡――

それを見詰めながら、私は精一杯とぼけてみせた。

やがて私たちを乗せたルノーは、農業高校から程近い住宅街に到着。狭い路地に車を停めた守屋健一は、すぐさま前方を指差した。「正面に見える一戸建てが沢井邸です」

見ると、それは真新しい二階建て住宅だ。洒落た門柱と小さな門扉。カーポートには白い国産自家用車。その隣には狭いながらも庭があり、男性の影が見え隠れしている。

「あれが沢井武夫か」いいながらエルザは後部ドアを開け放つ。「よし、いってみよーぜ」

では、わたくしも――と守屋も後に続く構え。だが、そんな彼を私は断固押し留めた。

「いいえ、結構よ。彼女には私がついていますから。あなたは、ここで待ってて」

私は守屋を運転席に残して、ひとりで友人の後を追った。

そうしてたどり着いた沢井邸。塀越しに中を覗くと、そこには確かにジャージを着た中年男性の姿があった。どうやら庭の植木をいじっているらしい。「どうする？」と視線で問い掛ける友人に対して、私は「任せて！」と視線で答えた。このような場面において、礼儀知らずのライオン探偵は、相手の警戒感を呼び覚ますだけ。当然ここは私の出番だ。

　私は小さな門扉から顔を覗かせながら、「すみませーん、沢井武夫さんですかー」と愛想良く呼びかけた。男は一瞬ビクリとした表情で周囲を見渡す。そんな彼の視線は、門扉の外にひとり佇む、まあまあ可愛らしい女性（つまり私、川島美伽のこと）を捉える。

　すると、たちまち彼の警戒心は薄れたらしい。「ええ、沢井ですが、私になにか？」とニヤけた顔で自ら門を開けてくれる。と次の瞬間、門柱の陰に潜んでいた茶髪の革ジャン女が登場。図々しく門の中に足を踏み入れると、さっそく本題に移った。

「実は聞きたいことがあるんだ。あんた、小松静香って女と付き合ってたよな？」

「うわぁ」叫ぶと同時に、沢井は後方に飛び退いた。「だ、誰だ、君は！」

「あたし、生野エルザってんだ」ヨロシク、というように友人は綺麗に片目を瞑る。

　瞬間、男の頬が僅かに緩んだ。「へえ、生野エル――って馬鹿！　名前なんか聞いてない。どういう立場の人間かと聞いているんだ。警察か、マスコミか。まさか週刊誌の記者とかじゃないだろうな？」

「そんなんじゃねえよ。見てのとおり、ただの私立探偵さ」

友人は割合アッサリと自らの正体を暴露してから、「実は小松静香の死について調べてんだ。それで、ちょっと教えて欲しいんだけどよ」

「教えて欲しいだと!? ふん、教えて欲しいのは、こっちのほうだ」

沢井武夫は自ら探偵に詰め寄っていった。「彼女の自殺のせいで、こっちは大迷惑を被ってるんだぞ。妻と子供には出ていかれるし、会社にはいづらくなって休職中。おまけに『小松静香は自殺ではなくて、本当は沢井武夫が殺したんだ』みたいな根も葉もない噂まで流れる始末だ。まったく、なんで無実の私がこんな酷い目に遭わなきゃいけないんだ?」

「そりゃ、妻も子供もいる中間管理職が、部下の女の子と不倫してたからじゃん」とエルザは身も蓋もない答え。「それによ、本当に根も葉もない噂なのかな、それって?」

「私が彼女を殺したって噂か。当たり前だろ。まったくのデタラメだ」

「それ、証明できるかい?」エルザが挑発的な台詞を吐くと、

「ああ、できるとも」自信満々に沢井は断言した。「私には事件の夜の完璧なアリバイがある。小松静香が死んだ一月九日の夜、私は会社の後輩三人と一緒に飲んでいた。独身の後輩の部屋で、深夜三時までだ。当然、同じ夜に豊田の廃工場で、彼女を突き落とすような真似はできない。判りきったことだ」

「ふーん、後輩三人がアリバイの証言者ってわけか」

エルザと私は互いに微妙な顔を見合わせた。同じ会社の後輩なら、口裏を合わせてもらうという手段も、あり得なくはないのだ。沢井のアリバイは、本人がいうほど完璧なものではないのではないか。すると、そんな疑惑の色が私たちの顔に出ていたのだろう。沢井はムッとした表情を浮かべながら、「なんだね、君たち、その目は？　ふん、疑うなら勝手に疑うがいい。いずれにせよ、真実はひとつだ」

「判った判った。要するに、小松静香はあんたにフラれたのがショックで、ひとり勝手に自殺した。――あんたは断固そう主張するってわけだな？」

「いいや、それも違う。大違いだ」

意外なことに沢井は、この平凡な解釈さえも否定した。私とエルザは意味が判らずキョトンだ。そんな中、沢井は開き直ったかのごとく猛然と捲し立てた。

「そもそも私は小松静香をフッてなどいない。わざわざ自分から捨てるわけないじゃないか。あんな若くて可愛くてピッチピチの女の子を、なぜ私のほうから？　むしろ私は、彼女の存在を妻や子供にはヒタ隠しにしながら、秘密の関係を一日でも長く継続させたいと、心からそう願っていたのだ。そんな私が彼女を殺したり、捨てたりするわけが――」

「おい美伽、大変だ！　あたしたちの目の前にいるのは、正真正銘のゲス野郎だぞ！」

「ホント、マジ最低！」私は沢井武夫の見えない毒牙を避けるように、慌てて数歩ほど後ずさった。「――ん、だけど、変ね。もしおじさんが自分からフッたんじゃないとしたら、二人の不倫関係は、なぜ終わったの？」

「なぜって、自然消滅だよ。向こうから勝手に熱が冷めていったんだ。おおかた、別の恋人でもできたんじゃないのか。私はそう思うぞ。仮に彼女が男にフラれて自殺したというのなら、それは私の責任じゃない。彼女をフッたのは別の男だ。責任はその男にある」

「ホントかよ。なんか、態のいい責任逃れみたいに聞こえるな」

「まったくだわ。もはや一ミリも信用できないわね」

「ふん、同じことを平塚署の刑事さんにもいわれたよ」

沢井は自嘲気味な笑みを覗かせながら、「だが事実は事実。私の主張は変わらない。信じる信じないは、君たちの勝手だがな」

「そうか、判った。信じるぜ、あんたの話」とエルザは少しも信じちゃいない口調でいうと、続けて重要な質問。「で、その別の男ってのが誰なのか、心当たりはあるかい？」

「いや、それはないな。当然だろ。小松静香が私と別の男を天秤に掛けたのだとするなら、そのことを私に話すわけがない。むしろ、彼女の女友達あたりに聞くほうが早いんじゃないのか。――え、例えば誰って？　そうだな、例えば同じ資材部の水元奈津子君なんか、まあまあ親しそうだったな。水元君に聞いてみたら、「どうだ？」

　私は水元奈津子の名前をメモに書き留めながら、「他に何か、思い出すことなどは？」

「さあ、そういわれてもね――いや、待てよ」

　といって沢井は突然ポンと手を叩いた。「そうだ。いま思い出した。以前、デートのときに彼女が一度だけ、高級な靴を履いてきたことがあった。うちの会社の安月給じゃ手が届きそうもないブランド物の赤いハイヒールだ。気になったんで、『どうしたんだ、その靴？』って尋ねたら、彼女は答えたんだ。『パパに買ってもらったの』って。――ふん、パパだとさ！　まったく、どこのパパなんだか！」

　――なに、ひとりでカッカしてるのよ、この人？　馬鹿なんじゃない？

　私が視線で問い掛けると、エルザは革ジャンの肩を小さくすくめた。

「小松静香が『パパに買ってもらった』というなら、実際、父親に買ってもらったのかもよ。だって、彼女の父親は横浜で会社を経営している社長さんなんだから」

「え、そうなのか⁉」沢井は初耳とばかりに目を見張った。「そんなこと、彼女は全然話していなかったぞ。まあ、私も契約社員の家庭環境などには興味がなかったから、いっさい聞かなかったわけだが」

　興味があるのは身体だけ、といわんばかりの堂々とした口ぶり。これ以上、この男と会話していると、ゲス野郎の人間性が感染りそうだ。本気でそれを危惧した私たちは、「邪魔したな」「たぶんもう、こないから」と捨て台詞を残して沢井の家を辞去した。

こうして私たち二人が、車を停めた場所に戻ってみると――

車好きの秘書は白い布を手にして、ルノーの青い車体を念入りに拭いていた。ドアもボンネットも鏡のようにピカピカだ。守屋健一は私たちがいない間、時間潰しに愛車の手入れをしていたらしい。そんな彼は私たちの姿に気付くと、「やあ、戻られましたか」といって手にした布をダッシュボードの中のレジ袋に仕舞った。「いかがでしたか、収穫は？」

「そうだな。まあまあだったんじゃねーか」曖昧に答えたエルザは、さっそく次の目的地を告げた。「今度は小松静香の住んでいたアパートに連れていってほしいんだけどよ」

「『中原荘』ですね。承知いたしました」

恭しく頷いた守屋は、手袋をした手でドアを開ける。私とエルザは揃って後部座席に乗り込んだ。守屋は運転席に収まり、やがて青いルノーは静かに走り出した。

だが、しばらくすると――

エルザの顔に突然浮かぶ「おや」という表情。そして彼女は運転席の男にいった。「あんた、随分と綺麗好きなんだな」

「は⁉」と守屋は意外そうな声。「いえ、それほどでもありませんが」

「そうかい。いや、なかなかのもんだと思うけどよ」

独り言のようにいって、友人は私に目配せ。後部座席で指を一本立てると、その指を運転席の背もたれに向ける。たちまち私は、友人のいわんとするところを理解した。

運転席の背もたれを覆うシートカバー。さっきまでは、そこに私の靴跡が確かにあったはず。

だが、その靴跡は、いまはもう綺麗サッパリ拭われているのだった――

3

『中原荘』は湘南ベルマーレの本拠地、平塚競技場から程近い、とある住宅街の一角にあった。お世辞にもお洒落とは呼びがたい、木造モルタル二階建てのアパートだ。その建物の二階の右端。そこが小松静香の生前に暮らしていた部屋だという。私とエルザは車を降りると、守屋健一とともに二階へと続く階段を上った。

「部屋は今月中に引き払われる予定ですが、いまはまだ亡くなった当時のままです」

「そりゃ助かる。だったら、ぜひ部屋の中を見ておきたいところだな」エルザは扉の前に立つと、さっそく守屋に尋ねた。「あんた、この部屋の鍵、持ってるかい？　持ってねーんだったら、あたしがこの場でナントカするけどよ——」

といった瞬間には、もう彼女の手にはピッキングの道具が握られていた。守屋は慌てて手を振りながら、「おやめください。泥棒みたいな真似は！」とプロの探偵に対して微妙に失敬な発言。そしてスーツのポケットに手を突っ込んだ。「鍵は社長から預かっております」

結局、探偵がピッキングの妙技を披露するまでもなく、扉は合鍵によって合法的に開かれた。

中に入ってみると、そこはあまり華やかさのない生活空間。六畳程度の居室と小さなキッチン、それにユニットバスが備わっただけの簡素な間取りだ。部屋には小さなソファと低いテーブル。壁際には小さなテレビがあり、本棚には少女漫画や文庫本が並んでいる。クローゼットの中身は、二十四歳の独身女性としては、ごく平凡なレベルの服ばかりだ。

そんな部屋全体を見渡しながら、エルザは率直な感想を口にした。

「なんていうか、質素っていうか慎ましいっていうか……小松静香って社長令嬢なんだろ？　なんで、こんな古びたアパートで、こんな地味な生活してたんだ？」

「そうね。そもそも、平塚の中小企業で契約社員として働いているっていうのも変だわ。何か複雑な事情があったのかしら。——その点、どうなの、守屋さん？」

「ええ、お察しのとおり」といって守屋は事情を説明した。「実は、社長と静香お嬢様の親子関係は、あまり良好ではありませんでした。社長はひとり娘である静香さんを、ずっと手許に置いて、ゆくゆくはそれなりの家柄を持つご子息に嫁がせたい。そういう願望をお持ちでした。しかし元来、奔放なところのある静香さんは、社長のそのような考えに馴染めず、猛反発。結果的に、お嬢様は大学卒業と同時に、実家を出ていってしまわれたのです。まるで家出同然のような形で……」

「あら、もったいない」と私は思わず本音を口走る。「それなりの家柄のご子息に嫁がせてもらえるなんて、むしろ理想的だと思うんだけど。——ねえ、エル？」

「それは美伽の理想だろ」と即座に友人のツッコミが入る。「まあ、金持ちの家では、結構ありがちな話さ。てことは、親元を飛び出して以降、静香はずっとここで自活していたってわけか。だから横浜の社長令嬢なのに、平塚くんだりで契約社員をしていたんだな」

「駄目よエル、『平塚くんだり』なんていっちゃ！　私たち、平塚のご当地名探偵なんだから！」

地元を馬鹿にしちゃ駄目、と友人の失言を窘める私。その前で守屋は静かに頷いた。

「ええ、静香お嬢様は、おそらく社長の娘としてではなく、ご自分の道を歩きたかったのでしょう。会社でも自分が社長令嬢であることは、伏せていたのではないでしょうか」

　実際、守屋のいうとおりに違いない。だが、そんな静香の思いは何者かの手によって突然、断ち切られた。いや、それとも自分の手で断ち切ったのか。いまはまだ、どちらとも判断しかねる状況だ。そんなことを思う私の隣で、友人は守屋に質問を投げた。

「ちなみに聞くけどよ、あの社長さんが、この部屋を訪れることはあったのかな？　ときどき様子を見にくるとか、何か差し入れを持ってくるとか」

「さあ、そのあたりは親子のプライベートですので、わたくしも把握しておりませんが」

「でも、そんな優しいこと絶対しなさそうよ、あの社長さん。だって、なんか偉そうだもん。会社ではワンマン社長。きっと家でもふんぞり返ってるタイプだわ。違うかしら？」

「はあ、ワンマン社長であることは、本人も否定しないでしょうが……」

　だが結局、守屋は上司に対してそれ以上の言及を控えた。立場上、言い難（にく）いこともあるのだろう。エルザは彼への質問を切り上げ、今度は玄関へと向かった。

　狭い靴脱ぎスペースの傍らに、小さな下足箱が備わっている。引き戸を開けると、中には女性モノの靴が、ぎっしりと詰まっていた。エルザは下足箱に顔を突っ込むような勢いで中身をチェック。そして困惑気味に首を傾げた。「変だな、一個もないじゃんか」

「ないって、なに捜（さが）してんのよ、エル？」

「ブランド物の赤いハイヒールだよ。パパに買ってもらったやつが、あるはずだろ」

「そっか、沢井がいってた靴ね」興味を惹かれて、私も下足箱の中を覗き込む。「うーん、確かにそれらしい靴はないみたい。スニーカーやローヒールの靴ばっかりね」

「もう捨てちまったのかな？　だけどブランド物のハイヒールなんて、特別なときにしか履かないだろうから、そうそう履きつぶすことはないと思うけど」

「じゃあ、なぜないの？　あッ、墜落現場に残されていた靴が――いや、違うわね」

「ああ、違う。屋上に置いてあった靴は、踵の低いベージュのパンプス。――なあ、そうだよな？」

いきなり尋ねられた守屋はドキリとした表情で、「ええ、そのとおり」と頷いた。

だとすると、これは奇妙だ。小松静香の部屋から、あるはずの靴が一足なくなっている。彼女が道ならぬ恋に破れて自殺を図ったというのなら、部屋から物がなくなることはないと思うのだが――いや、待てよ。私は脳裏に浮かんだ、ひとつの仮説を語った。

「沢井もいっていたけど、やっぱりその赤いハイヒールは、小松静香に対する別の恋人からのプレゼントなのよ。で、静香はその恋人と破局して自殺した。しかし自ら命を絶つ前に、彼女は思い出の品であるその靴を捨てた。あるいは相手の男に突き返したのかもしれないわ。そう考えれば、この部屋に赤い靴がないことも説明がつくんじゃないかしら」

「おお、冴えてるじゃんか。さすが、美伽様！」とエルザの口から感嘆の声。

「確かに、そう考えれば辻褄は合いますね」と守屋も納得の表情だ。

「え、そうかな。そんなに良かった⁉」意外な好反響に気分を良くしながら、私は余裕のポーズ。「まあね、このくらいの推理は普通よ。あたしだって探偵事務所の一員だもん」

こうして、いったんは自殺説の信憑性も高まったかに思えたのだが——

事態を一変させる意外な証言がもたらされたのは、その直後のことだ。

アパートでの調査を終えた私たちは、駐車場に停めたルノーに再び乗り込むところだった。すると、そんな私たちの背後から、「ちょっと、そこの人たち！」

突然、呼びかけてくる女性の声。驚いて振り返ってみると、目の前に佇むのはダウンジャケットを羽織った老婦人だ。慌てて駆けつけたらしく、化粧っけのない口許は荒い息を繰り返している。エルザは怪訝そうな表情を浮かべながら、

「ん、なんだい、おばあちゃん？　あたしたちに何か用かい？」

「いや、用っていうか、その……」老婦人は戸惑うように視線を泳がせると、声を潜めて聞いてきた。「あんたたち、警察？　それとも、死んだ女の子の関係者か何かかい？」

どうやら老婦人は小松静香の部屋から出てくる私たちの姿を目撃して、そのように推測したらしい。実際、当たらずとも遠からずといったところだ。エルザは漠然とした言い回しで、おおまかな事実を口にした。「警察じゃねえよ。あたしたちは、ただ死んだ女の子

について、調べ直しているだけさ。彼女の遺族に頼まれてね。——ん、おばあちゃん、ひょっとして何か知ってることでも？」

エルザが水を向けると、老婦人は二度三度と首を縦に振った。彼女は自ら「堀内園子」と名乗り、『中原荘』の向かいのアパートに、ひとりで暮らしていると説明した。そんな彼女は囁くような小声でいった。「実は偶然、見ちゃったんだよ、あの夜に」

「ん、あの夜って、どの夜だい？」

「一月九日の夜さ。いや、正確には日付が変わって十日の午前だ。間違いないよ」

「静香さんが廃工場で死んだ夜ね」興味を惹かれた私は堀内園子に詰め寄った。「おばあちゃん、その夜に何を見たの？」

「男さ。黒い服を着た男が、その女の子の部屋からこっそり出てくるところを、見たんだよ。あれはあたしが布団に入ろうとする直前だったから、午前一時ごろだったかね。サッシ窓の戸締りを確認しようとして、あたしは窓辺にいた。その窓からは、この『中原荘』の様子が、よく見通せるんだ。間違いないよ。二階のいちばん右端の部屋だ。その玄関から男が出てきて、人目を憚るように階段を下りると、どこかへと立ち去っていったんだ」

「そ、それって、男で間違いないのかい、おばあちゃん！」

「ああ、間違いないね。身体つきや動き方で判るもの。中肉中背の男だ。でも、顔はよく見えなかった。暗かったし、大きなマスクをしてたからね。そういや、手に袋のようなものをぶら提げていたっけ。中身が何かは判らなかったけどね」

「その男を見て、おばあちゃんは何だと思った？」

「ひょっとして泥棒かもって、一瞬そう思った。だけど、確証があるわけでもないからねえ。警察に通報するような真似はしなかったよ。それに、あたしはもう寝なきゃいけない時刻だったんだ。翌日は友達と一緒に台湾へ出かける予定だったからさ」

「翌日から海外旅行⁉　え、それじゃあ――」

「そう。一週間ほどして戻ってきたらビックリさ。あの部屋に住んでいた女の子が飛び降り自殺したって話になってるじゃないか。それも、あの怪しい男を見た同じ夜にだよ。それであたしは、何かおかしいなーって、ずっと気に掛かっていたんだけど……」

　だが警察が自殺と判断する中、堀内園子は自分の目撃情報を言い出すきっかけが、なかなか摑めなかったらしい。そんなとき、いまさらのように小松静香の部屋を調べる一団が現れた。そこで彼女は意を決して、この事実を伝えようとしたというわけだ。

「てことは、おばあちゃん、いまの話について警察はまだ何も知らないってことかい？」

「ああ、まだ何もいってないよ。やっぱり教えてやったほうがいいかねえ？」

　不安げな表情で問い掛ける老婦人。その肩に手を置きながら、私の賢い友人は何事か企むような笑みを覗かせた。「いや、心配いらねえ。おばあちゃんは何もしなくていいぜ」

「え、でも、それだとマズイんじゃ……」堀内園子は戸惑いの色を隠せない様子。

そんな彼女に対して、探偵は綺麗な指でVサインを作りながらいった。

「なーに、大丈夫だって。警察には、あたしのほうから伝えておいてやるからさ」

4

そんなこんなで、この日の調査は終了。『海猫ビルヂング』まで無事に私たちを送り届けた守屋健一は「それでは、また明日の朝」と再会を約束し、青いルノーで走り去っていった。

私とエルザは揃って事務所に戻る。超邪魔な守屋がいなくなって、これでようやく女同士、また普段どおりにワイワイいちゃいちゃ、できるのかしらん——と勝手な期待を膨らませる私をよそに、友人はひとり自分のデスクに着くと、さっそく固定電話に向かった。

スピーカーモードにして番号をプッシュする。やがてスピーカーから響いてきたのは、聞き覚えのある男性の声だ。エルザは電話機本体に顔を寄せ、気安い調子で呼びかけた。

「よお、宮前、久しぶりだな。元気か」

『ん、なんだ、生野エルザか。珍しいな、そっちから掛けてくるなんて』

電話の相手は宮前刑事だった。平塚署刑事課に所属する若い刑事だ。『生野エルザ探偵事務所』とは持ちつ持たれつ、お互い協力し合ったり邪魔し合ったりの良好な関係。なので、電話の向こうの彼は、思いっきり警戒感を露にしながら聞いてきた。

『怪しいな。何の用だ？』

「実は面白い情報が手に入ったんだ。ほら、今月の初めのころ、廃工場から若い女が飛び降り自殺した件、知ってるだろ。あれ、どうやら自殺じゃねーみたいだぜ」

『え、なんだって⁉』電話の向こうで身を乗り出す刑事の姿が目に浮かぶようだ。『どういうことだ。何か摑んだのか。だったら詳しく話せよ』

「ああ、もちろん話すとも。でもその前に、こっちの質問に答えてもらいたいな」

『くそ、面倒くさい奴め。――判った。何が知りたいんだ？』

「死んだ小松静香の不倫相手、沢井武夫って奴のことだ。アリバイを主張しているみたいだけどよ、ちゃんと裏は取れてるのか。その点が知りたい」

『ああ、あの男か。それなら問題はない。アリバイの裏は取れている。小松静香が死んだ夜、確かに沢井は会社の後輩たち三人と一緒だった。――え、口裏合わせの可能性？　そりゃまあ、疑い出せばキリはないが、捜査に当たった人間のひとりとして、俺の心証はシロだな』
「沢井は信用できるってか？　あたしには全然そうは見えなかったけど」
『いや、信用できるっていうより、むしろその逆だ。仮にあれほどのゲス野郎が殺人者だとしてだ、彼の贋アリバイの片棒を担いでくれる後輩が、三人もいるなんてことは、ちょっと想像できん。実際、俺が調べた三人の後輩たちは、誰もが内心では、〈いっそ沢井先輩が逮捕されちゃえばいいのに……〉と、そう思っている様子だったからな。してみると、沢井のアリバイは嘘偽りのない本物ってことなんだろう。残念ながら、そう判断せざるを得ない』
なるほど。沢井武夫の人間性の低さが、逆に彼のアリバイの信憑性を高めているという皮肉な結果らしい。――が、それはそれとして宮前刑事、ちょっと辛辣すぎないか。私はスピーカーから聞こえてくる刃のごとき彼の言葉に、身体の震えを禁じ得ない。
そんな宮前刑事は、ひと通りの情報を伝えると、『さあ、今度はそっちの番だぞ、名探偵。なぜ小松静香の死が自殺じゃないと言い切れる。理由を話せよ』
ああ、判った判った――といって、エルザは昼間の老婦人の証言を宮前刑事に伝えた。
探偵の話が終わるのを待って、スピーカーから再び刑事の声が響く。『じゃあなにか、小松静香の死んだ夜に、彼女の部屋に男の泥棒が入ったっていうのか』

「そうだ。ただの偶然とは思えねーだろ」

『ふむ、確かに何かありそうだ。てことは、小松静香の死は単なる自殺ではない――。で、その泥棒っていうのは、彼女の部屋から何を奪っていったんだ？』

「いやー、あたしにも、さすがにそこまでは判んねーなー」

と電話の前でエルザは茶色い髪を掻きながら、精一杯とぼけるフリ。だが実際には、おおよそ見当は付いている。泥棒は小松静香の靴を盗んでいったのだ。彼女の部屋の状況から見て、その可能性が高い。だが、商売敵にそこまで教えてやる義理はない、とエルザは判断したらしい。

「いま、こっちが持っている情報は、以上だ」平気な顔で嘘をついた探偵は「じゃあな、宮前。また何か判ったら、真っ先に教えてやっからよ」と、これ以上ないほど協力的な態度を示しながら、刑事との通話を終えた。

さっそく私は嘘つきな友人にいった。

「泥棒が奪っていったのは、靴よ。ブランド物の赤いハイヒール。実はそれは、男から小松静香への愛のプレゼントだった。ゆえに、その靴の存在は、男と小松静香とを結びつける危険性がある。そのことを恐れた男は、小松静香を殺害した後、密かに彼女の部屋に忍び込み、その靴を奪っていった。そういうことでしょ、エル？」

「ああ、美伽のいうとおりかもな。その場合、靴をプレゼントした男が、彼女を殺した真犯人ってことになるけど――あ、そうそう、念のために確認しとかなきゃな」

言うが早いか、エルザは再び電話機に向かい、さっきとは違う番号をプッシュする。

今度は誰？　小声で聞くと、彼女は片目を瞑りながら、「パパさんだよ」

数秒後、スピーカーから響く低い声。小松静香のパパであり、エルザの依頼人でもある中年男性、小松雄二だ。『ああ、君か……どうだ、調査は進んでいるかね？』

「まあまあ進んでるぜ。詳しいことは後で話すとして、とりあえず聞きたいことが、ひとつあるんだ。――あんた以前、娘さんに靴を買ってあげたことあるかい？」

『靴だって⁉』

一瞬、電話の向こうで黙り込む依頼人。『君がいってるのは、クリスチャン・ルブタンの赤いハイヒールのことかね。そういう靴を以前、娘に贈ったことがあったが』

「え、マジで⁉　本当にパパが買ってあげたのかよ⁉」

『なんで私が君に〈パパ〉って呼ばれなきゃならんのかね！』

スピーカー越しに依頼人の怒声が響く。電話機の前で探偵は顔を引き攣らせた。ふざけて『パパさん』などと呼んでいるから、こういう失態を犯すのだ。エルザが慌てて詫びを入れると、小松雄二はようやく落ち着いた声に戻っていった。

『あの靴は、娘が大学を卒業する際に、私がお祝いとして贈ったものだ。どうせなら長く使えるものを、と思ったんで値が張る高級品にしたんだ。その直後、娘は家を出ていったから、実際に履いているところを見たことはないが』

「へえ、あんた、娘さんにプレゼントとか、する人なんだな。なんか意外――」

『何が意外なのか、私には判らんが』と無愛想な声で依頼人は応えた。『で、その靴が、どうかしたかね？　はあ、娘の部屋にはなかった……どういうことだ、それは……この数年で履きつぶしたということか……だが普段使いするような安物ではないし……』

「そう、そこなんだけどよ、どうやらその靴、怪しげな男に盗まれたらしいんだ。しかも娘さんが亡くなった、その同じ夜に」

エルザは堀内園子から得た証言について、かいつまんで説明した。たちまち電話越しの声が真剣さを増した。『じゃあ、ひょっとすると、その靴泥棒が娘を殺した真犯人？』

「あたしたちも、さっきまでそう思ってたんだけどよ。しかし靴を贈ったのが父親だとなると、どうもよく判らねーな。なぜ男が娘さんの靴を奪っていったのか、その理由が」

『その靴は高級なブランド品だ。中古でも数万円はするだろう。単純に、カネ目のものだから奪っていった。そういうふうには、考えられないかね？』

「そりゃあ、考えられなくもねーけどよ。じゃあ、娘さんは物盗り目当てで殺されたってことかい？　う ー ん、それはちょっと納得いかねーなー」

エルザの言葉に、私も同感だった。物盗りが目的なら、犯人は被害者の財布などを当然、奪い去るはず。だが実際には、小松静香の財布やスマホには手が付けられていなかった。だからこそ警察は事件性を認めずに、彼女の死を自殺と判断したのだ。

結局、エルザは靴泥棒の目的について、具体的な見解を示せないまま、依頼人との会話を締めくくった。「まあ、よく判らねえけど、靴泥棒と娘さんの転落死は、必ずどこかで繋（つな）がってるはずだ。もうちょっと調べてみるから、何か判ったらまた連絡するよ」

『ああ、頼む。私も自分なりに少し調べてみることにしよう』

何事かを決意したような小松雄二の声が、スピーカー越しに響いた。

5

翌日の朝も、守屋健一は青いルノーで探偵事務所に現れた。隙（すき）のないダークスーツに銀縁眼鏡。例のごとく黒革の手袋を嵌めた手で木製のハンドルを握りながら、「本日は、どちらに参りましょうか」と後部座席の私たちに聞いてくる。

するとエルザは迷うことなく「相模（さがみ）川工業地帯へ」と本日最初の指示を飛ばした。「沢井武夫の言葉を信じるわけじゃねーけど、静香に別の恋人がいたとするなら、やっぱり職場がらみの可能性が高い。『湘南部品工業』にいって、資材部の水元奈津子って娘に当たってみようぜ」

「そうね。沢井の言葉は信じられないけど、確かにその娘、ちょっと気になるわ」

そんなわけで沢井の言葉を真に受けたわけではないけれど、私たちは『湘南部品工業』のある相模川工業地帯へと向かった。ちなみに相模川工業地帯とは平塚市の東、相模川沿いに広がる工場密集地域のことだ。もっとも、誰がどんな地図を眺めようとも、そこに《相模川工業地帯》という文字を発見することはできないはず。なぜならその名称は、地元愛の強いエルザが、勝手にそう呼んでいるだけのオリジナル工業地帯。実際は、京浜工業地帯からもだいぶ外れた、名もない工場地域である。

そうして到着した相模川工業地帯の一角。『湘南部品工業』は、いかにも地元で長年続く中小企業らしく、古めかしい外観。工場の大きな建屋の隣には、二階建ての事務所が見える。停めた車の後部座席から門の中の様子を窺いながら、私とエルザは対策を練った。

「問題は、いかにして資材部の水元奈津子を引っ張り出すか、だな」

「電話を掛けて、いきなり『探偵ですが……』なんていったら、警戒されちゃうわね」

「あーあ、なんか、もう少し社会的に認知度の高い企業とか、そういう立場の人間だったなら、すぐに繋いでもらえるんだけどなあ。例えば横浜に本社のある精密機器関連の企業とか」

「そうよねえ。そういう会社の人となら、向こうも安心して会ってくれるはずよねえ」

そんな会話を交わしながら、私とエルザは運転席の男に熱い視線を浴びせる。すると背中に無言の圧力を感じたのだろう、守屋は後部座席に顔を向けて自ら提案した。

「あのー、なんでしたら、わたくしが電話してみましょうか」

「え⁉　いやいや、そいつは悪いよ、だって、あんたは探偵事務所の人間じゃねーんだからさ、あくまで、これはうちらの仕事なわけで、あんたの力を借りるわけには、え、そうかい、いや、そいつは助かるな」

じゃあ、頼むぜ——といって探偵は愛用のスマホを守屋の眼前にずいと差し出す。しかし守屋は自分のスマホを取り出しながら、「いえ、番号だけ教えていただけますか?」

こうして守屋は自分の意思で『湘南部品工業』に電話を掛けた。

すると効果はテキメン。一本の電話は総務部から資材部へ、そしてそこで働く水元奈津子へと瞬く間に繋がった。

「短い時間なら会っていただけるそうです。参りましょう」

言うが早いか、守屋は愛車を門の中へと進めた。車を降りて、事務所に足を踏み入れ

に、声を荒らげた。「小松さんはあの男に弄ばれて、捨てられて、そのショックのあまり自ら命を絶ったんです。悪いのは、部長のほうです。ああ、可哀想な小松さん」

「でも沢井がいうにはよ、小松静香には自分以外に別の男がいたんじゃないか、と――」

「なんですって！　あの男がそんなことをいったのですか」瞬間、水元奈津子の顔は般若のごとき形相に変わった。拳を震わせ、怒りに唇を歪めながら、「ええい、自分の行為を棚に上げて、死者に鞭打つような真似を！　ううぬ、どこまでもゲスな奴めえ！」

　怒りに燃える水元奈津子は、近寄りがたいほどの殺気を放っている。私たちはその熱気を遠ざけるように、思わず壁際まで後退。エルザは両手を前に突き出しながら、彼女の怒りを必死でなだめにかかる。

「わ、判った。確かに悪いのは沢井だ。あんたのいうとおり。でもよ、小松静香だって他の男とまったく話もしない口も利かないってわけじゃねーだろ。親しい男友達ぐらい、誰かいたはずなんだけどよ」

「いいえ、いません。小松さんは、そんな娘じゃありません」

　小松静香がどんな娘なのか、どうも彼女の話からは伝わってこない。

　エルザは話題を変えた。「あのさ、全然違うこと聞くけど、小松静香がブランド物の赤いハイヒールを履いているところ、見たことあるかい？　クリスチャン・ルブタンらしいんだけど」

「ルブタンの赤いハイヒール⁉　いいえ、まさか。こういっちゃなんですけど、契約社員の小松さんが、そんな高価な靴を持ってるわけが……え、社長令嬢？　小松さんが？」

エルザが『小松精機』と小松静香の関係を説明すると、水元奈津子は目を丸くして驚きを露にした。「そうだったんですか。全然知りませんでした。――で、その靴が何か？」

「実は、彼女の部屋から盗まれたらしくって……」

だが説明しようとする探偵の言葉を遮るように、そのとき会議室に流れる着信音。守屋がスマホを耳に押し当てながら、私たちと距離を取る。電話の相手は小松雄二らしい。

「はい、社長……はい……ええ、彼女たちなら、いま目の前に……ええッ」

瞬間、守屋の声が面白いほど裏返る。彼は眼鏡越しの視線を私たちへと向けながら、

「赤いハイヒールが見つかった……はいッ、判りました……ええ、すぐ参ります！」

守屋は驚きの表情のまま通話を終えた。どうやら依頼人である社長が、思わぬ大発見をしたらしい。意外な成り行きに、私とエルザは思わず顔を見合わせるしかなかった。

6

水元奈津子との面談を早々に切り上げて、私たちは再び守屋の車に乗り込んだ。向かった先は平塚の繁華街、明石町（あかしちょう）の一角にある昔ながらの店舗だ。古びた暖簾（のれん）が掛かる店頭に、仕立ての良いスーツを着込んだ中年男性の姿。依頼人の小松雄二だ。守屋は店の前にルノーを横付けすると、真っ先に運転席を飛び出した。「お待たせいたしました、社長」

続いて後部ドアを出たエルザは、入口に掛かる暖簾の文字を眺めながらいった。

「ふうん、『おたから堂』か。——この質屋で、娘さんの靴が見つかったって？」

「ああ、そうだ」依頼人は頷き、店頭のショーウインドウを指差した。「ほら、見たまえ」

そこに飾られているのは、目にも鮮やかな赤いハイヒールだった。見た目には何のブランドか判らないが、値札には確かに『クリスチャン・ルブタン』と書かれている。売値は二万九千八百円とある。

「でも——」と私は素朴な疑問を口にした。「これが静香さんの部屋から奪われた靴だと、なぜ判るんですか。同じ種類の靴は、いくつも出回っているはずですよね」

「うむ、実は私が最初にこの靴を発見したのは、この店のホームページでのことだ。最近の質屋は、売り物をネット上で公開しているからな。そこで見た商品情報によれば、この靴が店頭に並んだのは、一月十日のことらしい。娘の靴が奪われた直後だ」

「偶然とは思えねえって、わけだ。――けど、いいのかい？」エルザは意地悪な笑みを依頼人に向けた。「会社の仕事ほったらかしにして、娘さんの靴なんか捜してさ」

「べ、べつに仕事をほったらかしてなどおらんよ。そもそも社長職は九時五時の仕事じゃないからな」

　苦しい言い訳を口にしながら、小松雄二は真剣な顔で探偵に訴えた。

「ただ、私は娘のために自分も何かしなければと、そう思っただけだ。君から聞いた話によれば、娘の靴は謎の男に盗まれたらしい。だとすれば、男はそれをどうするか。そう考えて、私は平塚近郊のリサイクルショップや質屋のホームページを当たってみた。そうして、この店の商品にたどり着いたのだ。――何か問題があるかね？」

「いいや、べつに問題ねえ」頷きながらエルザは、グッジョブ、というように依頼人に向かって綺麗に親指を立てた。「あんたも、なかなかやるじゃねーか」

「とにかく、中に入ってみましょ」私は先頭を切って『おたから堂』の暖簾をくぐった。

　店の中は、意外に明るくて清潔感のある雰囲気。店内のガラスケースには、様々な宝飾品やバッグ、時計、小物類が陳列されている。カウンターの向こうに座っているのが、質屋の店主らしい。この道ウン十年と思しき白髪の男性だ。丸い眼鏡越しの視線をこちらに向けながら、「いらっしゃい」としわがれた声を発する。

　エルザは脇目もふらずカウンターの老人に歩み寄った。「なあ、おじいちゃん、ちょっと聞きたいことがあるんだけどよ」

「ほう、なにかね、お姉さん？」

「ショーウインドウに飾ってあるルブタンの赤いハイヒール、あれって流れた質草かい？　それとも買い取ったやつ？」

　流れた質草なら、質入れされたのは何ヶ月も前の話となる。その場合、あのショーウインドウの靴は、静香の部屋から盗まれた靴とは、まったく別物と判断せざるを得ない。エルザはその点を確認したのだ。すると老店主はショーウインドウを一瞥しただけで、アッサリと首を左右に振った。「いいや、質流れの品じゃないよ。いまどき質草を入れて、お金を借りていく客なんて少数派だからね。うちだって質屋の暖簾を出しちゃいるが、実態はブランド品の買い取り専門店みたいなもんさ。靴やバッグは、ほとんどそうだね」

「買い取って、すぐに値段をつけて、店頭に並べるってことかい？」

「ああ、そういうこと。あの靴も、そうだよ。――それが、どうかしたかね」

問い掛ける店主に、今度は小松雄二が勢い込んでいった。「よく見せてほしいんだが」

いわれて店主は、小松雄二の身なりを値踏みするように見やる。結果、かなりのお金持ちと判断したのだろう。店主はエルザに対するときとはうって変わった物腰で、愛想の良い笑顔を彼に向けた。「ええ、構いませんとも。いま出しますので、お待ちくださいよ」

老人はそそくさとカウンターを出ると、持っていた鍵でガラスの扉を開けた。中から赤いハイヒールを取り出す。それを受け取りながら、小松雄二は質問を投げた。

「店のホームページによれば、この靴は一月十日から店頭に並んでいるそうだな。ということは、その日に誰かが、この靴を売りにきたわけだ。そういうことなんだろ」

「えー、少々お待ちくださいね。私もすべて記憶しているわけではありませんので」

そういって店主は再びカウンターの中へ。そこにあるノートパソコンを開くと、居眠りを誘うような緩慢(かんまん)なキー操作で、なんらかの画面を呼び出す。やがて店主は記憶を呼び覚まされたかのように大きく頷いた。「はいはい、この商品ね。確かに、おっしゃるとおりですよ。その靴は一月十日の日曜日に買い取ったもの。使用した痕跡(こんせき)はありますが状態は良かったので、私も喜んで買い取った記憶があります、はい」

「そうか。で、聞きたいのは、それを売りにきた人物のことなんだが……」

「はあ!?」一瞬間、老人の顔に広がる疑惑の色。彼はいきなり険(けわ)しい顔になって、相手のことを鋭く睨(にら)みつけた。「あなた、靴を買いにきたお客さん？　それとも刑事さんか何か？」

問い詰められた小松雄二は、店主の機嫌を損ねてはマズイと判断したのだろう。胸を張りながら断固とした口調で言い切った。「も、もちろん客だとも。靴を買いにきたんだ」

「毎度ありがとうございます。お代は消費税込みで二万九千八百円になります、はい」

たちまち店主は商売人の笑顔を浮かべる。すっかり相手のペースに巻き込まれた小松雄二は、「わ、判った。買おうじゃないか。最初からそのつもりだったさ」

いいながら自分のクレジットカードをカウンターに向かってメンコのように叩きつける。そうして立派に客となった小松雄二は、保留になった質問を再び口にした。

「で、この靴を売りにきた人物だが、どんな男だった？　年齢は？　どこに住んでいるか、判るんだろ？」

だが店主は箱に納めた商品を差し出しながら、ゆっくりと首を振った。

「申し訳ありませんね、お客さん。そういう質問には、お答えできないんですよ」

「な、なんだって、そ、そんな馬鹿な！」

店主の非情な言葉に、依頼人の顔が歪む。だが店主も一歩も引かずに主張した。

「馬鹿もヘチマもありません。質屋には質屋の守秘義務ってもんがあるんですからね。こればっかりは、お答えするわけにはまいりません」

店主の真っ当過ぎる返事を受けて、小松雄二は「うッ」と言葉に詰まる。だが、それでも諦めきれない彼は、あらためて懇願した。「き、君がいうことは……いや、あなたのおっしゃることは、よく判ります。で、ですが、そこをなんとか……」

唇を震わせながら必死に頭を下げる依頼人。見かねた私とエルザも、両手を合わせながら懸命の援護射撃を試みる。

「なあ、頼むよ、おじいちゃん。詳しい話をしている暇はねえけど、この人の死んだ娘さんが、浮かばれるかどうかっていう瀬戸際なんだ。ちょっとだけ教えてくれねーか」

「お教えいただいた個人情報は、けっして目的以外に使用いたしませんから」

私たちの頼みを受けて、白髪の店主は困ったように腕組みした。「うーん、なにやら深い事情がありそうなのは判るけど、しかし、そういわれてもねえ……」

白髪頭を掻く店主。カウンター越しに平身低頭する私とエルザ。と、そのとき——

「あッ、社長、何をなさいますッ」

後方で突然、守屋健一の驚きの声。振り向くと、そこには高級スーツの膝を屈しながら、汚れた床の上に両手を突く小松雄二の姿があった。なりふり構わない会社社長は、店主の前で決意の土下座を見せたのだ。「頼みます！　無理を承知で、このとおり！」

叫ぶようにいいながら、床すれすれまで頭を下げる会社社長。

驚きと戸惑い。そして一瞬の静寂が店内に舞い降りた。白髪の店主も眼鏡の位置を直しながら、言葉を失っている。

そんな中、ここが勝負どころ、とばかりにエルザが捲し立てた。

「どうだい、おじいちゃん。見なよ、あの完璧な土下座！　これを見て、それでも知らん顔するっていうのかい？　だとしたら、あんたはもはや人間じゃねえ。鬼だ、鬼。平塚の白髪鬼ッ！」

「だ、誰が白髪鬼だ、くそッ」

「だって、そうだろ。見ろよ。あの尊大で横柄で偉そうで、ロクに口の利き方も知らないワンマン社長が、ああやって死んだ娘のために土下座して、必死でお願いしてるんだぜ」

――そういうあんたが誰よりも口の利き方を知らないのよ。判ってんの、エル？　それとあと、依頼人のことを『尊大で横柄で偉そう』なんていっちゃ駄目でしょ！

と心の中で密かにツッコミを入れる私。

だが、とにもかくにもエルザの言葉は店主の胸に刺さったらしい。動揺を隠せない店主は唇をワナワナさせながら、「お、おい、やめてくれないか。土下座などされても困る……そ、そんなことをされても、私にはどうすることも……ウッ……ウッ……あれ、どうしたのかな……ゴホッゴホッ……ゲヘッゲヘッ……ゴッホンゴッホン……ウヲーッホン……ガホッガホッ……」

「ど、どうした、おじいちゃん⁉　まさか、ここで血を吐いて死ぬ展開じゃねーだろな」

　それだけは勘弁してくれよ——と本気で心配顔のエルザ。

　だが質屋の店主はなおも激しい、というか、むしろワザとらしい咳を繰り返しながら、

「馬鹿、そんなんじゃない。ただの喘息の発作だ……ゴホッ……そうだ、ちょうど薬を飲む時間だった……ゲホン……あ、いいか君たち、私はこれから一分三十秒ほど席を外して薬を飲んでくるが、その間、勝手にパソコン画面を覗き込んだりしないように。いいな、けっして覗くなよ。いいな、絶対だぞ。絶対だからな。絶対するんじゃないぞ。絶対といったら絶対だ。いいな、絶対に……」

「判った判った！」

　探偵が痺れを切らして叫ぶ。「絶対、覗かねえから、さっさといきなって！」

　エルザの言葉に促されて、店主は咳き込みながら、ひとり店の奥へと消えていく。誰もいなくなったカウンターにポツンと一台残るのは、店主のノートパソコンのみ。私とエルザは、すぐさま本体をこちらに向けて画面を覗き込んだ。

　そこには赤いハイヒールに関するデータが一覧となっていた。ブランドはクリスチャン・ルブタン。買い取り日は一月十日。買い取り価格は一万円とある。「えー、販売価格は二万九千八百円なのにぃ。なんかズルーイ。この店、ぼったくりなんじゃないの？」

「んなこと、どうだっていい！」エルザがじれったそうに叫ぶ。「大事なのは売った人物の名前と住所だ。ええっと、なになに、高木晶。二十八歳。住所は平塚市中原――」

「中原なら娘のアパートと同じ町内だ」

背後から響く小松雄二の声。いつの間にか土下座をやめて、私たちの背中越しにパソコン画面を覗き込んでいる。エルザは画面そのものをスマホで撮影すると、「よし、これでいい」といってノートパソコンを元の位置に戻した。「とにかく、いってみようぜ。この高木晶って奴のところへよ」

エルザの言葉を合図に、私たち四人はいっせいに店の玄関へと駆け出した。

『おたから堂』の暖簾をくぐりながら、小松雄二は大きな声で「ありがとうございました！」と店の奥に叫ぶ。鬼どころか仏のように優しい白髪の店主は、きっとどこかでこちらの気配を窺っているに違いない。そのことを信じて、私とエルザも大きな声で別れの挨拶を告げた。

「じゃあな、おじいちゃん、恩に着るぜ！」

「お身体、大切にね！　喘息で死んじゃ駄目よ！」

7

私たち四人は守屋健一のルノーに乗り込み、すぐさま平塚市中原へと向かった。初めて助手席に乗ったエルザは、後部座席の依頼人に顔を向けながら、「平日の昼間だから、その高木晶って奴がいるかどうかは、判らねえけどよ――もし、いたら、どうする？」

「直接、問い詰めるだけだ」と小松雄二は迷わず答えた。「なぜ、娘の靴を持っていたのか。なぜ、それを質屋に売ったのか。そういって事実を吐かせてやる」

解決への確かな手ごたえを感じているのだろう。依頼人の横顔はかなり紅潮しているように映る。

それから数分後。問題の住所に到着してみると、そこは昨日訪れた『中原荘』から歩いてすぐの場所。交通量の多い通りに面した一角だ。『中原荘』と似たり寄ったりの古ぼけた二階建てアパートが建っている。守屋は建物の角を曲がった狭い路地に車を停めた。

私とエルザが相次いで車を降りる。小松雄二は後部座席を出ながら運転席の守屋に向かって、「おまえは、ここに残れ」と指示を出した。守屋は短く「承知しました」と答える。駐車禁止の路地なので、車を無人にはできないのだ。

私たち三人は、さっそく建物の正面に回った。二階に向かう階段を上がり、目指す扉の前に立つ。外廊下を向いた小窓に、薄らとだが明かりが見えた。

「誰か、いるみたいだぜ」小窓を指差しながらエルザが囁く。

「どんな奴か、確かめてやる」低い声でいうと、小松雄二は自ら呼び鈴を鳴らした。すると扉の向こうから「はーい」という甲高い声。おや、と首を傾げる私たちの目の前で、運命の扉が開く。姿を現したのは、ぽっちゃり、と呼ぶのも憚られるような、肥満体形の若い女性だった。中肉中背の男性の出現を予想していた私たちは一瞬、唖然とする。それを見て、相手の女性もキョトンだ。「あのー、私に何か？」

一歩前に出たエルザは、「えーっと、つかぬことを聞くけどよ」といって茶色い眸を彼女に向けた。「あんたが、高木晶さん？　晶さんって、女性……？」

肥満体形の女性は、失礼ね、といいたげな顔で頷いた。「ええ、高木晶です。女性です」

それが何か、と尋ねるように高木晶は太い首を斜めにする。たちまち私は、訳が判らなくなった。小松静香の部屋から出てきた泥棒らしき人物は、男性だったはず。少なくともそれを目撃した堀内園子は、男と断言していた。もちろん、女性と男性を見間違える可能性は常にあるだろう。だが、目の前の女性は体形に特徴がありすぎる。堀内園子が、この女性の姿を目撃しながら、それを中肉中背の男性であると勘違いするとは、ちょっと考えられない。いったい、これはどういうことなのか？

首を捻る私の隣で、小松雄二が質問を絞り出す。「き、君は小松静香という女性を知っているかね？　ひょっとして知り合いだったとか？」

「小松静香!?　いいえ、知りませんけど。——あの、どういう用件でしょうか？」

高木晶が焦れた様子で聞いてくる。そこで小松雄二はもっとも重要な質問を口にした。

「では聞くが、なぜ君が娘の靴を持っていたのかね。なぜ、君がそれを質屋に売ったのかね。娘の靴を、なぜ君が？　心当たりがあるだろ、ルブタンの赤いハイヒールのことだ」

瞬間、高木晶の顔に明らかな動揺の色が浮かぶ。彼女は確かに覚えがあるのだ。赤いハイヒールのことも、それを質店に売ったことも。だが、彼女は開き直ったような態度で、逆に聞き返してきた。「それが何か？　私、悪いことしてませんよ」

「な、なんだと、君！　娘の靴を勝手にカネに換えておきながら——」

「だって、拾ったんですもん」と高木晶は吐き捨てるようにいった。「拾ったものは私のものでしょ？　べつに盗んだわけじゃないんだから、文句いわれる筋合いはないはずよ」

「拾っただと!?　そんないい加減な話、信じられるわけが……」

憤りのあまり摑み掛からんばかりの小松雄二。その腰にしがみつきながら私は「ちょっと、落ち着いて！」と依頼人に訴える。そんな中、エルザは冷静な口調で尋ねた。

「拾ったって、ルブタンの靴をかい？　それって、いつのことだい？」

「さあ、日付なんて憶えてない。ただ、拾ったすぐ次の日に、質屋に売りにいったことだけは間違いないけど」

ならば、拾ったのは一月九日のことだ。エルザは続けて質問した。「拾った場所は？」

「そこの大きな通りを真っ直ぐいって右に折れた、その先にある交差点よ」

そういって高木晶は二階の玄関先から、そちらの方角を指差した。「あそこに電柱が見えるでしょ。その足許の地面に捨ててあったのよ。いや、置いてあったのかしら。とにかく赤い靴がほったらかしの状態だった。時刻は夜の十時ぐらいよ。コンビニ帰りの私は偶然その靴に気付いて、なにげなく手にしてみたの。そしたらビックリ、正真正銘のルブタンじゃない！」

「それで、そのまま持ち帰ったってわけだ」

「悪い？　高級ブランド靴が捨ててあるんだから、そりゃあ頂戴するわよ。もっとも、私の好きなカラーじゃなかったんで、翌日すぐにお金に換えたけどね」

いや、カラー云々の前に、彼女の足には全然サイズが合わなかったはずだが、それはさておき——私は高木晶にあらためて確認した。「それじゃあ、あなたが小松静香さんの部屋から、赤い靴を奪ったわけじゃないんですね？」

「当然でしょ！　小松静香なんて人は知らないの。私は靴を拾っただけなんだから」

キッパリ断言すると、高木晶は不貞腐れたように頬を膨らませた。

8

「高木晶の話によれば、この電柱の脇に赤い靴が放ってあったらしい……」

呟くようにいうと、生野エルザは革ジャンのポケットに両手を突っ込みながら、目の前の電柱を見やる。それは何の変哲もないコンクリート製の電柱。交差点の歩道にある街路樹の横に、当たり前のように立っている。私はその真下の地面に赤い靴が転がる光景を思い描きながら、素朴な疑問を口にした。「誰が、なぜ、この場所に静香さんの靴を？」

「うむ、サッパリ判らんな」唸るようにいって、小松雄二が腕組みをした。

私とエルザそして小松雄二の三人は、高木晶への質問を切り上げてアパートを辞去。その足で、彼女が靴を拾ったという交差点にきていた。だが、いくら現場を眺めたところで、特に目ぼしい発見はないように思われる。

そんな中、小松雄二が呟くようにいった。

「静香の部屋に入った泥棒は、赤い靴を奪って部屋を出た。そして、理由は判らんが、この場所にその靴を放り出して逃げた。そういうことなんじゃ……いや、違うな、これは」

「ああ、全然違う。娘さんの部屋から泥棒らしき人物が出てきたのは、深夜一時のことだ。目撃した堀内園子がそういっている。一方、高木晶がこの場所で靴を拾ったのは、同じ夜の十時ごろ。つまり高木晶がこの場所で娘さんの靴を拾い、その数時間後に、娘さんの部屋に泥棒が現れた。そういう順序になる」

「つまり泥棒が静香さんの部屋に入ったとき、そこにもう赤い靴はなかったってことね。じゃあ、その泥棒はいったい何を奪っていったのかしら」

「いや、待てよ、美伽。それが泥棒だったかどうかも、いまとなっては怪しいぜ。そもそも、向かいに住むおばあちゃんが、小松静香の部屋から出てくる怪しい人物を見たっていうだけの話だ。べつに盗みの現場を見たわけじゃねえ。手には袋を提げていたらしいけど、中身は何か判らねえし」

　確かにエルザのいうとおりだ。小松静香の部屋にあるはずの赤い靴が見当たらない。その事実と堀内園子の目撃証言を結び付けて、私たちはその怪しい人物を靴泥棒と決め付けた。だが、どうやら事実は違ったらしい。少なくとも赤い靴は、その怪しい人物によって盗まれたわけではない。「じゃあ、なぜ静香さんの部屋に赤い靴はなかったのかしら？」

「きまってるじゃん。赤い靴はこの場所に捨てられていて、それを高木晶が拾って持ち帰ったんだからよ。小松静香の部屋には、当然ないってわけだ」

「あ、そうか」間抜けな声を発して、結局、私の思考は最初の疑問に立ち戻る。「じゃあ、誰が、なぜ、この場所に静香さんの靴を捨てたの？」

「うむ、サッパリ判らんな」小松雄二が腕を組む。

「なんだよ、これって堂々巡りじゃんか」自嘲気味に吐き捨てるエルザ。茶色い髪を振り回しながら、あらためて電柱の周囲を見回す。するとその目が、とある一点で留まった。彼女は歩道の少し先の地面を指差しながら、「――ん、なんだよ、あれ？」

見れば、歩道の端に鮮やかな黄色い布のような物体。歩み寄って手にとって見ると、それは片方だけの手袋だった。私はエルザのもとに引き返しながら、「ただの手袋よ。たぶん通行人のポケットの中から落ちたのね。この時季には、よくあることだわ」

するとエルザはたちまち興味を失ったように、「なんだ、つまんねえ」

「だけど、どうしようか、これ？　後で持ち主が捜しにくるかもしれないし」

いいながら私は周囲に視線を走らせる。電柱の傍らに立つ街路樹が目に付いた。

「うん、ここがいいわ」

私は街路樹の枝の先端に、拾った手袋を引っ掛けながら、「こうしておきましょ。持ち主が捜しにくれば、きっと気付くはずよ。――ん、どうしたの、エル⁉」

咄嗟に私は驚きと疑問の声を発した。手袋には何の興味も示さなかったはずの友人が、大きく目を見開きながら、なぜか私の行為をジッと見詰めていたからだ。

――あれ、私、何かおかしなことしたかしら？

すると私の賢い友人は「そうか、そういうことか！」と突然、何事か閃いたようにパチンと指を弾く。そして依頼人のほうに向き直ると、無理やりその腕を引くようにしながら、「おい、ちょっときてくれ。見せたいものがあるんだ」と勝手に歩き出す。

「な、なんだ、急に⁉　どこへいくのかね、おい、君――」

「いいからいいから。一緒にくれば判るって。詳しいことは、車の中で話すからさ」

エルザはそういって依頼人をぐいぐい引っ張るようにして歩く。よく判らないが、探偵は事件解決への確かな手ごたえを感じたらしい。ならば、ここは彼女の行動に従うべきだ。私は戸惑う依頼人を勇気づけるように、彼の肩をポンと叩いていった。

「いきましょう、ほら！」

「よ、よし、判った。どこへなりと連れていってもらおうじゃないか」

腹を括ったように小松雄二が叫ぶ。

私たち三人は歩道を小走りに進み、車を停めた路地まで引き返した。道端に停車した青いルノー。その車内では、例によって守屋健一が愛車の手入れに余念がない。手袋をした手に白い布を握って、計器類を磨いている。そんな守屋は慌しく戻ってきた私たちの姿を認めて、少なからず驚いた様子。白い布をダッシュボードに放り込むと、運転席から飛び出してきた。

「お帰りなさいませ、社長。随分お急ぎのようですが、何か――？」

「うむ、どうやら彼女、いきたいところがあるらしい」

そういって依頼人は探偵を指差す。ニッコリ笑顔で応えるエルザ。守屋は怪訝そうな表情ながらも、「とにかくお乗りください、社長」といって上司のために後部ドアを開けた。小松雄二に続いて、私も隣に乗り込む。後部ドアを閉めた守屋は、そのまま運転席へと回った。エルザはすでに自分で助手席のドアを開け、車内に乗り込む構えだ。

やがて運転席に収まった守屋は、後部座席に顔を向けながら、「それで、行き先はどちらへ？」と上司に確認。だが、当然ながら社長は困った顔だ。

「私にも判らんよ。そこの彼女に聞きたまえ」

いわれて、守屋はあらためて助手席へと目を向ける。と次の瞬間、彼の口から「うッ」という呻き声。その視線の先では、エルザが前かがみになりながら、なにやらゴソゴソと妙な作業の真っ最中だ。不審に思って後部座席から身を乗り出してみると、なぜか彼女の手には白い袋。これは確かダッシュボードに突っ込まれていたレジ袋だ。その袋の口を広げた彼女は、手にした靴をその中に入れた。エルザが手にした靴。それは彼女自身がさっきまで履いていた白いスニーカーだ。訳が判らない私は、思わず素っ頓狂な声をあげた。

「ちょ、ちょっと、なにしてんのよ、エル⁉」

「え、なにって？」キョトンとした表情を浮かべながら、友人は首を傾げる。「あたし、べつに間違ったことしてねーぜ。――なあ、そうだろ？」

運転席の男に確認するエルザ。だが、問われた守屋の横顔を見やった瞬間、私はハッと目を見張った。彼の横顔に浮かぶのは、激しい緊張と動揺の色。探偵の突飛な行動は、この冷静沈着な運転手に確かな衝撃を与えたのだ。部下の異変を察知して、小松雄二も後部座席から身を乗り出す。そんな中、守屋は絞り出すような声で探偵にいった。

「ど、どういう、おつもりですか……い、意味が判りませんが……」

「え、意味、判らないって⁉　いやいや、そんなわけねーと思うけどよ」

そして私の賢い友人は、運転席の男にズバリといった。

「だって、この車ってドキンなんだろ？」

9

エルザの発した『ドキン』という単語の意味が判らず、私は一瞬ドキン――じゃなくてキョトン。だが靴下を履いただけの彼女の足が、助手席の床に敷かれたカーペットを踏みしめているのを見て、ようやく私はその意味を正しく理解した。

「え、『ドキン』って、つまり『土足禁止』ってこと？」

「そう。この車、『土禁』なんだよ。少なくとも一月九日の夜までは、そうだったはずだ」

断言するエルザに対して、運転席の守屋健一は硬直したまま一言もない。代わって私が後部座席から問い掛けた。「いったい、どういうことなの、エル？」

探偵は説明した。

「昨日と今日の二日間、あたしたちは守屋健一の運転する車で、街を動き回った。そうして判ったのは、守屋って男が異様なほど綺麗好きだってことだ。いまもそうだが、彼は普段から黒革の手袋を着用している。運転手だからハンドル握るのに手袋をするのは、べつにおかしくはない。だけど車を降りても、やっぱり彼は手袋をしていることが多いみたいだ。最初に事務所を訪れたときもそう。廃工場を調べたときもそうだった。最初は防寒のためかと思ったけれど、どうやらそれだけの意味でもないらしい。おそらく彼は他人の玄関のドアノブや、廃墟の錆びた手すりなんかを、素手では触りたくないんだ。もちろん、他人のスマホを借りて電話するなんてことは、たとえそれが美人探偵の持ち物でも、絶対に嫌。そういう性質(たち)なんだよ。要するに、かなりの潔癖症ってわけだ。そして、そんな守屋は根っからの車好きでもある」

「そういや、暇があると車を磨いているみたいね」

「そう。守屋は愛車をピカピカにしておかないと気が済まない。無神経な女たちが汚い手で触りまくったドアの取っ手やシートなんかは、特に念入りに掃除したはずだ。もちろんシートカバーに靴跡なんてとんでもない。発見次第、すぐお掃除だ。そんな潔癖症で車好きの男が、やりがちなこと。それが土足禁止ルールってやつだ。ま、潔癖症でなくたって、昔は《女と車が命》のヤンキーたちの間では、結構よくあったルールさ。もっとも最近はすっかり廃れちまった文化だけどよ。それが、いまでも残っていたんだな、あんたの車に——」

そういってエルザは運転席を見やる。守屋はブルッと首を振った。

「ち、違う。わ、私の車にそんなルールはない」

だがエルザは彼の横顔を見詰めながら、「いいや、否定しても無駄だ。あんたの顔にしっかり書いてあるぜ。『そうです、私の車は土足禁止です。昨日も今日も本当は汚れた靴を履いた女探偵なんて、自慢の愛車に乗せてやりたくはなかったのです。だけど社長命令だから我慢して乗せてあげていただけなのです』――ってな！」

いやいや、そんなダラダラとした長文が、この運転手の知的な顔に書いてあるとは到底思えないのだが、それはともかく――確かにエルザの指摘は図星だったのだろう。守屋はまったく反論できないまま、ただ黙ってハンドルに手を掛けている。沈黙が舞い降りる車内。やがて痺れを切らしたように、後部座席から小松雄二が声を発した。

「守屋が潔癖症で車好きだということは、私も知っていた。愛車が土足禁止だとまでは思わなかったがな。――しかし君、この車が土足禁止だとして、それがどうしたというのかね。そのことが娘の死と関係あるとでも？」

「ああ、大アリさ。この車が土禁だとすれば、今回の事件、綺麗に辻褄が合うんだ」

自信ありげにいうと、エルザはさらに説明を続けた。

「一月九日の夜、守屋はこの車に小松静香を乗せた。場所は、さっきの電柱のあった道だ。あの場所で静香を車に乗せると、守屋はそのまま車を豊田の廃工場へと走らせた。やがて到着した廃工場の敷地の中。二人きりの車内で、そのとき何があったのかは想像するしかねーけど、たぶん深刻な話でもしてたんだろう。あるいは最初は恋人同士の甘い会話だったけれど、いつしか険悪なムードになったという可能性もある」

「例えば、別れ話とか？」

私が口を挟むと、エルザは「ああ、そんなやつだ」と真っ直ぐ頷いた。「二人の深刻な話し合いは紛糾した。車内には不穏なムードが満ちただろう。そして最悪の結末を迎えたんだ。カッとなった守屋は、静香の首に手を掛けるなりなんなりして、彼女を殺そうとしたんだ」

探偵は運転席の男を横目で見た。男の肩がビクリと動いた。

「たぶん、これは計画的な犯行じゃない。車好きで潔癖症の守屋なら、愛車の中で人殺しなんて、本当は避けたいはずだもんな。逆に考えるなら、そんな彼が車内で思わず手を出すほど、静香は彼を怒らせたんだ。我を忘れた守屋は怒りに任せて、彼女を殺そうとした。だが危機を察した静香は間一髪、助手席のドアを開けて、外へと逃げ出した。もちろん、守屋も運転席を飛び出して、彼女を追いかけた。廃工場の敷地の中で、二人の追いかけっこだ。必死に逃げ惑う静香は、廃工場の非常階段を屋上に向かって駆け上がった」

「駄目よ、上に逃げたら、逆に危険だわ」

「確かにな。だけど必死で逃げようとする女が、正しい逃げ道を選ぶとは限らないだろ。静香は下手な逃げ方をしたんだ。そして守屋は、そんな静香の後を追って屋上へ。こうして、あの廃工場の屋上で、守屋と静香は対峙したわけだ。守屋は静香を鉄柵に追い詰め、そしてついに――」

「ち、違う！　適当なことをいうな」

「いいや、違わねえ。あんたは静香の足をすくうようにして、彼女の身体を鉄柵の向こうに放り投げたんだ。静香はビルの屋上から転落して命を落とした。あんたは地上に降りて、彼女が確かに死んでいることを確認する。屋上から転落した彼女の死体は、一見したところ、誰かに殺されたようには見えなかったはずだ。ひょっとすると警察だって、不運な事故死、もしくは覚悟の自殺、そんなふうに見てくれるかもしれない。まさに理想的な状況だ。しかし、そのときあんたは、あることに気付いた。それは、彼女の死体が靴を履いていないってことだ。土足禁止の車内から無我夢中で飛び出したんだから、これは当然のことだ。そこであんたは車に戻り、助手席に彼女の靴を捜した。脱いだ靴はレジ袋に入れて、座席の下あたりに置いてあるはず――そう思いながら。だが、なぜか彼女の靴はどこにも見当たらなかった。そこで、ようやくあんたは気が付いたんだな。小松静香が自分の靴を置き忘れてきたってことに」

　エルザの言葉に、守屋健一は無言のまま顔を強張らせる。そんな彼に成り代わって、私は彼女に尋ねた。「靴を置き忘れた？　それって、どういうこと？」

「なーに、言葉どおりの意味さ。土足禁止の車に乗るためには、まず靴を脱がなくちゃいけない。そして脱いだ靴を手に持ち、袋に入れて車内に持ち込む。そういうシステムなわけだ。だが、ごく稀（まれ）にだけど、脱いだ靴を路上に置いたままドアを閉め、車を走らせてしまうことがある。頭の中で考え事なんかしていると、車に乗り込んだ瞬間、忘れちまうらしいんだな、脱いだ靴のことを。そして車が走り出してしまえば、もう会話に夢中になって靴のことなんて思い出しもしない。これって結構《土足禁止車両あるある》なんだぜ」

「ふーん、そうなんだ」私には《土足禁止車両あるある》という言葉自体が、あるのかないのか、よく判らないが――「確かにウッカリやらかしそうなミスかもね。じゃあ、静香さんは脱いだ靴を、あの電柱のある路上に置き去りにしたってこと？」

「そうだ。そのことに気付いた守屋は、さぞ悔しがっただろう。死んだ人間の靴が現場にないんじゃ、事故や自殺には絶対見てもらえない。それどころか、土足禁止の車に乗っている自分との関連性を疑われる危険さえある。このままにしておくわけにはいかない。そう考えた守屋は、車を飛ばして例の電柱のある道へと舞い戻った。だが当然というべきか、すでにその場所に彼女の靴――ルブタンの赤いハイヒールはなかった」

「高木晶が持ち去った後だったのね。――でも待って、エル。高木晶の話によれば、赤い靴は歩道に立つ電柱の足許に置いてあったはずよね。でも、静香さんが車に乗り込むときに靴を置き去りにしたのなら、その靴は車道に放置されているはずなんじゃないの？」

「そうだ。実際、彼女の靴は車道の端に置き去りにされていたんだよ。だが、その靴を最初に見付けた誰かは、心の優しい人か、もしくはブランド靴の値打ちが判らない人だったんだな。その人物は車道に放置された靴を、わざわざ電柱の脇に置き直したんだ。こうしておけば、持ち主が捜しに戻ったときに気付くだろう——って、そう考えたんだな」

「あ、そうか。私が拾った手袋を枝に引っ掛けたように」

「そういうこと。けどまあ、実際には持ち主が戻ってくることはなかった。電柱の脇に置かれた靴は、全然関係ない高木晶が拾って、翌日には質屋に持ち込まれたってわけだ」

そしてエルザの説明は、再び守屋健一の行動へと移っていった。

「もっとも、高価なブランド靴がいつまでも路上にあり続けるなんて、守屋だって思っちゃいなかった。靴が持ち去られているのは、想定の範囲内だ。そこで守屋は次善の策に出た。守屋は深夜になるのを待って、小松静香のアパートに向かい、彼女の部屋に忍び込んだ。彼女のバッグから拝借した鍵を使えば、部屋への侵入は簡単だ。そして守屋は下足箱の中から靴を一足、持ち出した。これはべつに、どんな靴でも構わなかったんだが、守屋が選んだのは踵の低いベージュのパンプスだった」

「墜落現場の屋上に置いてあった靴ね」

「そうだ。守屋はその靴を入れた袋を提げて、彼女の部屋を出た。誰にも見られないように、こっそりとな。だがそんな彼の姿を、向かいに住む堀内園子が偶然見ていたってわけだ」

「そうか、そういうことだったのね」意外な真実に私は唸った。老婦人が目撃した泥棒の正体は守屋健一。盗んだ品物は一足の靴。ただし、それはルブタンの赤いハイヒールではなかった。守屋は失われた赤い靴の代用品を持ち去ったのだ。「守屋はそのベージュのパンプスを持って、再び廃工場に戻ったのね。そして、屋上にその靴を置いた――」

「そうだ。これで見た目上、小松静香の死は自殺に見える。そんな状態に仕上がった。守屋は拝借した鍵をバッグに戻すと、現場から立ち去った。で、その日以降、彼は自分の車の土足禁止ルールを封印したってわけだ。変な疑いを持たれないように用心したんだな」

「ふーん、なるほどね」と私は頷いた。「実際、私も彼のことを潔癖症っぽいとは思ったけど、まさかこの車が土足禁止だったなんて、思いもしなかったわ。でも、いわれてみれば確かにそうよね。こんな毛足の長いカーペットまで敷いてあるんだから」

そういって私は足許のカーペットを靴の爪先（つまさき）でつついた。エルザの推理は確かに事実を言い当てているように思える。だが運転席の守屋は、なおも絞り出すような声でいった。

「違う……彼女は自殺だ……私は関係ない……」

「へえ、じゃあ聞くけどよ」とエルザは鋭い視線で守屋を見やった。「小松静香が自殺なら、彼女の死んだ夜に、なぜ彼女の赤い靴が路上にあったんだ？　なぜ同じ夜に、彼女の部屋に泥棒が入ったんだ？　その泥棒は、いったい何を盗んでいったんだ？」

「し、知るか、そんなこと！」守屋は激しく首を振った。「そもそも、その交差点に置き去りにされた赤い靴だって、実際は誰のものか、判らないじゃないか。靴は質屋の店頭に並んだ時点でピカピカに磨かれていて、指紋も何も残っていないはず。色や形は同じでも、まったく別の女性の靴かもしれない。だとすれば、違う女の靴が交差点に置き去りにされていたってだけの話だ。事件とは何の関係もない。そうだろ？」

守屋の理詰めの反論を受け、エルザは一瞬、言葉に詰まる。それを見るなり、守屋の表情に強気の色が広がった。彼は見下すような視線で、助手席の探偵を見やった。

「確かに、君の推理は面白い。だが面白いだけで証拠がない。証拠のない推理なんて、ただのいいがかりに過ぎない。そう思わないか？」

「うーん、証拠か。確かに証拠らしい証拠はねえなあ。あ――だけどよ」といった瞬間、エルザの横顔に勝ち誇るライオンの笑みが浮かび上がった。「さっき、あんた『交差点に置き去りにされた赤い靴』っていったよな。でも、なんであんた、そのことを知ってるんだい？」

「――え!?」

「あたしは『交差点』とは、ひとこともいってないぜ。ただ『電柱のある道』っていっただけだ。なのに、あんたなぜ電柱のある道が交差点だってことを知ってるのさ？　電柱が交差点にあるとは限らねーと思うんだけどよ」

再び形勢は逆転した。今度は守屋のほうが「うッ」と言葉に詰まる番だった。

「そ、それは……それは、そう、確か彼女が……」

うろたえながら守屋は私のことを指差す。しかし私は彼の指摘を敢然と撥ね除けた。

「いいえ、私も交差点とはいってないわ。いいえ、いってません。絶対、いってないですぅ～ッ」

アッカンベーというような口調で断固主張する私。隣に座る小松雄二も頷きながら、

「確かに、彼女たちは交差点とはひと言もいっていない。それに守屋、おまえは高木晶の話を直接聞いたわけでもない。あのとき、おまえは狭い路地に車を停め、そこにひとりで残っていたのだから。――それなのに、なぜだ？　なぜ、おまえがその場所を知っているんだ？」

三人の疑惑に満ちた視線が、三方向から運転席の守屋を射抜く。

語るに落ちた恰好の守屋はひと言もなく俯いた。横顔には冷や汗が滲み、その肩はワナ

ワナと震えている。やはり小松静香を殺害したのは守屋健一に間違いない。恐怖と後悔におののく彼の態度が、何よりも雄弁にそのことを示している。――と、そのとき小松雄二が怒りに満ちた声でいった。「どうなんだ、答えろ守屋！　おまえが静香を殺したのか！」

すると次の瞬間、俯いていた守屋が突然顔を上げる。と同時に彼の口から「くそおっ！」と乱暴な叫び声。シフトレバーをドライブに入れると、いきなり右足でアクセルを踏み込む。たちまち車は急発進だ。

私は後部座席で「きゃあ！」と悲鳴をあげた。破れかぶれになった守屋の無謀運転。完全に自殺行為だ。「やめてやめてやめてやめてやめてぇ――ッ」

狭い車内に満ちる悲鳴は、全部私の口から出たものだ。小松雄二は背後から運転席に手を伸ばしながら、「やめろ守屋！　無駄な抵抗は、よせ！」といって部下の首を締め上げる。と、そのとき助手席のエルザが「ええい、畜生！」と叫びながら強引にサイドブレーキを引いた。急加速に急制動の掛かった青いルノーは、訳が判らないような動きをしながら、路上でくるりと一回転。そのまま車体の側面を《一時停止》の標識にぶつけて、確かに車は一時停止した。

と同時に――ボムッ！　大きな音を立てて、二つのエアバッグがいきなり開く。

運転席で身動きできなくなった犯人の口からは「くそッ」と悔しげな叫び声。一方、助手席の探偵は膨らんだエアバッグを抱きしめながら、私にいった。
「おい美伽、構わねーから警察呼んでやりな。暴走車が事故りましたってな——」

10

こうして守屋健一は、駆けつけた警官の手で逮捕された。罪状は道路交通法違反および器物損壊。だが、当然のごとく警察の捜査は単なる自動車事故の範疇に留まらなかった。結果、あらためて守屋健一が小松静香殺害の容疑で逮捕されたのは、彼の愛車が事故ってから数日後のことだった。

私たちは探偵事務所を訪れた宮前刑事の口から、隠された事件の背景を知らされた。

「実は、小松静香は父親の雄二氏とソリが合わず、平塚市内のアパートでひとり暮らしをしていたんだ。——え、それは知ってるって？　そうか、じゃあ、これはどうだ。娘を心配する雄二氏は、部下である守屋をときどき娘のところにやって、彼女の様子を窺わせていた——」

「へえ、それは初耳」興味を惹かれたようにエルザがソファの上で身を乗り出す。

その隣で私は、ありがちな可能性に思い至って表情を曇らせた。「あ、それじゃあ、沢井武夫が疑っていた、静香さんの新しい交際相手っていうのが、ひょっとして……」

「ああ、そうだ。ときどき顔を合わせるうち、小松静香は守屋健一と深い関係になった。その一方で、彼女は沢井武夫との不倫関係を清算した。静香が職場で落ち込んでいるように見えたのは、沢井と別れたからではなく、むしろ守屋との関係に悩んでいたんだな。なぜなら、静香は守屋に対して本気だったが、守屋はそうではなかったからだ。守屋は彼女との関係をヒタ隠しにした。特に社長である雄二氏には絶対知られたくなかった」

「だろうな。あの社長は、娘を良家のご子息と一緒にさせたかったんだから」

「そうね。二人の関係を知れば、あの社長さん、きっと飼い犬に手を噛まれたような気分になったはずだわ」

「そうだ。だが、小松静香はそんな守屋の曖昧な態度に不満を抱くようになる。ギクシャクした関係の二人は、事件の夜、守屋の車であの廃工場を訪れた。そこで守屋は一方的に別れ話を切り出したそうだ。すると静香は『だったら自分たちの関係を父親に話す』といって彼に詰め寄った。カッとなった守屋は、思わず彼女の首に手を伸ばした――」

「だいたい、あたしの想像したとおりだな」

エルザががっくりと肩を落とす。私も思わず深い溜め息を漏らした。

「残念ね。あの社長さん、本当は誰よりも娘さんのことを思っていたはずなのに……」

だが彼の深すぎる愛情は、ときにカラ回りし、ときに裏目に出て、最終的には最愛の娘の命を縮める結果となった。刑事から事の真相を伝えられた小松雄二は、いったいどんな顔でその話を聞いたのだろうか。その心中は察するに余りある。

沈み込んで言葉を失う私の隣で、エルザが話を先に進めた。「ところで宮前、廃工場での出来事は、あたしの推理したとおりで間違いなかったのか」

「ああ、おおよそ正しかった。ただ一箇所だけ違った点がある。小松静香は土足禁止の車の中から裸足で飛び出した、と君は推理したようだが、実際はそうじゃない。そのとき彼女はスリッパを履いていた。守屋の車には、ちゃんとスリッパが備えられていたんだよ」

「なるほど、スリッパか。それもまた《土足禁止車両あるある》だな」

「そうなのか？　だがまあ、考えてみりゃ当然のことだ。小松静香が裸足で廃工場を駆け回ったのなら、足の裏は傷だらけ。たとえ靴下を履いていたとしても、痕跡は残る。その場合、警察がそれを見逃すわけがないじゃないか。彼女はスリッパを履いた足で階段を駆け上がり、屋上から転落した。守屋はそのスリッパを回収し、盗んだ靴を屋上に置いたってわけだ」

「なるほどな。——ま、あたしも、そんなことだろうと思ってはいたけどさ」

すると宮前刑事は「なんだい、強がりやがって！　可愛げのねー奴だな！」と精一杯の罵声(ばせい)を浴びせる。

「ん、なに怒ってんだ？」と首を傾げるエルザ。隣で私は苦笑いするしかない。

「ねえ、宮前さん、警察は被害者のスマホの履歴とかを調べたはずよね。だったら守屋と被害者との親密な関係に気付きそうなものだけど」

「ところが、その点、守屋は抜かりがなかった。守屋はトートバッグの中に小松静香のスマホを発見して、そこに残る不都合なメールの履歴をすべて削除したんだ。スマホのロックを解除するパスワードは、事件の前から守屋はすでに解読済みだった。ときどき小松静香のスマホを覗いては、彼女が別の男と付き合っていないかチェックしていたらしい。なにせ守屋は潔癖症だから、交際相手にも純潔を求めるみたいな、そういうタイプだったんだろうな」

そう決め付けて、宮前刑事はパタンと手帳を閉じた。

とにもかくにも、こうして事件の全容は明らかになった。宮前刑事はソファを立つと、

「それじゃあ、邪魔したな、お二人さん。また何かあったら、よろしく頼むよ」

軽く手を振って探偵事務所を後にする。すると入れ替わりにノックの音が響き、青い制服の男が姿を現した。見慣れた宅配便業者だ。私は受領書に判子を押して、配達の品物を受け取った。長方形の箱が二つ。どちらも小脇に抱えられる程度の大きさだ。送り主の名

前は小松雄二とある。「あら、あの社長さんからよ」

「へえ、感謝の品か。なんだなんだ。メロンか何かか？」

私たちは洒落た包装紙を雑に破いて、ウキウキしながら中の箱を取り出した。

「いっせーの！」「せっ！」で二つの蓋を同時に開ける。箱の中から現れたのは女性モノの靴だ。今回の事件の中ですっかり目に焼きついた有名ブランドの赤いハイヒール。添えられた礼状には、ただ一行だけ、『今回の事件の記憶として——』と書かれている。

依頼人は娘に贈った靴と同じ品物を、私たち二人に贈ったのだ。

「わあ、初めてだね。エルとお揃いの靴なんて」

赤い靴を手にして歓声をあげる私。その隣で友人は髪を掻きながら心配そうにいった。

「けど、あたしの足に合うかなあ。ていうか、あたしに似合うか、こういう靴って？」

——大丈夫、エルならきっと似合うから！

そういうように、私は彼女の肩をポンと叩いた。

第二話　密室から逃げてきた男

0

「……松崎君おめでとう。就職、決まったんだってね。本当に良かったよ。だって年も明けて、気が付けばもう二月も半ばでしょ。なのに、まだ卒業後の進路が決まらないなんて、まったくダラシネー奴だなって、私ずっと心配してたんだよ。松崎君のこと」

「え、心配していたの?」ダラシネーと思いながら?

若干、引っ掛かるものを感じながらも、松崎英二は素直に山野夏希の言葉を喜んだ。

なにせ山野夏希といえば、英二の所属する湘南経済大学においては、ひと際目立つ美形の女子大生だ。パッチリした目。ツンと高く伸びた鼻。髪はサラサラちょい長めで、ピンクに彩られた唇は、思わず見とれるような魅力をたたえている。

そんな彼女は男子学生たちの間では常に注目の的。英二も彼女に視線を送り続ける大勢の中のひとりだった。

その山野夏希がいまは英二に直接、言葉を掛けてくれている。そのことだけで彼は充分に夢心地だった。「あ、ありがとう、嬉しいよ、山野さん。でも、どうして?　なぜ山野さんが僕のことをわざわざ心配してくれるの？」

松崎英二と山野夏希はいちおう同じ文芸部に所属するサークル仲間。とはいえ文芸部においても抜群の人気を誇る夏希は、いわゆるサークルの『姫』として君臨する存在。一方の英二はといえば、彼女に群がる取り巻きの『従者』ともいえず、いわば『その他大勢』みたいな存在。だからこそ英二は聞かずにいられなかった。

「僕ら、サークル仲間といっても、あんまり話したことないよね。それなのに、なぜ？」

「なぜって、そりゃあ心配するよ」

夏希は爽やかな笑顔で答えた。「だって松崎君は成績でいうと中の下。ゼミの先生からは『見所のない奴……』って見限られてるから研究生として大学に残ることはあり得ない。親は平凡な会社員だから家業を継ぐっていう選択肢はないし、一流企業に繋がるコネもない。友達も少なくてガールフレンドなんか生まれてこの方、できたためしがない。要するに人望ってものがないのね。おまけに見た目もパッとしないわ。いったい体重何キロあるのよ。はあ、九十八キロ？　馬鹿ね、スーパーの特売セールじゃあるまいに。そういうのは切りよく百キロっていうのよ。たった二キロ少ない数字をいって、少しでも軽い印象を与えようなんてホント姑息だわ。まったく、でかい図体して器は小さいんだから。そんなことじゃ、面接官の心証も悪いに決まってる。まともな就職なんて絶対ムリ――って、そう考えると、なんだか私もう松崎君のことが心配で心配で！」

「あ、ああ、そうなんだ……そんなに心配してくれてたんだ……」

むしろ《心配》というより《余計なお世話》と思える部分が多かった気がするが、それでも英二はなんとか笑顔を繕う。そして気を取り直すと、胸を張って自信に満ちた視線を夏希へと向けた。「でも大丈夫。僕はこの春から『平塚電子部品工業株式会社』に就職することが決定したんだ。もちろん正社員としてね」

「素敵よ、松崎君。素敵な中小企業だわ。あなたにはお似合いね」

「…………」夏希の言葉に英二はカチンときた。いや、むしろカチンとくるべきタイミングは、もっと前にあった気もするが、とにかく英二の顔からは、この瞬間に笑顔が掻き消えた。代わって現れたのは相手を睨みつけるような険しい形相だ。「中小企業が、この僕にお似合いだって？　それはどういう意味だ。君は中小企業を馬鹿にしてるのか」

「ううん、違うわ」夏希は蔑むような視線を彼へと向けた。「私は中小企業を馬鹿にしてるんじゃなくて、あなたを馬鹿にしているのよ、松崎英二クン」

「な、なんだとおおぉぉ――ッ」英二はついに怒りを爆発させた。

彼自身、随分前から薄々気付いてはいたのだ。自分がこの高慢な『姫』から見下されているのではないかと。だがまさか、ここまであからさまに侮蔑の言葉を受ける日がくるとは予想もしなかった。英二は屈辱のあまり拳を震わせた。「ち、ちっくしょーめえ！」

叫ぶと同時に彼は夏希に殴りかかった。

――この女の生意気な鼻っ柱をへし折ってやる！

だが彼の突き出す拳が彼女の高い鼻をまともに捉えたと思った、その直後――

山野夏希はなぜか「ニャー」と鳴き、そして英二の前から一瞬で掻き消えた。

「あれッ」怒りの鉄拳は虚しく空を切り、英二はキョトンだ。「え、ニャーって？」

すると次の瞬間、彼の顔面を目掛けて飛んでくる誰かのパンチ。その一撃は確かに彼の顔面に命中したのだが、なぜか英二はまるで痛さを感じなかった。むしろ肉球の心地よい柔らかさを頬に感じる。――ん、肉球？　てことは、ああ、そうか！

英二は自分の喰らった鈍いパンチが、正真正銘のネコパンチだということを理解した。どうりで全然痛くないわけだ。そう思ってみれば、先ほどから右の頬に小さな舌で舐め上げられるような感触がある。山野夏希の舌だとすれば悪い気はしないが、たぶん違うだろう。これは猫だ。猫の舌が頬を舐めている。そうか、もう朝ごはんの時間なんだな――

「ああ、判った判った。もう起きるよ、クロ。ほら、よせってば……」

どうもおかしいと思ったのだ。あの美人女子大生、みんなの憧れの的である山野夏希から、あんな悪態をつかれるなんて、現実にはあり得ないことだ。まあ、夢の中でも普通はあり得ないことなのだけれど――「まったく、なんであんな夢を見たんだ？」

呟きながら英二は、横になったままパチリと両目を見開いた。

「あれ？」瞬間、英二は訳が判らない気分に陥った。「どーゆーこと？」

確かに目の前には一匹の猫がいた。だがクロではない。英二が自宅で飼っているクロは、その名のとおりの黒猫。飼い主に似て、身体もキングサイズだ。だが、いま彼の顔を舐めている猫は、全身白い毛で覆われた仔猫だった。

「おかしいな。まだ夢の中なのか……」

そう思ってみると部屋の様子もなんだか変だ。目の前には大きなサッシ窓。半分ほど引かれたカーテンの色は見覚えのないピンク。だが英二の自宅にピンクのカーテンなどは掛かっていない。してみると、ここは誰か他人の部屋なのだろう。おそらくは若い女性の部屋――え、じゃあ自分は女性の部屋で一晩過ごしたってことなのか、うふッ！

妙な喜びを覚えて、英二はちょっと興奮。だが喜んでばかりもいられない。慌てて腕時計を確認する。ちょうど午前八時に差し掛かるところだ。それから今度は自分の姿を確認。服は昨夜に着ていたものだ。青いセーターと薄汚れたジーンズ。グレーのダッフルコートは、彼のお腹の上に布団のように掛けられていた。

いったい誰が掛けてくれたのか。いや、それよりもなによりも――

「いったい誰の部屋なんだ、ここ？」

そう呟いた瞬間、ズキンという痛みがコメカミのあたりを駆け抜けた。この種の頭痛ならば英二は何度も経験がある。前の晩、飲みすぎたときに決まって起こる症状だ。ということは昨夜の自分は、痛飲した挙句(あげく)、誰か女性の部屋に泊めてもらったということなのか。そういえば昨夜はサークルの飲み会だった。最近ようやく就職が決まったという解放感。そのせいで英二は普段よりも気持ち良く、すいすいと酒を飲んだ記憶がある。

「で、それから、どうなったんだっけ……？」

飲みすぎて、その後の記憶を失う。これまた彼にとっては、よくあることだった。

英二は纏(まと)わり付く仔猫を手で払い退(の)けながら、ようやく上体を起こした。

寝ぼけ眼(まなこ)を手で擦(こす)り、見覚えのない部屋を見回す。どうやらワンルーム・アパートの一室といった雰囲気だ。片隅には小さなキッチンと冷蔵庫。中央に白いテーブル。壁際にシンプルなベッド。掛け布団の色はピンクで、枕元には小さなクマのぬいぐるみ。やはりどう見ても若い女性の部屋に思える。

それが証拠にフローリングの床の上には、青いスウェットを着た女性が、うつ伏せの恰好(かっこう)で寝ているではないか。「――って、うわあ、だ、誰ッ⁉」

遅まきながら英二は驚きの声を発した。だが女性は床に顔を伏せたまま、微動だにしない。熟睡中だろうか。だとすれば奇妙な寝姿だ。うつ伏せになりながら、右手だけを窓の方向に突き出している。右手を伸ばしてヘッドスライディングしてきた走者が、そのまま眠り込んだら、こんな恰好になるかもしれない。室内でヘッドスライディングする若い女性がいればの話だが。

「いや、いるわけないか、そんな女なんて」

英二は頭を振りながら立ち上がると、恐る恐るうつ伏せの女性に歩み寄った。だが、それでも女性は身動きひとつしない。寝息ひとつ聞こえない。これは変だ、と思って彼女の傍(かたわ)らにしゃがみ込み、「ちょっと、どうしたの、君」と肩に手を置こうとした、そのとき、ようやく彼は気付いた。女性の頭部を中心にして、周囲の床に赤黒いシミが広がっているのだ。

――これって、まさか血？

英二は思わず息を呑(の)んだ。嘘だろ、そんな馬鹿な。悪い予感を振り払うように頭を振ると、彼はその手で目の前の女性を反転させた。うつ伏せだった身体が表を向く。たちまち女性の隠れていた顔が明らかになり、それと同時に彼の口から「あッ」という悲鳴があがった。夢に見た女性の顔が、そこにあったからだ。「や、山野さん……え、じゃあ、ここって彼女の部屋……でも、なんで……お、おい、山野さん、大丈夫か！」

驚きのあまりパニックに陥る英二。血の気の失せた彼女の頬に恐る恐る触れてみるが、体温は感じられない。慌てて脈を探ってみたが無駄だった。山野夏希は後頭部に深い傷を負って、すでに絶命しているのだ。「ひ、ひゃあぁぁッ」

恐怖のあまり飛び退く英二。腰を抜かしたように、尻で床の上を後ずさりしながら、

「な、なんで、こんなことに……い、いったい誰が……？」

するとそのとき、「ピンポ～ン」と呑気に鳴り響くチャイムの音色。

ドキッと心臓が跳ね上がる。こんなときに来訪者だ。英二は我が身の不幸を呪った。

1

「……で、その松崎英二クンが、なんでここにいるんだい？　このうらぶれたスナックによ……？」

生野エルザが薄暗い店内を見回しながら聞く。答えたのはカウンター席に座る巨漢の大学生ではなく、カウンターの向こう側に立つ中年のママさんのほうだった。

「ちょっと、『うらぶれたスナック』で悪かったね。これでも普段はもっと賑わうんだよ」

でも、今日は訳あって臨時休業。平塚市明石町の地下にあるスナック『紅』には、四

人の人物が顔を揃えるばかりだった。ひとりは『紅』のママさん。そして訳ありの大学生、松崎英二。その彼と並ぶように座るのは生野エルザと私、川島美伽だ。

　エルザが素朴な疑問を口にする。「あんたが目覚めると、そこに女の死体があった。で、部屋のチャイムが鳴ったんだろ。だったら、あんたはいまごろ警察の取調べを受けてなきゃおかしいと思うんだけどよ。それがなんで、このうらぶれたスナックに？」

　エルザはどうしても、この店を『うらぶれたスナック』と呼びたいらしい。ママさんは再びムッとした顔。そして大学生の代わりに答えた。「この子、逃げてきたんだってさ」

「逃げてきた？」

　私は思わず目を丸くした。「え、発見した死体をほったらかして、現場から逃げ出したってこと？　そんなことしたら余計な疑いを掛けられちゃうじゃない」

「はあ、そうなんですが……」松崎は消え入りそうな声でいった。「でも、あのまま部屋にいたら、僕は警察に逮捕されていたと思います。山野さんを殺した罪で」

「あら、そうとは限らないんじゃないの？　そりゃあ確かに警察は、いちおうあなたを疑うでしょうね。だって死体の第一発見者なんだから。でも、あなたは酔っ払って意識がなかったんでしょ。だったら、あなたが眠っている間に、誰か別の人が山野さんを殺して逃げた。そう考えることだって可能だわ。それを、いきなり逮捕だなんて……」

「いいえ、間違いなく逮捕されたはずです。そうとしか考えられません」

　あり得べき可能性を、なぜか自分から打ち消そうとする松崎。その様子を見て、エルザが細い眉をひそめた。「なんで、そう思うんだい？」

「だって無理なんです。山野さんの部屋、あのワンルーム・アパートは完全な密室でした。僕以外の人間が彼女を殺して逃げるなんて、まったく不可能だったんですよ」

　絞り出すような松崎の声が、狭い店内に響き渡る。なるほど、ママさんが店を臨時休業にして、私たちを呼んだわけだ。私とエルザは揃って納得の表情を浮かべた。


　そもそも、なぜ私とエルザがスナックのカウンター席に座りながら、見ず知らずの大学生の話を聞いているのか。事の発端は一時間ほど前に遡る。

　そのとき私たちは『生野エルザ探偵事務所』で退屈な時間をもてあましていた。最近、仕事の依頼がロクにないからだ。

「なんか面白い事件とかねえのかなー」と窓の外を見上げるエルザ。

「なんか儲かる事件とかないかしらー」と床の上を見下ろす私。

　まるで天から仕事が舞い降りてくることを期待するように。

　まるで床の上に小銭でも落ちていないかと期待するように。

告げた。

するとそこに一本の電話。出てみると、行きつけのスナックのママさんだった。ママさんは真剣な声で『いますぐ、うちの店にきてほしいんだけど』と一方的に用件を

時刻は午後四時。スナックはまだ開店前のはずだ。私は受話器の口を押さえながら、

「ねえ、どうするエル。『紅』のママさんがすぐきてくれって」

「溜まったツケを払えって話か。だったら『生野エルザは死にました』って伝えてくれ」

「無茶いわないで。エルが死んだって、事務所のツケはチャラにはならないのよ。それに、なんだか支払いの催促とかじゃないみたい。何か事件かも」

そう答えた次の瞬間には、私の勇ましい友人はもう黒い革ジャンに袖を通していた。

「なんだ。だったら、ちょうどいいじゃんか。顔を見せてやろーぜ。あたしも久々にママさんのポテトサラダが食いたいなーって思ってたところなんだ」

ポテトサラダは焼きうどんと並ぶ『紅』の看板メニューだ。私は電話の向こうのママさんに「すぐいくから、ポテサラ用意しててねー」と注文をつけてから電話を切った。

それから私たちはエルザの運転する古いシトロエンで明石町へ。

地下へと続く階段を下りて木製の扉を開けると、目の前に灰色の岩を思わせるような男の背中があった。ダッフルコートを着てカウンター席に座る大柄な男。灰色の背中には、

なぜか目立つ茶色いシミがあった。

するとと男の背中越しにママさんが特徴的なパーマヘアを覗かせた。

「待ってたんだよ。あたしじゃ手に負えない話みたいで正直、弱ってたんだ。ちょっと、話を聞いてあげてよ。たぶん、あんたたち向きの話だからさ」

そういってママさんは松崎英二のことを私たちに紹介した。それによると松崎はママさんの遠縁に当たる大学生で、この店にもよく客としてくるらしい。『紅』はスナックの看板を掲げるだけあって、軽食のメニューが充実している。どうやら松崎の出っ張ったお腹の何パーセントかは、この店のポテトサラダと焼きうどんで出来上がったものらしい。

そんな松崎は突然現れたべっぴんの女子二人に驚いた様子。丸い目をパチパチと瞬かせながら、

「あのー、本当にあなた探偵さん？」

と疑るような顔でエルザのことを指差す。

だが、それも無理はない。金色に近いような茶髪のショートヘア。猛獣を思わせる鋭い目つきで、眸の色はブラウン。細身の身体に黒い革ジャンとデニムパンツがよく似合う。

そんなエルザの派手めの外見は、腕利きの私立探偵というよりは、むしろ街の不良少女っぽく映るはず。いや、正確には《不良少女の十年後の完成形》とでもいうべきか。

まあ、それはともかく――

「ああ、正真正銘の探偵さ」エルザは高い鼻をさらに高くしていった。「こう見えても、あたしら結構有名なんだぜ。《平塚でいちばんのガールズ探偵ユニット》って――なあ、美伽！」

「そうね。《探偵コンビ》じゃなくて《探偵ユニット》っていうあたりが、お洒落(しゃれ)だわ」

その実態は、野性味溢(あふ)れるライオンと、その調教師みたいなものだけどね――そう心の中で呟きながら、私はさっそく本題に入った。「ところでママさん、いったいどんな話なのよ。あたしたち向きって、どういうこと？」

「人殺しさ。この子が死体を見つけたんだって。――ほら、彼女らに聞かせてやんなよ」

こうして松崎英二は、彼が体験した今朝の出来事を話しはじめたのだった。

そうして彼の話を途中まで聞いてみたところ、どうやらこれは密室殺人事件とのことだ。よく判らないが、当の松崎がそう主張するのだから、たぶんそういう話なのだろう。

「なんだか意外ねえ」と嫌な予感を覚える私。面倒な事件にならなければいいが――

一方、エルザは探偵としての興味を強く惹(ひ)かれたらしい。茶色い眸をよりいっそう輝かせながら、隣の松崎に視線を投げた。「意外だけど面白そうじゃん。それじゃあ、話の続きを聞かせてもらおうか。あんたは山野夏希の部屋で彼女の死体を発見して、その直後に玄関で呼び鈴が鳴った。で、あんたはどうしたんだい？」

「呼び鈴は何度か鳴らされました。気になった僕は玄関扉に歩み寄って、ドアスコープで外を覗いてみたんです。玄関先にいたのは、文芸部の仲間たち三人でした。僕と同じ四年生の佐藤一之と甲本豊、それから三年生の間島早苗さん。昨夜の飲み会にも参加していた三人です。しかし、なぜこの三人が朝っぱらから山野さんの部屋を訪れたのか。その点は不思議に思いましたが、とにかく僕にとっては苦しい状況です。正直、扉を開ける勇気は出ません。死体と一緒にいるところを、誰にも見られたくない。そう思った僕はこっそり玄関扉から離れました。中から応答がなければ、三人は諦めて引き返すと思ったんです。ところが三人は引き返すどころか、むしろ玄関扉を開けようとしました」

「そのとき扉に鍵は？」

「鍵は掛かっていなかったようですが、チェーンロックが掛かっていました。だから彼らが開けようとしても、扉はほんの僅かしか開きません。彼らはその隙間から、山野さんに呼びかけを始めました。たぶん彼らは事前の約束か何かがあって、午前八時に山野さんの部屋を訪れたのでしょう。だから、そう簡単には帰ってくれないのです」

「なるほど。しかし山野夏希は応えない。あんたは息を潜めている。扉の向こうの三人は不思議に思うよな。なぜ返事がないのかと。そこで彼らは、どうした？」

「電話を掛けてきました。山野さんの携帯に。部屋にあった山野さんのバッグの中で彼女の携帯が鳴りました。もちろん僕は出るわけにいきません。嵐が過ぎるのを待つ気分で、僕はジッと息を殺しました。やがて携帯の着信音も途切れて、僕はホッと胸を撫で下ろしました。ところがその直後、僕はうっかり姿を見られてしまったんです」

「へえ、誰に？」

「間島早苗さんです。彼女はいつの間にかベランダに立って、窓から部屋の中を覗き込んでいました。山野さんの部屋は一階で、手すりを乗り越えさえれば、ベランダには簡単に入れるんです。でもまさか、そこまですると思っていなかった僕は、完全に虚を衝かれました。僕は山野さんの死体と一緒にいる場面を、間島さんにバッチリ見られてしまったんです」

「その間島早苗さんって娘、その光景を見てどうしたんだい？」

「間島さんは、か弱い女性ですからね。僕と目が合った瞬間、彼女は悲鳴をあげました。するとその直後、男がもうひとり、手すりを越えてベランダに上がってきました。甲本豊です。甲本は背が高く腕力にも自信を持つ男です。彼は室内の状況を見て取ると、いきなり中へ入ってこようとしました。ところが窓枠を引いても、全然窓は開きません。そのとき僕も初めて気が付いたんです。サッシ窓に中からクレセント錠が掛かっているという事実に」

「ちょっと待った」ここが重要と思ったのだろう。エルザは松崎の話を遮(さえぎ)った。「そのアパートってワンルーム形式なんだよな。じゃあ、部屋に窓は全部でいくつあったんだ?」

「窓はベランダに向いたサッシ窓だけです。ええ、角部屋じゃありませんから、部屋の両側は壁があるだけ。窓以外の出入口といえば、あとはもう玄関しかないはずです」

「でも、その玄関にはチェーンロックが掛かってたんだろ」

「ええ、そういうことです……」松崎は肩を落とした。

「ああ、そういうことかよ……」エルザは顔を歪(ゆが)めた。

私は角部屋ではないワンルーム・アパートの一般的な構造を頭に描いてみる。

犯人の出入口となり得るのは、やはり玄関か窓だけだろう。だが、その二つの出入口は、いずれも中からロックされていたらしい。単に鍵が掛かっていたというだけなら、合鍵を持つ者の犯行と考えることもできる。だが玄関はチェーンロック、窓はクレセント錠だ。合鍵でどうこうできる代物(しろもの)ではない。

――なるほど、それで完全な密室というわけか。

納得して頷(うなず)く私。エルザは横目で男の顔を見やった。

「で、あんたはその状況を見て、現場から逃げ出したわけだ。このままじゃ逮捕されると思って。でも、よく逃げられたたな。玄関先にもベランダにも文芸部員たちがいたんだろ。どうやって逃げられたんだよ。その巨体で仲間を蹴散らしたのかい?」

軽口を叩くエルザに、松崎はムッとしたような視線を向けながら、「はい、そうです」

「え、そうなの?」と私は思わず驚きの声。「あなた、おとなしそうに見えるのに、意外と乱暴なのねえ」

「し、仕方がなかったんですよッ」松崎は膝に乗せた拳を堅く握り締めた。「ベランダには間島さんと甲本がいる。てことは玄関のほうには、たぶん佐藤一之がひとりでいるはず。だったら玄関からのほうが逃走できる確率は高い。そう考えた僕はすぐさま玄関に向かい、ダッフルコートを着て靴を履くと、チェーンロックを外して扉を開け放ちました。案の定、目の前にいるのは佐藤だけ。しかも佐藤は痩せていて背も低い。おまけに彼は突然現れた僕の形相を見て、完全にビビっていました」

「で、あんたは、その佐藤クンに一発ぶちかましたってわけだ」

「まあ、そういうことです。佐藤は玄関先でひっくり返り、僕はそのまま一目散に駆け出しました。後ろから追いかけてくる気配はありません。きっと佐藤は僕のあまりの剣幕に恐れをなして、追跡を諦めたんだと思います」

いや、その巨体から繰り出される渾身の体当たりをまともに喰らったのだ。可哀想な佐藤一之クンはその場で失神したか、あるいは追跡不能の重傷を負った可能性が高い。

だが、いずれにしても松崎英二はずいぶん下手な手を打ったものだ、と私は深く嘆息した。彼のような行動を取れば、羊のように真っ白な人間でも、カラスのように真っ黒な犯罪者として映るに違いない。

警察はいまごろ血眼になって松崎英二の行方を追っていることだろう。彼がママさんの遠縁に当たる人物で、この店の常連客であるなら、やがてスナック『紅』に捜査の手が伸びることも考えられるのではないか。

おそらくエルザも同様の懸念を覚えたのだろう。カウンター越しの視線をママさんに向けると、単刀直入にいった。「話は判った。要するに、密室の謎を解き明かして、彼の無実を証明してやればいいんだな。ここに警察がくる前によ」

「ああ、そうしてもらえると助かるね。私も犯人をかくまった共犯者にならずに済むよ」

「そうかい。だけど、その仕事を引き受ける前に、ひとつ確認しときてーな」

そういってエルザは隣の大学生を横目で睨み付けた。「あんた、実際のところ、どうなんだよ。本当に山野夏希を殺したのは自分じゃねえって、キッパリ断言できるかい？　この店のポテトサラダに誓って、自分は無実だって言い切れるのかい？」

エルザの大胆な問い掛けに、松崎は激しい動揺を示す。彼の視線はしばし虚空をさまよった。

「え、ポテサラに誓うんですか。そ、それは無理……いやいや……もちろん僕が山野さんを殺すなんて絶対あり得ないです。ええ、殺すわけがありません！　殺さないですとも！　殺してないと思います……殺さないでしょう……殺してないですよねえ？」

「知らねーよ！」

一喝するエルザの隣で、松崎はその巨体を情けないほどにブルブルと震わせた。

「ほ、本当は自分自身でも疑っているんです。あまり口を利いたこともありませんが、山野さんは同じサークルに所属する仲間。正直、憧れの存在でした。そんな彼女の部屋に、僕がどんな経緯で転がり込んだのか。そして、そこで僕が彼女に対して、どんな振る舞いをしたのか。自分でも判らないんです。本当に記憶がないんですよ」

「まさか無理やり押し倒そうとしたんじゃねーだろーな。その巨体でよ」

「ちょっとエル、率直過ぎるわよ」

常識ある私は非常識な友人を軽く窘める。だが、その数秒後には「うーん、だけど、それって結構あり得る線かもね」とアッサリ態度を翻した。

友人は微妙な視線を私に向けて、「だろ？」と短く訴える。私は頷かざるを得ない。

　なにせ松崎英二は立派な成人男子。《肥えた猪》みたいな体形とはいえ、彼だって一皮剝けば、いや二皮か三皮剝けば、《飢えた狼》に変貌するかもだ。酔いも手伝って理性を失った松崎が、不埒な欲求に任せて山野夏希に襲い掛かる。彼女は我が身の貞節を守るべく必死の抵抗。手を焼いた松崎は、彼女の身体を両手でドンと突き飛ばす。すると彼女は壁だかテーブルだかに後頭部をぶつけて致命傷を負ってしまう。それを見た松崎もショックで失神。そのままチェーンロックの掛かった部屋で朝まで眠りこけてしまった――

　案外これこそが、いちばん納得のいく筋書きではあるまいか。なにより、この仮説に従えば密室の謎などという面倒なことは、まったく考えずに済むのだ。もっともその場合、松崎は殺人か過失致死の罪を逃れられない、ということになるのだが。

　そこまで考えを巡らせたとき、エルザが口を開いた。

「まあ、いいや。他ならぬママさんの頼みだしよ。この事件、調べてやるぜ」

　――え、本気なの、エル？

　啞然とする私をよそに、私の乱暴な友人はいとも簡単に、この難しい依頼を引き受けた。するとママさんは表情を緩ませながら、「ありがとさん」と短く感謝の言葉。それから一転して哀しげな視線を店の隅々へと向けた。「だけどねえ、ひとつだけ問題があるんだよ。なんせホラ、誰かさんがいったとおり、うちは『うらぶれたスナック』だろ。大金払って探偵を雇うような余裕なんて実際、ないんだよねえ」

「いやいや、『これでも普段はもっと賑わう』って、誰かさんがいってた気がするぜ」

「へえ、誰がいったのかねえ……」

「さあ、誰かいってたよなあ……」

カウンターを挟んで睨み合うパーマヘアの虎と茶髪のライオン。両者の視線は熱い火花を散らし、緊迫感溢れる店内は異様な雰囲気に包まれる。だが次の瞬間――

「あはははは！」

「おほほほほ！」

突然エルザとママさんの乾いた笑い声が店内にこだました。そして何を思ったのかエルザは椅子から身を乗り出しながら、カウンター越しにママさんの肩をポンとひと叩き。そして顔の前で親指をぐっと立てた。「なーに、報酬のことなら心配いらねえ。世話になってるママさんから、カネなんて一円も取れるわけねーじゃんか。――なあ、美伽」

「さすがエル。太っ腹ね。素敵よ。立派よ」――さては事務所を潰す気なのね！

賞賛の言葉とは裏腹に、不満いっぱいの私は友人を睨みつけて猛抗議。するとエルザは私に向かって密かにウインク。そして再びカウンターの向こう側を見やった。

「ところでママさん、報酬の代わりといっちゃナンだけどよ、店の帳簿に載ってる探偵事務所のツケ、あれを全部チャラってことにしてもらえねーかな。それなら、あたしらも多少は働き甲斐があるってもんだ。――な、そうだよな、美伽」

「最高よ、エル。確かに、それならタダでも全然ＯＫね」正確には、この種の取引のことを《相殺》という。《相殺》は全然《タダ》じゃないのだが、「どうかしら、ママさん？」

「悪い話じゃねーだろ、ママさん？」

恐る恐るお伺いを立てる私とエルザ。するとパーマヘアのママさんは一瞬、怒気をはらんだ鬼の形相。それからニヤリと口許を緩めると「やれやれ、降参だね」といって小さく肩をすくめた。「どうせ、そんなことだろうと思ったよ。タダより高いものはないね」

どうやら商談成立だ。私とエルザはホッと安堵の息を漏らした。

こうして私たちは、積もりに積もった『紅』のツケを一掃するべく、難事件の調査を開始することになった。

今回ばかりは絶対に失敗は許されない。私はそう強く心に誓うのだった。

2

翌日から私たちは本格的な調査に取り掛かった。まずは関係者の話を聞きたい。

松崎英二の話は充分に聞けたから、別の誰か。となれば、やはり湘南経済大学の文芸部員だろう。

というわけで生野エルザと私は、マイナス五歳程度は絶対若く見えるよう工夫を凝らしたファッションで探偵事務所を出た。

したがって今日のエルザは革ジャンではない。ベージュのコートに白いタートルネック、赤いミニスカート。足許は白のスニーカーというガーリーでカジュアルな装いだ。一方の私は真っ赤なダウンジャケットにホワイトデニム。あたかも「経済の専門書が入っていますよ」といわんばかりの使い古したトートバッグが、最大の《マイナス五歳ポイント》。これは実際、私が学生時代に使用したバッグなのだ。

ちなみに算数苦手の小学生でも計算できると思うが、《二十七歳－五歳＝二十二歳》というわけで、いまの私たちは晴れて現役女子大生に見えているはず。その確信を胸にしながら、私たちは図々しくも堂々とした態度で、湘南経済大学の正門をくぐった。

すると、いきなり背後から守衛のおじさんが、「ああ、君、ちょっと待ちなさい。いや、君じゃなくて、そっちの地味なほうの娘。そう、君だ、君！」

「――え、私!?」私って地味？　真っ赤なダウンジャケット着てても？

いや、それよりなにより、なぜ私だけインチキ女子大生だとバレたのだろうか。隣の茶髪女ではなくて、なぜ私だけが？　愕然とする私に向かって、しかし守衛のおじさんは、「あんた、ニセ大学生だな」とはいわずに「はい、落し物だよ」といって白い手袋を差し出した。その表情には私のことをインチキ女子大生だと疑う素振りは微塵もない。

私はホッと胸を撫で下ろしながら、エルザのもとへと駆け戻った。「どうやら大丈夫みたい。私たち完璧に女子大生に見られているわ」

「年季の入ったトートバッグのお陰だな」

皮肉っぽくいうと、エルザは広いキャンパスを見渡しながら、「さて、文芸部の部室を探さないとな――ああ、ちょっと、そこの君！」

エルザは通りすがりの学生に声を掛けては、文芸部の部室を聞いて回る。当然ながら相手は全員男子だ。彼らはエルザの派手な容姿に目を奪われながら、尋ねられるままに答えてくれた。中には彼女の手を取りながら、「文芸部なら僕が案内しますから、その後、二人でお茶でも……」などとのたまう勇敢なアホもいたりする。きっと彼の目には、私の真っ赤なダウンジャケットが、地味どころかガラスのマントのごとく透明に見えているに違いない。

そんなこんなで、ようやくたどり着いた文芸部。それはサークルの部室ばかりが集まる建物の中に、ひっそりとあった。ノックして中に入ると、そこには部員らしき男女の姿。

ひとりはパイプ椅子にきちんと座って文庫本を読んでいる小柄な女子。もうひとりは窓辺に寄りかかりながらスマートフォンをいじっている背の高い男子だ。

彼らは美人すぎる来訪者二名を前にして一瞬キョトン。やがて女子のほうが文庫本を閉じると、怪訝そうな顔で椅子を立った。「なんでしょうか。あ、文芸部に入部希望とか？」

「え、入れてくれるのかい。だったら、入ってやってもいいけどよ」

えへへ、と笑って髪を掻くエルザ。文芸部の二人は互いに顔を見合わせるばかりだ。

「あたし、生野エルザ。こっちは美伽だ」超簡単すぎる自己紹介を済ますと、エルザはすぐさま用件を口にした。「四年生の甲本豊と佐藤一之、それから三年生の間島早苗っていう女子。この三人に会いたいんだけどよ。知ってるかい？」

「はあ、間島なら私です。それから、こちらが甲本さん」そういって間島早苗は窓辺に佇む男子を指で示した。「ちなみに佐藤先輩は、とある事情で市民病院に入院中ですが」

佐藤一之、やはり相当なダメージを負ったらしい。松崎英二の傷害罪はこれで確定。だが、いちばん問題なのは殺人罪だ。関係者の二人と簡単に出会えたのは幸先がいい。気を取り直して前を向く私たちに、甲本がいった。

「僕ら三人に会いたいってことは、昨日の事件の話だな。君たち、いったい何者だ？」

「あたしらかい？　見てのとおり、ごくごく普通の女子大生だぜ」

普通の女子大生は『だぜ』とはいわないだろう。案の定、甲本はいっそう不審そうな顔を私たちへと向けた。「なんか怪しいな。といって警察ってわけでもなさそうだが……」

「ああ、警察じゃない。面倒だから正直にいうけどよ」といってエルザは真っ直ぐな目で甲本を見詰めながら、「実はあたしたち探偵なんだ。訳あって、松崎英二って男の行方を捜している」と呆れるような嘘をついた。いったい、どこが正直なのか。松崎英二が明石町のスナックに潜伏していることは、エルザがいちばんよく知っているではないか。

だが大胆すぎる嘘ほど、かえってバレにくいもの。事実、甲本は彼女の言葉に納得の表情だ。

エルザはもったいぶった態度で続けた。「まあ、職業柄、依頼人が誰かってことはいえないけどよ。どうだい、協力してくれるかい？」

「あ、ああ、守秘義務ってやつだな。判った。そういうことなら協力しよう」

「え、いいんですか、甲本先輩」心配そうに早苗が甲本に歩み寄る。

「大丈夫だよ、間島さん。たぶん、この人たちは、山野さんの遺族か誰かに頼まれたんだろう。それに僕らだって、松崎の行方を早く見つけてほしいじゃないか。いまの状況が長く続けば、松崎だってどんな早まった行動を取るか、判ったもんじゃないからね」

甲本は窮地に陥った松崎が自殺する危険を案じているらしい。正直いって、昨夜の松崎にその兆候は微塵もなかったが、そのように勘違いしてくれるなら、むしろ有難い。

エルザは甲本の言葉について肯定も否定もしないまま、さっさと自分の質問に移った。

「まず聞きたいのは、あんたたち三人がなぜ昨日の朝に、山野夏希さんの部屋を訪れたのかってことだ。何か約束でもあったのかい？」

「ああ、四人でドライブする予定だったんだ。君らがどこまで知っているか判らないが、一昨日の夜にサークルの飲み会があってね。その席で急遽、話が纏まったんだ。行き先は伊豆半島。翌日の朝——つまり昨日の朝のことだが——午前八時に僕たちが車で山野さんのアパートまで迎えにいくってね。山野さんもとても楽しみにしていたんだが」

「ふーん。それで約束どおり午前八時に君と間島さん、そして佐藤君の三人が山野夏希さんの部屋を訪れたってわけだ。ところが呼び鈴を鳴らしても山野さんは現れなかった」

「そうだ。最初は寝坊しているのかと思った。それで悪いとは思ったんだが玄関のノブに手を掛けて、扉を引いてみたんだ。しかしチェーンロックが掛かっていて、扉は僅かに開いただけだった。僕らはその隙間から山野さんに呼びかけたが、やはり返事はなかった」

「そのチェーンロックだけどよ」エルザは茶色く光る眸で甲本を見据えた。「それ、間違いなく中からちゃんと掛かっていたのかい？」

「そりゃ間違いないさ。なあ、間島さん？」

　聞かれて早苗もコクリと頷いた。

「ええ、チェーンロックはちゃんと中の金具に嵌まっていて、玄関は外から絶対に開かない状態でした。だけどチェーンロックが掛かっているということは、部屋の中には誰かいるってことですよね。それなのに、いくら呼んでも返事がない。それで私たちは不思議に思って、とりあえず山野さんの携帯に電話してみました。それでも、やはり山野さんは電話に出ません。しかし耳を澄ますと、部屋の奥のほうから微かに携帯の着信音は聞こえているのです。これは、いったいどういう状況だろうかと、私たちはだんだん心配になってきました。そのとき佐藤先輩が提案したんです。『ベランダに回れば、窓越しに室内の様子が覗けるかも』って。そこで私がその役目を務めることになりました。女の子の部屋を男子が覗いたら、いくらなんでも問題になりますからね」

「当然の役割分担だな。で間島さんはアパートの裏に回った」

「ええ、甲本先輩と一緒にです。佐藤先輩を玄関先に残して、私と甲本先輩がアパートの裏に回りました。私は甲本先輩の力を借りながら、なんとか手すりを乗り越えてベランダに上がりました。窓のカーテンは半分ほど開いていましたから、室内の様子はガラス越しによく見通せます。すると、そこにはなぜか――」

「なぜか、松崎英二の姿があったってわけだ」

「ええ、そうです。そして床の上には、頭から血を流した山野さんの姿も。その光景を見て、私は驚きのあまり悲鳴をあげてしまいました」

そのときの恐怖が蘇ったように、間島早苗は口許に両手を当てて黙り込む。

甲本豊が話の後を引き継いだ。「彼女の悲鳴を聞いて、僕も大慌てでベランダに上がった。確かに、そこには松崎と床に倒れた山野さんの姿があった。もっとも、その時点では山野さんが死んでいるかどうかまでは判らない。そこで僕はサッシ窓を開けて、中に踏み込もうとした。ところが窓は開かなかった。中からクレセント錠が掛かっていたんだ」

「そう、そこだ」

とエルザは彼の話を遮った。「そのサッシ窓、本当にクレセント錠が掛かっていたのかい？　何か違う形で窓が固定されていたなんていう可能性は、ないかな？」

「はあ、そんなの間違うわけないさ。クレセント錠が掛かっていることは、ガラス越しに窓の外からでも確認できるんだから。なあ、そうだよな、間島さん？」

問われて早苗は素直に頷いた。「ええ、そうでした。クレセント錠が確かに掛かっているのを、私も見ました。私たちは中にいる松崎先輩に向かって、窓を開けるよう呼びかけました。しかし松崎先輩は私たちに姿を見られて、酷く動揺しているみたいで、目の前の窓を開けようとしません。それどころか松崎先輩は、いきなり私たちに背中を向けると、玄関のほうへと姿を消していきました。その直後です、佐藤先輩の『うぎゃあああッ』という派手な絶叫が、私たちの耳に飛び込んできたのは——」

「松崎の奴め、佐藤を玄関先で突き飛ばして、逃げていったらしい。後を追いかけたかったんだが、僕らは建物の裏側にいたからね。結局、追いかけようがなかった」

甲本が憤りと後悔の表情を露にする。エルザは冷静に話の先を促した。

「松崎に逃げられた後、あんたたちはどうしたんだ。部屋には入ったんだろ？」

「ああ、怪我をした佐藤を玄関に残して、僕と間島さんは部屋に入った。山野さんは部屋のほぼ中央で倒れて死んでいた。たぶん死後かなりの時間が経っていたんだろう。死体は酷く冷たかったし、死後硬直も進んでいるようだった。それから僕は例のサッシ窓に歩み寄って、間近でそれを見てみた。やはりクレセント錠は掛かっている。そのことは、間島さんにも確認してもらったから間違いはない」

「ええ。それを確認した瞬間、私はハッと気付いたんです。玄関にはチェーンロックが掛かり、窓にはクレセント錠。ということは、山野さんの部屋はいわゆる密室だったんじゃないかって。だって、私は何度か山野さんの部屋にお邪魔したことがありますけど、あの部屋で人が出入りできるのは玄関とサッシ窓、この二箇所だけなんですから」

「ねえ、それは絶対確実な情報なの？」と思わず私は横から口を挟む。「普通のワンルームと違って、実はユニットバスに小さな窓がある、なんてことはないのね？」

「そんなのないです。ていうか窓のあるユニットバスって存在するんですか？」

早苗が首を傾げる。隣でエルザも「そんなの聞いたことねーな」と呟きながら肩をすくめた。まあ、確かに突飛な発想だったかもしれない、と私は反省して頭を掻く。

早苗は話を元に戻した。「二箇所の出入口が施錠された密室。その中に山野さんの死体があって、松崎先輩がいた。ということは、松崎先輩が山野さんを殺した、と考えるのが普通ですよね。実際、松崎先輩は仲間に怪我を負わせてまで現場から逃走したのですから。これはもう自らの罪を認めたも同然。そんなふうに私には思えました」

まあ、誰が見てもそう思うところだろう。それほど松崎の振る舞いは軽率で暴力的で、弁解の余地がない。が、しかし――

「いや、そう決め付けるのは、まだ早いんじゃねーかな」

エルザは《欠席裁判の被告人》である松崎英二の唯一の弁護人となって、彼の立場を擁護した。

「ひょっとすると、松崎以外にも誰か部屋の中に潜んでた奴がいたのかもしれないぜ。例えばユニットバスやクローゼットの中によ。その人物が真犯人で、そいつは死体発見時のドサクサに紛れて現場から立ち去った。そういう可能性は考慮しなくていいのかい？」

エルザの問いを受けて甲本は、馬鹿にするな、というような表情を見せた。

「もちろん、そういう可能性は真っ先に考慮したさ。僕らだって、松崎が犯人でないことを願う立場だからな。佐藤一之を玄関に残したのだって、ただ単に彼が怪我で動けなかったからじゃない。佐藤は一種の見張り役だったのさ。松崎以外の誰かが部屋のどこかに隠れていて、隙を見て立ち去ろうとすれば、必ず佐藤の目に留まるって寸法だ」

「へえ、まあまあ賢いじゃんか。——で実際、誰か見つかったかい？」

「いいや。僕らは一一〇番に通報した後、警察が到着するまでの間に、部屋の隅々まで捜してみた。ベッドの下やらカーテンの陰やら。だが誰ひとり見つけることはできなかった。玄関の佐藤も、やはり誰も見なかったらしい。結局、あの密室の中には、松崎と冷たくなった山野さんだけしかいなかったってことだ」

証明終わり、といわんばかりに甲本が断言する。

エルザは「なるほど、そうか」といったんは頷いたものの、「いいや、待てよ」と即座に首を振って尋ねた。「猫はどうしたんだ？　密室の中には白い猫がいたはずだよな」

「そう、そうなんですよ！」と勢い込んで口を開いたのは、早苗のほうだった。「山野さんは最近、仔猫を拾って飼いはじめたんですけど、その猫ちゃんがいつの間にか行方不明なんですよ。たぶん、私たちが玄関の扉を何度か開け閉めする間に、外に出ていっちゃったんだと思います。いまごろ、あの猫ちゃんがどこで何をしているのか、それを思うと心配で心配で……」

「そんなに心配？」私は興味本位で口を挟む。「あなた、猫好きなの？」

「ええ、大好きです。自宅でも二匹飼ってますよ。茶虎の猫と三毛猫を——あ、写真見ます？」

そそくさとスマホを取り出す早苗は、心の底から猫が大好きらしい。

しかし、猫にそこまで興味のない私は「いえ、写真は結構！」と速攻で遠慮する。

その様子を見ていた甲本も「いまはどうでもいいだろ、猫なんて」と冷たく言い放つ。

「甲本君は猫とか嫌いだから、そういうけどさあ……」と早苗は口を尖らせながら不満そうな顔だ。

すると甲本は、あらためて私たちのほうに向き直り、話を密室に戻した。

「——にしても君たち、やけに密室にこだわってるようだけど、そんなのどうでもいいんじゃないか。要するに、君たちは松崎英二の行方を追ってるんだろ。だったら、彼の隠れていそうな場所とかを聞いたほうが、よっぽど早いと思うんだが」

なぜ、そうしない？　というように甲本は疑惑の視線を探偵へと向ける。

エルザは余裕の表情を浮かべながら、茶色い髪を掻き上げた。「なーに、どんな事件も基本を理解することが重要なんでね。これから詳しく聞こうと思っていたところさ。――で、心当たりはあるのかい？　松崎の潜伏していそうな場所」

知ってるくせに、と密かに苦笑する私。すると探偵の問いに答えて、間島早苗がいきなり手を上げた。「そういえば松崎先輩、行きつけのスナックがあるっていってました。聞いたところによると地下にある《隠(かく)れ家(が)的な店》なんだとか」

瞬間、思わず「げッ」と声が出そうになる私。エルザは視線を宙に泳がせながら、

「ス、スナックだって⁉　い、いまどきの大学生がスナック通いなんて……なあ、美伽」

「え、ええ、あんまり聞かないわねえ。まあ、スナックにもいろいろあるでしょうけど……ち、ちなみに、どこのなんて店かしら？」結構ぎこちない口調で私が尋ねる。

早苗は半笑いの表情でサラリと答えた。「宮松町(みやまつちょう)の『純(じゅん)』って店ですって。なんかベタすぎる名前なんで、逆によく覚えています」

なんだ、『紅』じゃなくて『純』か！

私とエルザは学生二人に背中を向けて、「ホーッ」と深い溜(た)め息をついた。

3

湘南経済大学を出た私とエルザは、再び車を飛ばして平塚市内にある市民病院へと向かった。文芸部員のひとり、佐藤一之にも念のため話を聞いておこうと思ったからだ。

病院に着くなり、私たちはレセプション・センターへと向かった。受付の女性との交渉は野蛮(やばん)なライオンにはハードルが高すぎる行為なので、もっぱら私の仕事だ。

さっそく私は《佐藤一之の身を案じて駆けつけた友達の女子大生》であることを懸命にアピールしながら、彼の病室をさりげなく尋ねる。受付の女性は事務的な無表情で病室のナンバーを教えてくれたが、その無表情の裏側には『あら、この娘、やけに年齢高めの女子大生ね』という不審の念が垣間(かいま)見えた。——これって被害妄想(もうそう)かしら。

とにかく、私たちは佐藤の病室に向かった。

ノックして扉を開けると、寝間着姿の若い男がベッドの上だ。エルザは長年の友達同士のように、片手を挙げて病室に足を踏み入れた。

「やあ、見舞いにきてやったぜ、佐藤一之クン。見舞いの品はねーけどよ」

だが長年の友達どころか、実際のところ私たちはこれが佐藤との初対面。当然ながら彼は私たちの顔を見るなり、「誰だ、君たち？」と不審者を見るような目。しかしすぐに状況を把握したらしく「ははーん」とひとりで勝手に頷いた。「さては君たちだな、文芸部の部室に現れた変な探偵っていうのは」

どうやらネットを通じて情報が回っていたらしい。情報提供者は甲本豊あたりか。しかし、とんだ間違い情報だ。私たちは《変な探偵》ではない。でも、とにかくこれで自己紹介の手間は省けた。とりあえず私は、「《変な探偵》じゃないわ。《平塚でいちばんのガールズ探偵ユニット》よ」と、そこだけ訂正してから佐藤の姿をあらためて観察した。

頭や肩のあたりに痛々しい包帯が見える。顔は小振りで腕は細く、胸には厚みがない。この貧弱な身体が、松崎の肉弾攻撃をまともに受けたのかと思うと、よくぞ生き残ったな、と思わず賞賛の言葉を口にしたくなるほどだ。

「身体の具合はどうなの？」私が心配して聞くと、

「どうもこうもあるか！」と佐藤一之はたちまち鼻息を荒くした。「君たちも聞いていると思うけど、俺は松崎の奴に酷い目に遭わされたんだ。お陰で左肩を脱臼、背中には打撲傷。右足には捻挫と水虫。おまけに後頭部を地面に打ち付けたんで、念のために検査入院だ」

「へえ、大変だったのねえ」――だけど水虫は松崎クンのせいじゃないわよね！

あまり同情できない私は、佐藤の右足からそっと距離を取る。エルザは気にすることなく本題に移った。「ところで、事件の話を聞かせてほしいんだけどよ――」

それからしばらくの間、佐藤一之は事件発覚当時の状況について詳細に語った。その内容は、やはり甲本豊や間島早苗が語った話と、ほぼ同様のものだった。松崎から聞いた話とも矛盾はないようだ。落胆を禁じ得ない私。だがエルザはなおも懸命に食い下がった。

「松崎が山野夏希の部屋から飛び出してきたとき、あんたは玄関先でひとりだったんだよな。だったら、こういう可能性は考えられないかな。つまり、あんたが松崎の体当たりを喰らって地面にひっくり返ったとき、その隙に乗じて、もうひとりの誰かが開いた扉から密かに脱出した――なんてことは？」

「はあ、もうひとりの誰か？　松崎以外の犯人が、あの部屋にいたっていうことか？」

佐藤は首を傾げながら、ベッドの上で腕を組む。そしてキッパリと首を左右に振った。

「いいや、それはあり得ないな」

やけに自信ありげな答えだ。私はむしろ不思議に思った。

「なぜ、そう断言できるの？」

「あの玄関の扉は中から押し開くタイプだが、手を離せばバネの働きで自動的に閉じる。いまどきのアパートの玄関って、大抵そういう造りだよな。てことは、俺が転んでいる隙に脱出しようとするもうひとりの奴は、いったん閉じかけた扉をまた押し開けながら出てくるわけだ。そんな奴がいたら、転倒している俺だって絶対気付くさ。頭を打ったからって意識はちゃんとしていたし、転倒した場所は扉の本当にすぐ近くだったんだからな。鼠一匹、見逃すはずない」

「ふうん、そうかい。——でも、あんた猫一匹は確実に見逃してるよな」

「うッ」と言葉に詰まった佐藤は、一瞬考え込んだ後、顔を上げていった。「だから、その……要するに、頭の黒い鼠は一匹も見逃さないって意味さ。仔猫ぐらいは見逃すこともある」

「なるほど、そういうことか」エルザはいちおう納得した表情で頷いた。

密室の中に松崎英二以外の誰かが潜んでいたのではないか。その淡い期待は、もはや完全に消え去ったと考えていい。これ以上、この可能性を追求することは、まったく無駄なように思われる。だとすれば、私たちは何をどう考えるべきなのだろうか。

会話の接ぎ穂がない私は、しばし沈黙。するとエルザも困り果てたのだろう。彼女にしては酷く曖昧で雑な質問を投げた。「なんかこう、現場とか被害者とかを見て、気が付いたこととか、変わったことなんか、なかったかい？　それとも、玄関先にいたあんたは現場も死体も、まったく見てないのかな？」

「いや、いちおう見たぜ。お巡りさんが駆けつけてきたときに、一緒に中に入って少しだけ見た。しかし気付いたことといわれてもな。特に何もなかったような気が――いや、待てよ」

ふと顎に手を当てながら、佐藤は考え込む仕草。思わず固唾を呑んで見守る私とエルザ。やがて彼は顔を上げると、なぜか突然、私たちの前に右手の指を二本立てた。

おお、これは、まさしく勝利のVサイン。さては佐藤一之、美人探偵ユニットとの会話の中で、ついに事件解決に繋がる決定的な手掛かりを思い出したのか。

思わず顔を見合わせる私とエルザ。次の瞬間、エルザは獲物に襲い掛かるライオンのごとく、猛烈な勢いでベッドの大学生に顔を寄せた。

「何か思い出したんだな、おい！」

「さっさと喋りなさいよ、ほら！」

私の口調もついつい荒くなる。美女二人のあまりの剣幕にビビったのか、佐藤は激しく顔面を強張らせる。そして右手のVサインを、あらためて私たち二人の前に突き出した。

「え、なによ、Vサインがどうかしたの？」私はキョトンとして聞く。

すると彼の口から意外な答え。「殺された山野さんが、こうしてたんだ」

「こうしてたって⁉　え、山野夏希の死体がVサインをしてたっていうの⁉」

「ああ、そうだ」佐藤はVサインの右手を高く頭上に掲げながら、「山野さんの死体はサッシ窓に向かって、こう右手を伸ばすような感じで床に倒れていた。その伸ばした右手が、なぜかVサインになってたんだな。要するに、山野さんは右手の人差し指と中指を立てて、死んでいたってわけ。もっとも、それがVサインなのか、ピースサインなのか、それとも居酒屋でよくやる『二名だけど空いてる？』のサインなのか、俺にはサッパリ判らないけどさ」

「…………」三つ目の線は絶対ないと思うが。「ねえ、どう思う、エル？」

すると私の賢い友人は難しい顔で腕を組みながら、呟くようにいった。

「さあな。ひょっとしてダイイング・メッセージってやつか……？」

4

「……とまあ、そういう話だったんだけどよ」

スナック『紅』のカウンター席。私の隣に座る生野エルザは昼間の探偵活動と、その収穫について語り終える。そして、あらためてカウンターの向こう側へと視線を向けた。

「佐藤一之の話によれば、山野夏希の右手はこんな恰好だったそうだ」

そういってエルザは自らの右手で、いわゆるVサインの形状を示す。「あんたの話には、いっさい出てこなかったことだけど、気が付かなかったのかい？　それとも佐藤が嘘をついているのかな？」

　カウンターの向こう側に立つ男、松崎英二はガラスのコップを布巾で磨きながら、彼女の問いに耳を傾けている。警察の目を逃れてこのスナックに身を隠させてもらっている彼は、その代償として、店にある食器を全部磨くようにママさんから命じられているのだ。

　松崎はコップを磨く手を一瞬止めて考え込むと、「いわれてみれば……」と頷いて、また布巾を持つ手を動かしはじめた。「確かに、山野さんの右手は指を二本だけ立てた恰好でした。佐藤のいうとおり、Vサインの形になっていたと思います。いえ、べつにわざと黙っていたわけじゃありませんよ。あのときは気が動転していたから、そんな細かいことまで考えが回らなかったんです。正直、深い意味があるとも思わなかったし……」

「実際、深い意味があるのかねえ」と松崎の隣でママさんが疑問の声をあげた。「ダイイング・メッセージって、アレだろ、殺された人間が死に際に犯人の名前を残すやつ。じゃあ、被害者がVサインしてたってことは、犯人の頭文字はVってことかい？」

「だとすれば、容疑者はぐっと絞られるわね」

　私はビールのグラスを手にしながら、敢えて真剣な表情を作った。「きっと山野夏希を殺したのは湘南経済大学の留学生なんだわ。ヴィクター君やヴィクトリアさん、あるいはヴィンセント君かもしれないけれど。——ねえ、エル？」

「確かに頭文字がVって日本人は思い浮かばねえな。ジャイアント・ヴァバぐらいか」

「ジャイアント馬場ね」頭文字はVではなくBだと思うが、念のため聞いてみる。「ねえ松崎君、被害者の周辺に頭文字がVで始まる留学生やハーフの子、あるいはヴァバ君って呼ばれてた子とか、いなかった？」

「ええ、留学生もハーフもヴァバ君も思い当たりません。——ていうか、なんですか、ヴァバ君って。もう、真面目にやってくださいよ！」といって松崎英二は顔をしかめる。

ならば、ご要望に応えるしかない。彼にとってけっして愉快な話ではないと思うが、避けては通れない問題がひとつある。

私は自分の右手でVサインを作って、彼の前に示した。

「判ったわ、真面目に考えましょ。——いい、松崎君？　この指の形はVサインともいうけど、数字の『2』を意味しているとも考えられるわよね。もしこれが犯人の名前を示しているのだとするならば、真っ先に考えられるのは誰かしら」

「数字の『2』ですか。さあ、誰ですかねえ」と松崎は本気で見当が付かない様子。

すかさずエルザが「マジかよ」と心底呆れた声を発した。「名前に『2』が付くっていえば、松崎英二。つまり、あんたのことだろ。他にいねーじゃんか」

松崎の顔面を真っ直ぐ指差すエルザ。その疑惑の視線を撥ね退けるように、彼は慌てて首を振った。「そ、そんなあ。そんなの駄目ですよ。いくらなんでも単純過ぎますって」

「なーに、所詮ダイイング・メッセージなんて単純なもんだぜ」

なんせ死に際なんだしよ——と身も蓋もないことをいってエルザはグラスのビールをひと口。隣で私は皿に盛られた焼きうどんを箸で摘みながら、友人の言葉に深く同意した。

「そーよ、複雑なダイイング・メッセージって小説の中だけのものよ」

なんせ死に際なのだから。それに、そもそも事件は密室の中、しかも松崎が泥酔した状態で起こっているのだ。結局、すべては酒に酔った彼が無意識のうちにやらかしたことだったのかも。そして頭に傷を負った被害者は、最後の力を振り絞って真犯人《英二》を示す意味で、指二本を立てて息絶えた。そういった可能性は否定できないのではないか。

私は正直そう思ったが、しかし当然ながら松崎は納得いかない顔だった。

「ちょ、ちょっと待ってください。そのVサインっていうかピースサインっていうか、要するにその指の形、本当に山野さんが意識して残したメッセージなんですか。頭を打って倒れた彼女の指が、偶然そんな形になっただけ。そういう可能性だってあるでしょ？」

「あら、それはないわ」

と断言した私は、右の掌を開いたり握ったりしながら、その根拠を述べた。「いい、松崎君？　手の形をグーとかパーにするのは無意識でする行動よね。それに対して手をチョキの形にするのは意識的な行動だわ。例えば、何百回ものジャンケンを、しかも高速でおこなった場合、チョキに比べてグーやパーを出す確率は自然と増える。無意識の行動だから当然そうなるのね」

と、ここで私はビールをひと口。さらに持論を展開した。「さて松崎君、ここから導き出される結論は何？　相手がグーかパーを出す確率が高いということは、そう、こっちはパーを出せば勝てる。悪くても引き分けに持ち込める。その確率が高いということよ」

「え⁉　では高速でおこなうジャンケンにおいてはパーを出すのが有利だということ」

重大な真理を摑んだとばかりに松崎が身を乗り出す。

だが、私はそんな彼に余裕の笑みを向けながら、「――と思うでしょ？」といって顔の前でチッチッと指を左右に振った。「ところが違うのよねえ。パーが有利ってことは、相手も見抜いているはず。ならば、そのパーに勝てるチョキこそが最強の手ってことになるわけよ。――判ったかしら、松崎君？」

長年温めてきた持論である《チョキ最強説》。それを存分に語り終えた私は、大満足でビールをゴクリ。隣でエルザが「はあ、いったい何の話だよ？」と眉をひそめる。

「そういえば、何の話だったかしらね」——なんだか忘れちゃった!

「馬鹿だねえ。ジャンケンの必勝法の話だよ」ママさんが真顔で答えると、

「違いますよ。ダイイング・メッセージの話です」松崎が慌てて訂正した。

ああ、そうだった、と思い直して私はようやく話題を元に戻した。「そうそう、要するにチョキの形は意識的なの。偶然そんな形になったなんてこと、あり得ない。そこには当然、死んでいった山野夏希の意思が込められているはずよ。——ねえ、そうでしょ、エル?」

「いや、そう決めつけることもできねーな」とエルザは慎重にいった。「犯人が松崎英二に罪を擦り付けるため、わざと死体の指を二本立てた。そう考えることもできるだろ」

「そっか。だとすれば、指の形は被害者の意思ではなくて、犯人の意思か。——てことは?」

「てことは要するに、ダイイング・メッセージなんて真に受けないほうがいいってことさ。あまり真剣に考えると、逆に犯人の思う壺だからよ。——まあ、そもそもあたしら、さっきからそれほど真剣に考えてねーけどな」

いや、そんなことはない。私はこれ以上ないほど真剣に考えてきた。だが、確かにエルザのいうとおりかもしれない。ダイイング・メッセージを重要な手掛かりだと考えて、う

っかり飛びつくと、かえって墓穴を掘ることになる。その危険性は大だ。

私とエルザはその後も密室の謎やら犯人像について、小一時間ほど議論を重ね、飲酒を重ね、そうしてスナックでの《極秘捜査会議》はお開きとなった。ところが——

「そいじゃな、ママさん」

とカウンターの椅子を立った瞬間、エルザはふと何か思いついた表情。いきなり私に奇妙な要求をぶつけてきた。「なあなあ、美伽美伽！　右手の指を二本立ててみろよ。そう……いや、もうちょっとVの角度を狭くして、二本の指がくっつくくらいに……そうそう……で、その二本の指をコメカミに当ててみ。いいから当ててみ」

「え、なによ、エル？　コメカミにって……こう？」

私はいわれるままに二本の指を自分のコメカミへと持っていく。

すると、すかさずエルザの口から——「ちぃーッす！」

「馬鹿馬鹿、なにやらせんのよ、エル！　さてはあんた、酔っ払ってるわね！」

思わず赤面する私は、真っ直ぐ立てた二本の指で友人の首をブスッと突いた。首を狙(ねら)ったのは、こちらの咄嗟(とっさ)の判断。さすがに目は危ないと思ったからだ——

5

「……まったく、美伽様は怒ると見境がねーんだからよー」

痛めた喉元を手でさすりながら、生野エルザは不満を呟く。スナック『紅』を出た私たちは、夜の繁華街を抜けて探偵事務所へと帰還するところ。アルコールが入っているので車は使わず、移動は徒歩だ。先ほど私が反射的に放った一撃。それをまともに受けたエルザの喉は若干赤くなっている。「指二本で地獄突きする奴なんて、初めて見たぜ」

「エルが馬鹿なことやらせるから、ついつい手が出たの。なにが『ちぃーッす』よ！」

「いやいや、判んないぜ。山野夏希を殺したのは、俗にいう『チャラ男』だった。彼女はそのことを伝えるために、『チャラ男』らしい挨拶のポーズを死に際に残した。湘南経済大学にだって、そういうチャラチャラした奴はいっぱいいるだろ」

「いっぱいいるでしょうけど、いっぱい過ぎて手掛かりにならないんじゃないの？」

私は首を左右に振りながら、別の見解を述べた。「それより、さっきふと思ったんだけど、指を二本立てるポーズといえばサミング、いわゆる目潰し攻撃の意味もあるわね」

「なるほどな。でも死に際の伝言が『サミング』ってのは、なんか違うんじゃねーか」

そうこうするうちに、私たちは札場町にある『海猫ビルヂング』に到着。階段を上がって事務所の玄関にたどり着く。何気なくドアノブに手を伸ばすエルザ。だが次の瞬間、その横顔がふいに険しくなった。「あれ、変だな。玄関の鍵が開いてるぞ」

「え、嘘!?　まさか、泥棒……」

エルザは唇に指を当てながら、「シッ」といって私を黙らせる。そしてノブを引き、扉を開け放つと、牝ライオンらしい俊敏な動作で室内へと身を躍らせた。私も後に続く。すると暗い事務所の中は、普段とは何かが違う雰囲気。――ひょっとして誰かいる？

危険を察して身構える私。その横で、エルザが壁のスイッチに手を伸ばす。たちまち天井の蛍光灯に明かりが灯り、事務所の様子が照らし出される。

瞬間、私の目に飛び込んできたのは、お客様用の応接セットだ。ソファの上でスーツ姿の男が長々と寝そべっている。

「きゃあぁッ」声をあげた私は、慌てて友人の背後に身を隠す。「――だ、誰!?」

その声で目覚めたのだろうか。男がソファの上でむっくりと上体を起こす。

左右を見回して私たち二人の姿を認めると、男は悪びれる様子もなく片手を挙げ、呑気な声を発した。

「やあ、君たち、やっと戻ったのか。やれやれ、待ちくたびれたぞ」

男は口許に手を当てて、「ふあぁ」とアクビを嚙み殺す。

エルザは彼の顔をマジマジと見やりながら叫んだ。「おい、美伽。警察に通報だ。『ウチの事務所で怪しい男が寝ています。間違いなく不法侵入者です』って！」

「そ、そうね。確かに、これは立派な犯罪行為よ。――いいわね、宮前刑事！」

警官の不祥事を警察に通報するのは、私としても初めての体験だが、今回ばかりは致し方ない。私は携帯を取り出し、いますぐ一一〇番をプッシュする体勢。そんな私の姿を見て、平塚署の宮前刑事は困惑の表情。両手を振りながらソファから立ち上がった。

「まあまあ、そう慌てるなよ、君たち。それに不法侵入というけど、そもそも俺がこの事務所を訪れたとき、玄関に鍵が掛かっていなかったんだからな。そっちも悪いだろ」

「ん、鍵が掛かって――って、おーい、美伽ぁ！」

「ごめぇーん」友人に一喝された私は、顔の前で両手を合わせた。

ライオンの檻に施錠するのは、私の重要な任務なのだ。今日は出掛けにバタバタしていたため、つい忘れたらしい。

身を小さくする私の前で、宮前刑事は鷹揚に手を振った。「なーに、大丈夫だ。コソ泥が入らないように、この俺が見張ってあげていたからな。全然、問題はないさ」

そうだろうか。いくら施錠されていなかったとはいえ、現職刑事が他人の事務所で勝手に居眠りするのは、結構な問題行動であるはず。しかし宮前刑事は、いっさい気にする様子もなく平然とソファに座りなおした。

「そんなことより、君たちに大事な用があって、ここにきたんだ」

「居眠りするためじゃなくてか？　判んねーな。なんだよ、大事な用って？」

「あ、ひょっとして！」時節柄ピンときた私はパチンと両手を叩く。そして叩いた両手を合わせたまま目の前の彼を拝んだ。「ごめんなさーい。宮前さんの分は買ってないのよー」

「ん、俺の分って、なんのことだ？」

「なにって、バレンタインデーのチョコレート、貰いにきたんでしょ……」

違うの？　と首を傾げる私。たちまち宮前刑事は声を荒らげながら、

「馬鹿いうな。誰がチョコ欲しさに探偵事務所で待ち伏せするんだよ。そんな刑事、いるわけないだろーが！」

「とかなんとかいって、ちょっぴり期待してたんじゃねーのか」

探偵が揶揄するような視線を向けると、「そ、そ、そんなことはないさ……」といって刑事はプイと顔を背けた。

宮前刑事、意外に嘘のつけない奴！　だったら今度、買ってきてあげようか。私とエルザ、二人の義理がたっぷり詰まったチョコを――と、そんなことを考える私をよそに、

「そうじゃなくて、君たちに聞きたいことがあるんだよ」

宮前刑事はようやく本来の目的を思い出した様子で、真面目な質問を投げた。

「君たち、湘南経済大学の文芸部で聞き込みしていたそうじゃないか。他の捜査員から報告があったぞ。いったい何を探ってるんだ？　いや、答えなくても判ってる。山野夏希殺害事件だよな。俺が聞きたいのは、いったい誰に何を頼まれたのか、だ」

「答えなくても判るだろ。そんなの警察に喋れるわけねーってことぐらい」

エルザは向かいのソファには座らず、敢えてテーブルの端にチョンとお尻を乗せた。宮前刑事に背中を向けながら、堂々と脚を組む。これは相手と完全に敵対する態度だ。

刑事は口許をムッと歪めながら、探偵の背中に問い掛けた。「まさか、松崎英二の居場所を知ってるんじゃないだろうな。だったら隠さずに話せよ」

「はあ、松崎英二？　誰のことだい、それ？」

エル、そのとぼけ方は大胆すぎないかしら。私たち文芸部の部室で、さんざん松崎英二の話をしたんだから。――私はヒヤヒヤしながら、二人のやり取りを見守った。

「あのな、俺は君たちの身を案じて、忠告してやってるんだぞ。松崎英二は山野夏希を殺害して逃走中の男だ。それをかくまうことは重大な犯罪行為だぞ。判ってるのか」

「宮前こそ判ってるか？　無実の人間を逮捕するのは、重大な冤罪（えんざい）行為だってこと」

「冤罪じゃない。犯人は松崎だ。現場の状況から見ても、それは明らかだ。松崎は鍵の掛かった部屋の中で、被害者と一緒にいた唯一の人物なんだからな」

「でも要するに、それだけなんだろ。警察が松崎を犯人と決め付ける根拠は」

「いや、それだけじゃない。被害者は死ぬ直前に、松崎英二が犯人であることを、自らの手でメッセージとして残している。君たちは知らないだろうが、被害者の右手は指を二本突き出すような恰好をしていてだなあ……」

「知ってるぜ、そのことなら」探偵は刑事の言葉を遮るようにいった。「だけど、まさか宮前がそんなダイイング・メッセージを真に受けるとは、正直、思わなかった。被害者が指を二本突き出しているから犯人は松崎英二だなんて、あんまり単純すぎるだろ」

「なーに、所詮ダイイング・メッセージなんて単純なものさ。複雑なダイイング・メッセージなんて小説の中だけ。そう思わないか、君たち？」

「………」

この刑事は、『紅』で私たちが交わした会話を、同じ店内で聞いていたのではないか。そんな疑念を私は抱（いだ）いた。エルザも苦い表情で黙り込むばかりだ。

私は咄嗟に話題を変えた。

「ねえ、宮前さん、ひとつ判らないことがあるの。仮に、松崎英二が犯人だとして、彼はどうやって被害者の部屋に入れたの？　松崎英二と山野夏希は親しい間柄だったわけ？」

「いや、親しくはなかった。だが不仲って訳でもない。サークル仲間から聞いた話によれば、むしろ山野夏希は松崎英二に対して密かに好意を寄せていたらしいな……」

「それなら知ってるわ。山野夏希は男性部員から人気の的だったそうね。そんな彼女に松崎英二が好意を寄せるのは当然のこと……って、えぇぇぇッ、宮前さん、いまなんつったの!?」

　思わず変な口調で聞き返す私。すると宮前刑事も変な口調になりながら、

「え、なに？　俺いま、なんつったっけ？」

　と彼自身ビックリした表情。するとテーブルの端に腰を下ろすエルザが、宮前刑事の方に顔を向けながら、ゆっくりと繰り返した。「山野夏希は松崎英二に対して密かに好意を寄せていたらしい——宮前はいま、そういったんだぜ。なんかの間違いじゃねーのかよ」

「いいや、べつに間違ってないぞ。山野夏希は松崎英二に対して好意を持っていた。彼女自身が一部の女友達に漏らしていたことだ。だったら松崎が彼女の部屋に上がり込むことも、そう不自然なことではない。松崎が山野の部屋にいきたいといって、彼女がそれに応えたのかもしれない。あるいは酔った松崎を、山野が自分の意思で部屋に誘ったのかも。いずれにしても、松崎と山野は彼女の部屋で二人っきりだった。そこで二人の間に何が起

こったのかは想像するしかないが、まあ、不埒な欲求に駆られた松崎が、彼女を無理やり押し倒そうとしたのかもな。百キロの巨体でもって」

考えることは誰しも同じらしい。探偵は腕組みしながら刑事の言葉を引き取った。

「ところが、土壇場で山野夏希はそれを嫌がって激しく抵抗。パニックに陥った松崎英二は、彼女を突き飛ばして……。それが警察側の見立てってことかい？」

「あくまでも想像だ。殺害に至る経緯は正直、まだよく判らん。だが、いずれにしても山野夏希殺害の犯人が松崎英二だという事実は動かない。かくまうと為にならないぞ」

再度脅しをかける宮前刑事。一方、私たちは仲良く顔を見合わせながら、

「かくまってねーよ。——なあ、美伽」

「かくまってないわ。——ねえ、エル」

笑顔を浮かべて全力でとぼける二人。すると我慢強い宮前刑事も業を煮やしたらしい。

「そうか。じゃあ勝手にしろ」

勢いよくソファを立った彼は「邪魔したな、名探偵」といって真っ直ぐ事務所の玄関へ。そして扉を開け放ちながら、「さっきもいったが、チョコなんか全然いらねーからな。くれるとしても貰ってやらねえから！」と無駄に念を押した。

畜生め、という捨て台詞とともに扉が閉じられる。階段に響き渡る荒々しい靴音。

それを聞きながら、心優しい友人は哀れむような目を私に向けた。

「おい、美伽、今度あいつに何か買ってやれよ……」

6

翌日の午前。繁華街の駐車場にひと晩放置したシトロエンを迎えにいくため、私とエルザは再び明石町へ。そのまま車に乗り込むと、運転席の友人はその進路を南へと向けた。事件現場となった山野夏希のアパートを、ひと目見ておく必要があると思ったからだ。松崎の話によれば、問題のアパートは平塚駅の南側、松風町の一角にあるとのことだった。

今日のエルザは普段どおり革ジャンにデニムパンツ。軽やかなハンドルさばきで、目的地へと車を走らせる。その快調な運転を無理やり遮るように、私はいきなり声をあげた。

「あッ、エル！　ちょっと止まって――」

運転席の彼女は「えッ」と、その場で急ブレーキ。古いシトロエンは「キキ、キーッ」と黒板を引っ掻くような騒音を撒き散らしながら、なんとか道端に急停止。友人は血相変えて私に突っかかった。「なんだよ、美伽、いきなり止まれって！」

「まあまあ、いいから、ちょっと待っててよ」

吠（ほ）えまくるライオンを軽くいなしてから、私はひとり車を降りた。

道を渡った目の前にあるのは、とあるチョコレート専門店だ。しかしこの店、ただのチョコレート屋さんではない。『生チョコ発祥の店』として全国にその名を轟（とどろ）かせる有名店なのだ。その割に平塚がチョコレートで有名な街としてフィーチャーされることは滅多にないのだが、それはたぶん平塚市のPR不足だろうから、まあ仕方がないとして――

このタイミングで通りかかったのも何かの縁だろう。それに昨夜の件もある。私は店に駆け込むと、混み合う店内で女性店員に声を掛けた。「義理チョコをください。ひと目で義理だと判るやつを。それと、もうひとつは……」

話の判る店員さんは、ごくごく普通の小箱に入った定番のチョコと、ハートが描かれた化粧箱に入ったチョコを薦（すす）めてくれた。私はその二つを購入して車に戻る。

「うふふ、お待たせー」

「マジで宮前の分を買ったのか⁉　大丈夫かよ、そんなことして。宮前の奴が美伽のことを女として意識するようになったら、どうすんだ？　付き纏われても知らねーぞ」

「馬鹿ね。そんなこと、ないない」気を回しすぎる友人の隣で、私は企むような笑みを覗かせながら、「さあ、いきましょ！」と前を指差す。

運転席の友人は再びアクセルを踏み込み、車をスタートさせた。

やがて車は松風町に到着。そこは戸建ての住宅や低層のアパートが立ち並ぶ住宅街だ。その一角に目指すアパートがあった。車を降りた私たちは、道端に立つ電柱の陰から問題の建物を遠巻きに見やった。

それは、いかにも単身者向けのワンルーム・アパートといった外観の鉄筋二階建て。一階の中ほどの部屋の前に、捜査員らしき男たちの姿が見える。事件発覚の朝から数えて、今日でまだ三日目だ。現場となった一室は、いまだ立入禁止の状態にあるらしい。

その様子を眺めながら、私は呟いた。「うーん、これはどうも、チョコレートを渡せる雰囲気じゃないわね」

「ここで渡す気だったのかよ」

呆れたぜ、というようにエルザが目を丸くする。「愛の告白どころか、部屋に近づくことさえ無理っぽい感じだな。宮前の姿も見当たらねえし」

確かに、部屋に出入りしている捜査員は見覚えのない中年刑事たちだ。

「どうする、エル？　現場を調べるチャンスは、ないみたいだけど……」

「うーん、どうすっかなー」と茶色い髪を搔き上げるエルザは、チャンスの種を探すように周囲を眺め回す。するとその視線が突然、一本の街路樹の根本でピタリと静止。そして彼女は妙に嬉しそうな声を発した。「うわ、見ろよ、美伽！　ほら、猫だ、猫、猫、猫！」

彼女の言葉を厳密に解釈するなら、あたかも猫が四匹ほど顔を並べているかのように聞こえるが、実際はそうではない。猫は一匹のみ。それは目の前の街路樹の陰で寝転んでいた。全身を白い毛で覆われた仔猫だ。「あら、可愛い猫ちゃんね。——ん、でも待って。そういえば山野夏希の飼い猫が現場から逃げ出したって話だったけど、もしかして！」

「ああ、白い仔猫だしな。たぶん間違いない」

「だったら、捕まえてあげないと」

私は腰をかがめると、いわゆる猫なで声で白猫を呼んだ。「ほらほら、おいでおいで……大丈夫よ、何もしないから……ほら、こっちこっち……ほら、こっちだってば……ねえ、ちょっと、逃げないで……ほら、いいから、こっちきなさいっての……なによ、もう、私のことが嫌い？　ええい、可愛くないわねえ！」

まったく寄りつこうとしない白猫に腹を立てて、私は思わず「チッ」と舌打ち。

隣でエルザが「美伽、0点だぜ……」と哀しげに呟いた。

自分の何が0点なのか、私にはサッパリ判らない。白猫を捕って食おうとか、そんな邪悪なことは少しも考えていないのに……

すると首を捻（ひね）る私の隣で、今度はエルザが腰をかがめる。右手を差し出して、僅かに指先を動かす。そして声帯のどこをどう震わせたのか知らないが、彼女はいきなり「にゃあ～ぉ」と見事な鳴き真似を披露。すると白猫のほうも「ニャア～」と応えて、たちまち両者の間でなんらかの会話が成立（?）。白猫は彼女のもとに擦り寄ってきた。どうやら白猫は目の前の探偵を同類と認めたらしい。猫とライオンとの種族を超えた奇跡の交流に、私は感嘆するしかなかった。

「さすがよ、エル。これはもう人間の業じゃないわ」

私はどこまでいっても霊長類ヒト科の生き物だから、ここまで猫と仲良くなれない気がする。相手が《霊長類ネコ科》の女探偵なら、まあまあ仲良くやれるのだが——

「なーに、美伽が下手すぎるんだよ。結構可愛い仔猫ちゃんだぜ。人にも慣れてるみたいだしよ」

エルザは白猫を革ジャンの肩に乗せて、すっかりご機嫌だ。その姿は茶髪の牝ライオンがホワイトライオンの赤ちゃんと戯れているかのようで、なんだか微笑ましい。普段と違って無邪気な顔を覗かせる友人の姿に、私の表情も自然と緩む。

だが次の瞬間——

白猫はエルザの肩からピョンと飛び降りると、再び街路樹の陰に隠れて、いきなり足を踏ん張る。これは排泄の姿勢だと、猫を飼ったことのない私でもなんとなく判った。

猫のトイレタイムを邪魔しないよう、私とエルザはアサッテの方角を見やりながら二人揃って口笛を吹く。やがて排泄を終えた白猫が後ろ足で地面を掻く。するとエルザは意外そうな表情。街路樹の陰の排泄物を見やりながら、

「おい、見ろよ、美伽。この猫、下痢してるぜ。何か悪いものでも食べたんじゃねーか。そういや、なんだかこの子、顔色も悪いし……」

顔色が良いも悪いも、よく判らない。なにせ真っ白な猫なのだ。だが友人は心配そうに仔猫を両腕で抱くと、その白い顔をジッと見詰めながら独り言のように呟いた。

「いや、待てよ……そういや、そうだ……なんで気付かなかったんだろ……てことは、あ、そうか……」

探偵は何かを摑んだような顔つき。その腕の中で白猫はキョトンとした表情を浮かべている。

私は当然、彼女が何を思いついたのか、すぐにでも聞きたい気分。だが、そのとき突然、背後から私たちを呼ぶ声があった。「おい、なにやってんだ、君たち？」

驚いて振り向くと、目の前に佇むのは昨日も見かけたスーツ姿。またしても宮前刑事だ。彼はエルザが抱く白猫を認めると、

「ややッ、その猫は！」

と、いきなり興味を示して右手を伸ばす。探偵は邪悪な魔の手から仔猫を守るかのごとく、くるりと刑事に背中を向けた。

「触んなよ、あたしの猫ちゃんなんだから」

「嘘つけ。それはおそらく被害者の飼っていた猫だ。君たちが見つけたのか。だったら結構。おとなしく、こっちに渡してもらおうか。その猫は本来、遺族のものなんだからな」

「えー、うちで飼っちゃ駄目ぇ？」とエルザは上目遣(うわめづか)いに宮前刑事を見詰める。

――エル、拾った猫を『捨ててきなさい』って親にいわれて悲しむ子供の目みたいよ。

私は友人の滅多に見せないレアな表情に思わずキュンときた。宮前刑事も困惑の表情を覗かせながら、「こらこら、そういう目で俺を見るな。いいから猫を渡せ」

「ちっ、仕方ねえなあ。ほらよ」

エルザはやさぐれた女探偵の表情に戻って、刑事に白猫を手渡す。そして被害者のアパートへと視線を向けながら、いきなり申し出た。「でもよ宮前、その代わりといっちゃナンだけど、ちょっと調べさせてくれねーかな。ひとつ試したいことがあるんだ」

「調べるって、被害者の部屋を？　そりゃ無理だ。君たち、完全な部外者じゃないか」

「部外者ってことはねーだろ。これでも事件の重要人物の居場所を知ってるぜ」

突然、探偵の投げた餌(えさ)に、刑事はすぐさま食いついた。

「重要人物って松崎英二のことか。やっぱり知ってやがったんだな。で、奴はいま、どこにいる。ほら、さっさと喋れよ」

「だったら、その前に現場を見せてもらいてーな」

「くそ、取引しようってのか」

歯噛みをする宮前刑事は少しの間、考えてから独断で首を縦に振った。

「よし、判った。特別に現場を見せてやる。調べたいことがあるなら勝手にしろ。で、松崎はいま、どこにいるんだ？」

「なにいってんだ。こっちの調べるのが先だろ」

「はあ⁉　松崎の居場所を教えるのが先だろが」

「こっちが先じゃなきゃ、何も教えてやれねえ」

「こっちが先じゃないなら、この話はナシだな」

詰め寄る刑事と一歩も引かない女探偵。長すぎる睨み合いに飽きたのか、刑事の腕の中で白猫が「ファ～」とアクビをする。これ以上の膠着状態は時間の無駄。そう判断した私は角突き合わせる二人に提案した。

「仕方ないわね。あなたたち、ジャンケンしなさい！」

その瞬間――え、ジャンケン⁉　というように刑事と探偵が顔を見合わせる。

舞い降りる微妙な静寂。私はエルザに向かい『判ってるわね』とばかりに右手でVサインを送る。すると私の賢い友人はハッとした表情。そして『判った』というように深々と頷いた。

「ジャンケンか。あたしは構わないぜ。勝負してやろうじゃねえか」

すると宮前刑事も腕の中の白猫をいったん私に手渡しながら、

「よし、いいだろう。俺が勝ったら、松崎の居場所を教えろよ」

「あたしが勝ったら、現場を調べさせてもらうからな」

そうして迎えたジャンケン一本勝負。刑事と探偵は「最初はグー」の掛け声とともに揃って拳を突き出す。ピンと張り詰める空気。互いの視線が激しく火花を散らす中——

「ジャーンケーン！」探偵が叫ぶ。

「ポォォォ——ン！」刑事も叫ぶ。

繰り出されるは、最強のチョキ。

対抗するのは、まさかのグーだ。

——ああッ、そんな、馬鹿なッ。

と思った次の瞬間、「よっしゃあ！」といってグーの拳を高々と突き上げたのは、エルザのほうだ。一方の宮前刑事は「チッキショー」と無念の表情で敗れたチョキを見詰めている。すべては一瞬の出来事だったが、私はなんだか釈然としない気分。そんな私に向かってエルザは勝利のグーを突き出しながら、

「どうだ、美伽。《チョキ最強説》破れたりぃ！」

勝ち誇る友人の前で、私はせめてもの負け惜しみを呟くしかなかった。

「そ、そりゃまあ、チョキだって負けることはあるわよ。三回に一回ぐらいはね……」

7

こうして紆余曲折を経た後、私とエルザと白猫の三人は――いや、違う。二人と一匹だ。いやいや、一人と一頭と一匹というべきかしら。まあ、細かいことはどうでもいいけれど――とにかく私たちは宮前刑事の特別な計らいのもと、山野夏希の部屋に入室を許された。

そこは松崎英二から聞かされていたとおりの空間。まさしく典型的なワンルーム・アパートの一室だった。玄関から廊下へと足を踏み入れたエルザは、真っ直ぐ居間へと進む。彼女の背中を白猫が尻尾を立てて追いかける。その姿は母ライオンの後を追う仔ライオンのようだ。

するとエルザは部屋の片隅にあるキッチンへ。そこに置かれた小さな冷蔵庫の扉を開けて、中を覗き込む。まるで自分の部屋に帰ってきた女の子が、『お腹すいたー、何かないー?』と食べ物を物色する姿そのものだ。白猫は彼女の傍らで、お行儀よくお座りの体勢を取っている。

「ちょっとエル、なにやってんの? よその家の冷蔵庫を覗いたりして」

卑(いや)しいライオンをたしなめる私。するとエルザは冷蔵庫の扉を足で閉めながら、

「へへへ、いまの季節だから、きっとあると思った……」

と満足そうな笑み。その手には小さな茶色い小箱があった。箱の蓋には可愛いハートのイラストが描かれている。すでに封は切られているようだ。エルザが蓋を取ると、中身はやはりチョコレートだった。それもただのチョコレートではない。

「生チョコね」と呟きながら、私は怪訝な表情を浮かべた。

エルザもいったとおり、いまの時季、女子の部屋の冷蔵庫にチョコレートがあることは、少しも珍(めずら)しくない。なにしろバレンタインの季節なのだ。デパートなどの特設売り場にいけば、有名店がこぞってブースを出して新作チョコレートを売りまくっている。好きな男の子のために買う女子もいるだろうが、最近では友達同士のプレゼント、あるいは自分へのご褒美(ほうび)として購入するケースも多いらしい。実際、エルザが手にした箱の中身は、

すでに半分ほど消費されていた。おそらくは山野夏希が自分で食べたのだろう、と私は思った。

しかし、なぜエルザはそれを被害者の冷蔵庫から取り出したのか。彼女は密室の謎を解くために、ここを訪れたはず。密室とチョコに何か関係があるというのだろうか。すると私と同じ疑問を抱いたのだろう。宮前刑事が不思議そうな顔で尋ねた。

「そのチョコを、どうするんだ？」

「どうするって――こうするのさ」といってエルザは箱に残った生チョコの一粒を指で摘み、指の間で捻り潰した。柔らかい生チョコは、人肌の温度でもすぐに溶け出してクリーム状になる。「でも、これはいったん置いといて……」

「置いとくのかよ！」

呆れる宮前刑事をよそに、エルザはチョコでベトベトになった指先を、いったん水道の水で洗う。それから彼女は再び冷蔵庫の中を物色すると、「ん、なんだ、これ？」といって奥のほうからガラスの小瓶を取り出した。まだ開封されていない小瓶の中身は、なにやら黒々としたものだ。

「おッ、これって海苔の佃煮じゃんか」いいながらエルザは小瓶の封を切って中身を確認。満足そうに頷くと、「よし、これを使おう。――見てろよ、宮前」

エルザは余裕の笑みを覗かせながら、サッシの窓辺へと歩み寄る。そこにあるのは密室問題の中で再三にわたって話題になった例のクレセント錠。いまはロックされた状態だ。

私自身、この部屋のクレセント錠の実物を見るのは、このときが初めてだった。それは、いまどきのサッシ窓でよく見かける、レバーの部分が長く伸びた、ちょっとスタイリッシュなタイプのクレセント錠だった。エルザは窓際で腰をかがめると、

「これを、こうする……」

といって小瓶の佃煮を指先ですくい、黒いレバーの片面にベタベタと塗りはじめた。

私と宮前刑事は、啞然とした表情でエルザの突飛な行動を見守るばかりだ。

やがて佃煮を塗り終えたエルザは、キッチンの水道で指を洗い、それからあらためて室内をぐるりと見回した。その視線がベッドの隣に置かれた四角い箱状の物体に留まった。

一辺が五十センチほどある立方体の茶色い箱。それは、どうやら飼い猫のための巣箱のようだった。いや、巣箱という呼び方は変か。猫の小屋。猫の寝床。猫の家。猫ボックス。猫箱……

まあ、呼び方なんてどうだっていい。要するに、白猫が中に入って寝たり、上に乗っかって遊んだりするための箱だ。エルザはそれを両手で抱え持つと、

「うん、これだ。これがちょうどいい……」

といって窓辺へと移動。その箱を窓の中央にピタリとくっつける恰好で床に置いた。それからエルザは閉まっているクレセント錠のレバーを指先で傾けていった。真上（すなわち天井）を向いていたレバーは九十度倒されて、いまはこちら側（すなわち室内側）を向いている。その状態でエルザはサッシの窓枠を静かに引いた。窓は滑らかに開いた。

「見ろよ、美伽。いまレバーはちょうど半分倒された状態にある。この中途半端な状態でも窓は自由に開閉できるんだ。窓を完全にロックするためには、窓を閉めた上で、このレバーをしっかり上まで倒す必要があるってわけだ――」

そういいながら、エルザは開いた窓からベランダへ出る。そして目の前の窓を慎重に閉めなおした。レバーは半分倒されたままだから、まだ窓はロックされていない。

そのガラスの向こう側でエルザは何を思ったのか、「おいで、おいでー」と誰かを呼ぶような仕草。すると、それに呼応するように窓辺へと忍び寄る白い影。それは例の白い仔猫だった。

白猫はしなやかな身のこなしで、窓際に置かれた箱の上にピョンと飛び乗る。そしてガラスに両手を突くような感じで身体を伸ばすと、黒いレバーに顔を押しつけるようにしながら、それをペロペロと舐めはじめた。正確には、レバーに塗られた海苔の佃煮を舐めているのだ。その舐め方は、当然ながら下から上へと舐め上げる恰好。

するとどうだ——

半分倒された状態だったレバーが、猫の舐め上げる力によって、次第に上へ上へと押し上げられていくではないか。やがてレバーはほぼ真上を向いた状態になった。そのころにはレバーに塗られた佃煮も、あらかた舐め取られて猫の胃袋に収まったようだ。

佃煮を完食した白猫は、すっかり満足した様子で箱から下りると、床に寝そべり毛づくろいを始めた。

私はあらためてサッシ窓に目をやる。クレセント錠は完全にロックされた状態だった。

「うーん、なるほどねえ」と感嘆の声を発する一方で、私は「ん、だけど……」と若干の疑問を抱かざるを得なかった。隣で見守っていた宮前刑事も、私と似たような表情だ。

しかしエルザは窓の向こうのベランダで、どんなもんだい、とばかりに得意の鼻を高くしている。私はクレセント錠のロックを解いて、サッシの窓を開ける。エルザは室内に舞い戻ると、さっそく「どーだい？」と感想を求めてきた。私は率直な疑問を口にした。

「確かに中からクレセント錠が掛かったわ。猫と佃煮の力でもってね。それはいいと思うんだけれど……」私は窓辺に置かれた猫の家を見やりながら、「この箱は何なの？　実際の犯行現場が、こうなっていたってこと？」

それに答えたのは、エルザではなくて宮前刑事だった。「そんなはずはない。この箱は、もともとベッドの脇にあったものだ。こんなふうに窓辺に置かれてはいなかった。そのことは文芸部員たちの証言からも明らかだ」

そうなのだ。他ならぬ松崎英二の証言からいっても、そのことは疑いようがない。松崎がこの部屋で目覚めたとき、窓辺にこのような箱はなかった。もし箱があったならば、彼の話の中に出てきたはずなのだ。

窓辺に箱はなかった。だが箱がなければ、この仔猫がレバーを舐め上げることはできない。身体が小さすぎて、レバーの高さに舌が届かないのだ。

「ねえエル、何か台になるものが窓辺にないと、このトリックは成り立たないわよ」

「ああ、確かにそうだ。――でもよ、現場にはちゃんとあったじゃんか。猫にとっての恰好の台になるものが」

「あったかしら、そんなものが窓辺に……松崎君は何もいってなかったけど……」

「いや、あったはずだ」エルザは確信を持った口調で断言した。「もっとも次の日の朝、そいつは窓辺から少し離れた場所で目覚めたらしいけどよ」

「目覚めたって……ええッ」私は思わず素っ頓狂（すっとんきょう）な声をあげた。「猫の台になるものって、ひょっとして松崎君？　あの突き出たお腹が台の代わりってこと？」

公称九十八キロ。実際には百キロを超えているであろう松崎英二の巨体。あの出っ張った腹ならば、充分に猫の台としての役割を果たすに違いない。しかし、まさか――

啞然とする私の前で、私の賢い友人は自信満々で頷いてみせた。

「そういうことさ。犯人は酔いつぶれた松崎の身体を、わざわざ窓辺に寝かせたんだな。そして、いまあたしがやったような細工を整えてから窓の外に出た。すると白猫が松崎のお腹に上ってレバーを舐める。結果、クレセント錠が中から掛かった。それからさらに時間が経つと、松崎は寝返りを打ちながら床の上をゴロゴロ。で、朝起きたときには、窓からちょっと離れた場所で仔猫に顔を舐められていた。――これが今回の密室のメカニズム、いやネコニズムってわけさ」

説明を終えたエルザは得意の鼻をさらに高くする。メカニズムかネコニズムかはともかくとして、彼女の言葉は見事に現場の密室状況を解き明かしていた。このトリックを用いれば、犯人は密室から何事もなく逃走できるのだ。

私は友人の鋭い推理に感嘆の思いを禁じ得ない。だがそんな私の隣では、疑り深い宮前刑事が、いまだ納得いかないような表情を浮かべていた。

「なるほど。トリックのネコニズムは判った。だが、さっきのアレはなんだったんだ。生チョコを指で練ってクリーム状にしたアレは？」

「ああ、アレか。いま、あたしは海苔の佃煮を使ったけど、実際の殺人では生チョコが使われたんだよ。犯人はクリーム状の生チョコをレバーに塗りつけて、猫を呼んだんだ」

「はあ、生チョコを？　しかし、なぜそう言い切れる？」

「ひとつは松崎の着ていたダッフルコートだ。美伽は気付かなかったか？　彼のコートの背中に、目立つ茶色いシミが付いていたことに」

「あ、それなら私も気付いてた。じゃあ、あれはチョコのシミだったのね。犯人がクレセント錠に細工を施す際に、チョコの一部がコートの背中に落ち、体温で溶けてシミになった――」

「あるいは、チョコを舐めた猫がコートの背中にヨダレを垂らしたのかもな」

いずれにしても、犯人がチョコを用いたと考えれば、あの不自然なコートのシミにも説明が付くというわけだ。しかし事情を知らない宮前刑事は、やはり首を左右に振った。

「待て待て。君たちの話は、俺にはよく判らないぞ。なんだって⁉　松崎のコートの茶色いシミ⁉　しかし茶色いからチョコだとは限らないだろ。茶色い味噌かもしれないし、醤油のシミっていう可能性だってあるんじゃないのか」

「いや、間違いなくチョコだ。なぜって、さっきその猫ちゃんが下痢していたからさ。知ってるか、宮前？　犬や猫はチョコを食べると中毒症状を起こすんだぜ。その症状は嘔吐や痙攣、興奮、不整脈そして下痢など。しかも症状は、長い場合は数日続く。この白猫は犯人の策略に乗って、うっかりチョコを食べてしまった。おかげで、この数日間、下痢に悩まされているってわけだ。それに、被害者だってそのことを言い残しているじゃんか」

「言い残している!? ひょっとして例のダイイング・メッセージの話か」

「被害者がしていた謎のVサインね。結局、あれは何の意味だったの?」

私の問いに答えて、エルザがいった。「なんのことはない。あれはVサインじゃなくてチョキなんだよ。ジャンケンのチョキ。それの意味するところはハサミじゃなくて目潰し攻撃でもなくて、『ちぃーッす』って挨拶しているわけでもない。あのチョキはチョコレートの意味なんだよ。正確にいうなら《チ・ヨ・コ・レ・イ・ト》だな」

エルザは口を大きく開けて、一音一音を区切るように発音した。

「チ・ヨ・コ・レ・イ・ト……ああ、そっか」私はようやく合点がいった。

「な、子供のころに遊んだ経験あるだろ。チョキで勝ったら《チ・ヨ・コ・レ・イ・ト》で六歩進む。パーで勝ったら《パ・イ・ナ・ツ・プ・ル》でやっぱり六歩。グーで勝ったら《某大手お菓子メーカーの企業名》で三歩進む――っていう遊び」

「なによ、某大手お菓子メーカーって! グーは《グリコ》でしょ、《グ・リ・コ》」

「そう、それだよ、それ」エルザは指を弾いて話を続けた。「要するに、山野夏希は死に際の伝言として、密室トリックの手掛かりを残していたわけさ」

「いや、待て待て」と再び宮前刑事が割って入る。「チョキが《チ・ヨ・コ・レ・イ・ト》の意味だとするなら、むしろ犯人はチヨコさんやレイト君なんじゃないのか」

「へえ、いるのかい？　そういう名前の容疑者が。だったら、そっちでもいいぜ」

「そっちでも——って、おいおい！」宮前刑事は呆れ顔で、両手を大きく広げた。「投げやりなことをいうなよ、名探偵。ここ結構、大事なところだぞ」

「そうか。でも残念だったな、宮前。あたしは依頼人から密室の謎を解いて、松崎英二の無実を証明してくれって頼まれてんだ。べつに真犯人がチヨコさんだろうがレイト君だろうが、そんなことはどうだっていいんだよ。——で、どうだい？　密室の謎は解けたんだ。もう松崎英二を犯人と決め付ける根拠は、なくなっただろ」

「う、うむ、確かに……」宮前刑事は渋々といった調子で頷いた。「よし、判った。松崎を犯人とする理由はなくなった。彼を殺人罪で逮捕することはない。だから、さあ、教えてくれ。奴は——いや、彼はいま、どこにいるんだ。今度は君が約束を果たす番だぞ」

「判ってるよ。約束は守るさ」エルザは自分のスマホを取り出しながら、「松崎は明石町のスナックに隠れている。いま電話してやるよ」

　そういって彼女はスナック『紅』の電話番号に掛けた。逃亡中の松崎は携帯の電源を切っているから、店の電話に掛けるしかないのだ。数秒の間があって相手が出た。

「ああ、ママさんかい？　あれ、なんだ、松崎か」いきなり松崎のほうが電話に出たらしい。エルザは怒ったように唇を尖らせながら、「駄目じゃんか。逃亡中の容疑者がホイホイと店の電話に出ちゃ……え、ナンバーディスプレイに、あたしの名前が出てるって……まあ、そういうことなら、いいけどよ。ところで、ママさんは、どうしたんだ……え、留守？　パーマを当てに美容院にいってるって……あの頭をあれ以上チリチリにして、どーすんだよ！」

　舌打ちしたエルザは、気を取りなおして大事な用件を語った。

「まあ、いいや。とにかく、いい報せだ。あんたの容疑、いちおう晴れたぜ。例の密室の謎が解けたんだ」

『ホントですか』という歓喜の声が、隣で耳を澄ます私の耳にも聞こえてきた。大きな身体で小躍りする松崎の姿が目に浮かぶようだ。しかし、そのとき急に、『あ、待ってください。玄関に誰かきたみたいです。ママさんかな……』

　電話の声がいったん途切れた。松崎は受話器を置いて、電話の前を離れたらしい。保留状態を示すメロディではなく、微かな雑音だけが電話越しに聞こえてくる。と次の瞬間、『ああッ、おまえは！』と突然響く松崎の声。その声を違う誰かの声が掻き消した。

　驚いたエルザがスマホに向かって叫ぶ。「おい、どうした、松崎！」

続いて聞こえてきたのは、誰かが争うような激しい物音。言葉にならない獣じみた声。やがて電話の向こうで『ぎゃあぁぁッ』と背筋が凍るような絶叫が轟く。と同時にプッンと途切れる電話の音声。後はもう探偵が何度呼びかけても応答はなかった。

エルザはスマホを仕舞いながら、「何かあったらしい。いこうぜ、美伽」

「判った。『紅』ね」

「だったら君たち、パトカーに乗れ。そっちのほうが速い」

宮前刑事の指示に、私とエルザは素早く頷く。

三人は揃ってアパートの部屋を飛び出す。床で毛づくろいする白猫がビックリしたような顔で、その姿を見送っていた――

それからサイレンを鳴らしてパトカーを走らせること数分。私たち三人は最短距離で明石町に到着。すぐさま車を降りると、地下へと続く階段を駆け下りる。そこにある玄関扉を開けて、真っ先に店内に飛び込んでいったのはエルザだった。

「――おい、松崎、大丈夫か！」

張り詰めた声で問い掛けるエルザ。私も後に続く。すると視線の先、店の奥まった壁際に男の姿があった。床にうずくまるような恰好でグッタリとなった若い男。

「きゃあ、松崎君！」口許に手を当てながら悲鳴をあげた私は、しかしすぐさま微妙なトーンになって訂正した。「……じゃないわね、この人……全然、違う人だわ……」

松崎英二とは明らかに異なるスリムな体形だ。呆気に取られる私の背後から、

「ええ、僕じゃありません」と聞き慣れた男の声。振り向くと、目の前に松崎の巨体があった。彼は壁際でうずくまる男を指差しながら、「そいつ、僕が探偵さんと電話している最中にやってきて、いきなり僕にナイフを突きつけてきたんです。それで僕が咄嗟に相手のナイフを奪おうとしたら、乱闘になってしまって。それで僕、そいつ目掛けて必死の体当たりを――」

「また、体当たり？」と私はちょっと呆れ顔。

「ええ、思いっきり。そしたらそいつ『ぎゃあああぁッ』って悲鳴をあげながらふっ飛んでいって、店の電話をなぎ払って、おまけに壁に頭を打ちつけて、それっきり……」

「死んだの？」――だったら、今度こそ大変！

「いいえ、気絶しているだけですよ。よく見てください」

彼の言葉に従い、私は壁際に近寄って男の顔を覗き込む。見覚えのある顔だった。

「なによ、この人、甲本豊じゃないの！」

驚く私の横で、私の賢い友人は「やっぱり、そうか……」と呟いた。

8

病院に送られた甲本豊は、意識を回復した後に逮捕されたらしい。一方、松崎英二のほうにも二件に及ぶ傷害の罪がある（内、一件はたぶん正当防衛だと思うが）。そんなわけで、松崎も刑事に連れられて警察で事情聴取を受ける。結果、私たちが事件の詳細を聞くことができたのは、翌日のこと。場所は平塚署の、とある一室だった。

私とエルザ、そして松崎の三人を前にして、宮前刑事は堂々と語った。まるで自分が事件を解決したかのような口調で——

「結局、山野夏希殺害の真犯人は甲本豊だったわけだ。そのことは彼自身も認めているから間違いはない。彼が用いた密室トリックについては、もう説明の必要はないよな」

私とエルザは黙って頷いた。松崎もすでに刑事の口から説明を受けたらしく、その点には疑問がない様子。そんな彼の疑問は、むしろ動機の点にあったようだ。

「甲本はなぜ、山野さんを殺したんですか。しかも僕を利用するような形で」

松崎は心底不思議そうな顔。刑事は念を押すように聞き返した。

「なぜかって、本当にまったく心当たりがないのか、君？」

ありません、と松崎が首を傾げる。

私も彼と同様、動機については見当が付かない。エルザは何か判っているのかと思いきや、全然そうではないらしい。彼女は腕組みしながら、

「実際、どんな理由があったんだ、宮前？」

すると刑事は巨漢大学生を見やりながら、意外な事実を告げた。

「実は、君のせいだ」

「僕のせい？」松崎は自分の顔を自分で指差して、「僕が何を……？」

「君は事件の夜、文芸部の飲み会で飲みすぎた。それで気が大きくなったんだろうな。居酒屋を出た君は、帰り道で二人っきりになったところで、山野夏希を自ら口説(くど)いた」

「…………」それは松崎英二にとって今回の事件における最大の驚きだったらしい。彼は目を丸くしながら「はあぁ⁉」と間抜けな声を発し、「そ、そんな馬鹿な！」と慌てて首を左右に振った。「僕が山野さんに自分から声を掛けるわけ、ないじゃありませんか。普段だって、ほとんど喋ったことなんかないのに」

「ところが声を掛けたんだよ、君のほうから。そして山野夏希も別段、嫌な顔はしなかった。君たち二人は仲良く同じタクシーに乗って、夜の街へと走り去っていった――と甲本はそう証言している。彼は離れた場所からその場面を見ていたんだそうだ」

「う、嘘でしょ⁉　僕が山野さんを口説いたなんて……しかも山野さんがそれを断らないなんて……だって僕は彼女からは駄目男だと思われていて、軽蔑されていたはず……」

「ん、なぜ、そう思うんだ？」刑事が逆に聞き返す。「本人から直接そういわれたのか？」

「い、いえ……ただ夢の中で……いや、その……」

「はあ、夢なんか関係あるか。それは君の被害妄想だ。実際には、君は彼女からそれほど嫌われていなかった。むしろ好かれていた。だから、山野夏希は君を自分のアパートの部屋へと連れていった。その部屋で君と彼女との間で何があったのかは判らない。いや、たぶん何もなかったんだろうな。君は彼女の部屋に着くころには、すっかり酔いが回って床に転がって寝てしまったんだろう。そこへ現れたのが、甲本豊だ。甲本は君たちが乗ったタクシーがどこに向かったのか、判らなかった。だから彼はとりあえず山野夏希の部屋を訪れたらしい。すると、どうだ。その部屋には山野夏希本人と床でグーグーと鼾を掻く君の姿があった。その状況を見て、彼は嫉妬の炎を燃やした。自信家の甲本は山野夏希とも仲が良く、彼女のことを半ば、自分の女ぐらいに思っていたんだな。しかし彼女のほうは、『何がいけないの？』といった態度だったらしい。その場で二人は口論になり、思わずカッとなった甲本は彼女の身体を思いっきり突き飛ばした。ところが、運悪く――」

「ははん、テーブルの角に頭を打ちつけて……みたいな展開か？」

探偵の問いに、刑事は深く頷いた。「ああ、そういうことだ。甲本は慌てて彼女の呼吸や脈を確かめたらしい。そして彼女が死んだものと、そう判断したそうだ」

「実際には、まだ息があったはずだけどよ。──まあ、無理ないか。素人の判断だしな」

「そう。そこで甲本は慌てて逃げようとした。だが、そのとき彼はふと考えたんだな。ちょうど同じ部屋に泥酔して寝ている松崎がいる。当分は起きだしそうにない。こいつに犯人になってもらうことはできないだろうか──と」

「そこで例の密室トリックの出番ってわけね」私が横から口を挟んだ。「甲本はあのトリックをその場で考えたのかしら。だとすれば、悪魔的な天才ってことになるけど」

「いや、違う。あれはミステリ好きの甲本が、小説のネタとして温めていたものらしい。そして、あの部屋にはトリックに必要なものが揃っていた。実際、トリックは上手くいった。密室の中に被害者と泥酔した松崎とが二人っきりでいる。そういう状況ができあがったわけだ。ちなみに、生チョコを用いたのは、たまたま冷蔵庫の中に生チョコがあったから。海苔の佃煮の存在にも気付いてはいたが、瓶が未開封だったから、開封済みの生チョコを使ったそうだ。チョコが猫にとって毒だという認識は、彼には全然なかったらしい」

「そこが甲本にとって、ひとつの誤算だったわけだ」とエルザは頷いた。「そして、もうひとつの誤算は甲本がクレセント錠に細工する姿を、被害者が虫の息の状態で見ていたことだな。被害者は右手をチョキの形にして、トリックにチョコレートが使われていることを伝えようとした。甲本はそれに気付かなかった」

「そして翌朝、甲本豊は間島早苗や佐藤一之とともに、何食わぬ顔で山野夏希の部屋を訪れた。そしてそこに彼女の死体と松崎の姿を発見する。ここまでは計算どおりの展開だ。ただし、ここでも誤算があった。松崎がおとなしく捕まらずに逃走したってことだ」

「もっとも逃げたせいで、なおさら松崎が犯人っぽく見られるっていう別の効果もあったけどな。お陰で警察は、松崎が女子大生殺しの犯人であると信じて疑わなかった」

エルザの皮肉っぽい発言を受けて、宮前刑事はポリポリと頭を掻いた。

「まあ、それは事実だ。そこで甲本は考えたらしい。このまま松崎には永久に姿を消してもらったほうがいい。変に捕まって、いろいろ喋られたら、そっちのほうが恐い——と」

刑事の言葉に、松崎はようやく合点がいったとばかりに頷いた。

「そうか。それで甲本はナイフを持って、いきなり僕の前に現れたんですね。——あれ⁉だけど変だな。なんで甲本は、あの店に僕が隠れていることに気付いたんでしょうか」

「そりゃあまあ、考えられることはひとつだな」そういってエルザは気まずそうに茶色い髪を指で掻き上げた。「甲本はあたしたちを尾行したんだ。——そうだよな、宮前?」

「ああ、そういうことだ。君たちは市民病院で佐藤一之の話を聴いた。その帰り道、甲本は君たちの車の後を密かに自分の車でつけていたんだ。君たちは何も気付かず、《準備中》の札が掛かったスナックに入っていった。それを見て甲本は『ははん、ここだな……』と見当を付けたそうだ。そして翌日、ママさんが出かけた隙を狙って、甲本はスナックの扉を叩き、松崎にナイフを向けた。どこかべつの場所に連れ出して、始末するつもりだったようだ。ところが、その場で乱闘になってしまい、結局――」

「松崎君の体当たりをまともに喰らって、甲本はのびちゃった。そういうことね」

私の言葉に、宮前刑事は「そういうことだ」と深く頷いた。

こうして事件の真相は明らかになった。今回、エルザは密室トリックの解明には成功したものの、真犯人を指摘するまでには至らなかった。甲本豊が逮捕に至った理由。それはあくまでも彼自身の勇み足と、松崎英二の身体を張った奮闘によるものだった。

だが当の松崎は浮かない顔。彼は自らの軽率な振る舞いが、仲間の死の原因になったと感じているのだ。

「僕が酔っ払って、彼女に声を掛けなければ、こんなことにはならなかった……」

肩を落として落ち込む松崎。それを慰めるようにエルザが彼の肩に手を置いた。

「べつにあんたのせいじゃねーさ。悪いのは甲本だ。あんたは彼に利用されて、あやうく殺人犯に仕立て上げられそうになった。その意味じゃ被害者だ。自分を責めることはないさ。——あ、でもよ」エルザはふと思い出したように付け加えた。「佐藤一之に重傷を負わせた件は、たぶんアウトだから。ま、せいぜい、お仕置きしてもらうんだな。へへへ」

へへへ——ってエル！　それじゃあ全然、慰めたことにならないわよ！

私は呑気すぎる友人を横目で睨み、それから宮前刑事に聞いてみた。

「松崎君は重い罪になるのかしら？」

「いや、暴行傷害といっても状況が状況だったわけだし、情状酌量の余地は大いにある。それに初犯だろ。全然、軽いもんさ。むしろ、この一件で、せっかくの内定が取り消しにならないか、そっちのほうを心配すべき……ん、なんだよ、これ。賄賂か？」

いきなり目の前に差し出された長方形の小箱。それを見て、宮前刑事が眉をひそめる。

「ううん、賄賂じゃなくてチョコよ。私とエルから、普段お世話になっている刑事さんへ、感謝の気持ちと義理をこめて——」私は敢えて《義理》の二文字を強調しながら、その小箱を彼へと差し出した。「だから、お願い。松崎君の力になってあげてね」

すると宮前刑事は頭を掻きながら、「えー、チョコなんて、いらないって、いっただろー、でもまー、せっかく、くれるっていうんなら、貰っといてやるかー」と言い訳めいた台詞を口にしながらリボンの掛かった小箱をポケットに仕舞う。そこそこ、いや、相当に喜んでもらえたらしい。彼の顔には隠しきれない喜びの色が滲んでいる。

それを見て、私は思わず首を傾げた。

「あれ、やっぱり、これって賄賂かしら？」

するとエルザは「いや、これぞ義理チョコ」といって笑顔で親指を立てた。

それから、しばらくの後。平塚署を出た私とエルザは、二人肩を並べて繁華街へと向かっていた。あたりはすでに夜の闇に包まれ、道行く人は真冬の風の中、寒そうに肩をすくめている。そんな中、私はずっと気になっていた質問を投げてみた。

「ねえエル、あなた床で伸びてる甲本豊の顔を見て、『やっぱり、そうか』っていってたわよね。あれは、どういうこと？　甲本が真犯人だってことが、エルには判っていたの？」

「いや、それほどハッキリ判っていたわけじゃない。ただ、甲本のことを怪しいとは思っていた。なぜなら、あのトリックを用いた場合、クレセント錠のレバーには僅かながらチョコが残ってしまう危険がある。だが、警察は特に不自然さを感じていないらしい。白猫が完璧に舐め取ったのかもしれないけれど、むしろ犯人がこっそり拭き取ったと考えるほうが自然だろ。だとすれば、それが可能なのは誰か？」

「判った。翌朝、被害者の部屋を訪れた三人の文芸部員たちね」

「そうだ。その三人の中でクレセント錠に近付けたのは、甲本豊と間島早苗の二人だ。この二人にはレバーのチョコを拭き取る機会があっただろう。だけど、そもそも犯人が間島早苗だとしたら、レバーに塗るエサとして生チョコを選ばないと思うんだ。だって彼女は猫好きで、実際に自宅で猫を飼っているらしい。だったら、チョコが猫にとって毒だってことぐらい知っているはずだろ」

「そっか。猫好きの間島早苗なら、猫ちゃんに毒を食べさせようとは思わないはずよね」

「それもあるけど、もっと重大な懸念がある。万が一、猫にチョコを食べさせて、それで猫が死んだらどうなる？　密室の中に山野夏希の死体と一緒に猫の死骸が転がってる、みたいな状況になるよな。その場合、警察は猫の死因を詳しく調べるはずだ。そこからチョコを使ったトリックがバレる危険性がある。だから、間島早苗が犯人なら、迷わず海苔の佃煮のほうを餌として選ぶと思うんだ」

「てことは、犯人は猫の生態に詳しくない人物。つまり甲本豊のほうが怪しい――」

「そうだ。でも、怪しいってだけじゃ、犯人だと決め付けることはできない。それに、宮前にもいったけど、あたしがママさんから依頼されたのは犯人捜しじゃねーんだからよ」

「密室の謎を解き、松崎君の無実を証明すること、だもんね」

「そういうこと。万事上手くいったじゃんか。――ま、結果オーライだけどよ」

　エルザはさばさばした表情でいうと、ネオン輝く平塚の街を指差した。「とにかく一仕事終わったんだ。お祝いに『紅』で一杯やっていこーぜ。依頼人への報告もあるしよ」

「そうね。ママさん、きっと話を聞きたがってるわ。——あ、だけど、ちょっと待って」

「ん、なんだよ。忘れ物か？」

「そうじゃなくて、酔って忘れないうちに——はい、これ！」私はバッグの中から、もうひとつの小箱を取り出し、彼女の前にずいっと差し出した。「これは義理じゃなくて、えーっと、愛と友情の証（あかし）？　あるいは凶暴なライオンを手なずけるための餌、かもね」

「わお、凄（すご）いじゃん。サンキュー美伽！」エルザの茶色い眸が喜びに輝く。

　友情の塊（かたまり）であるチョコを受け取った彼女は、その重さを量ろうとするかのように掌（てのひら）の上で二、三度振ってみる。そしてそれを革ジャンのポケットに突っ込むと、あらためて景気のいい声を発した。

「じゃあ、いこーぜ、美伽。今夜のビールは、あたしの奢（おご）りだからよ」

「わぁ、ホントに奢ってくれるの？　あ、だけど、エル——」

　私は太っ腹な友人に敢えて警告。「ツケで払うのは、もうナシだからね！」

　はいはい、判った判った——と右手をヒラヒラさせながら大股に歩き出すエルザ。

　そんな彼女の背中を追うように、私は軽い足取りで夜の街を歩きはじめるのだった。

第三話　おしゃべり鸚鵡（おうむ）を追いかけて

1

探偵事務所の扉を開けると、室内はシンとした静寂の中だ。

あら、誰もいないのかしらん？　と不思議に思いながら私、川島美伽は雑然とした事務所の中をキョロキョロ。すると白シャツにデニムパンツ姿の女探偵は例によってソファの上。長々と横たわったままウトウトと昼寝中——ではなく朝寝中。時計の針は午前十時前を指していた。

私は足音を消して彼女のもとへ。そして、その寝姿を間近で観察した。朝日を浴びて金色に輝く短い髪。強気な気性を表すようにツンと上を向いた鼻。普段は乱暴な言葉しか発することのない口も、いまは静かに閉じられていて、赤い唇が魅力的に映るばかり。私の友人、生野エルザは起きているときも素敵だが、実は寝ているときがいちばん可愛い。

その点も彼女はライオンにそっくりだ。

その無防備な姿を眺めながら、「うふ、よく寝ているみたいね」と思わず笑みを浮かべてしまう私。目の前では微かな寝息とともに、意外にもボリュームのある彼女の胸が波打つように揺れている。それを見るにつけ、欲求不満の私の脳裏に、またしても浮かび上がる邪悪な企み。

「いひ、触っちゃおうかなあ……」男子がやれば痴漢とみなされる振る舞いも、女同士なら単なるスキンシップだ。「だったら、べつに問題はないわよねえ」

自分に言い訳をしながら、私は邪な右手を友人の胸元へと伸ばす。

――と、そのとき！

視界の隅から突然現れる白い影。それは床の上からジャンプ一番、私の不埒な右手を思いっきり蹴っ飛ばすと、一瞬の後には、そのしなやかな身体を友人の胸元に横たえた。

それは一匹の猫。全身を純白の毛で覆われた仔猫だった。私は蹴られた右手をさすりながら、「なによ、もう！」と声を荒らげる。白猫は友人のシャツの上で「ミャ～オ」と鳴くと、生意気にも小さな牙を私に向けた。睨み合う私と猫。両者の間で視線が交錯し、激しい火花を散らす。所詮、相手は猫なのだが。――しかし猫だからこそ、負けるわけにはいかない！

人間としての尊厳を賭けて、私は怒れる猫に対して一歩も引かない構え。すると殺気立った雰囲気を感じたのか、エルザがソファの上で両手を伸ばし、「ふあ～ッ」と豪快なあくびを披露。傍らに立つ私と胸の上の白猫を交互に眺めた彼女は、なぜか私にのみ警告を発した。「ん、なんだよ、美伽？　猫ちゃんに悪戯すんなよ」

「し、してないわよ！　するわけないじゃない。猫に悪戯なんて……」

私はただ居眠りしている友人に、ちょっとイタズラしようとしただけ。でも本当のことはいえないので、私は白猫を掴み上げると、何食わぬ顔で自分の胸に抱っこした。

「そ、それより、エル、そろそろ起きてよね。十時にはお客さんがくるんだから」

「ああ、そうだっけ」友人は短い髪を掻きながらソファの上で身体を起こす。

私の胸の中では、白猫が『こら、放せ』というようにジタバタと四肢を動かしていた。

――しかし、なぜこの場面に猫が登場するのか。『生野エルザ探偵事務所』に棲みつく動物といえば、凶暴な牝ライオンだけだったはずでは？　その疑問はもっともだが、こうなったのには、それなりの経緯がある。事の発端は先月半ばに起こった殺人事件だ。

解決困難と思われた密室の謎も、生野エルザの閃きで明らかにされて、真犯人は逮捕。濡れ衣を着せられた哀れな大学生も、容疑が晴れて大学に復帰。そして女探偵は行きつけのスナックに溜まった膨大なツケを一瞬でチャラにすることに成功した。

こうして事件は無事に解決したものと思われたのだが――その陰で苦しい立場に追い込まれた存在が、約一名。いや、一匹。

それが白い仔猫だった。事件の被害者が飼っていた牝猫だ。

その白猫は事件解決に大きな役割を果たしてくれた陰の殊勲者だったのだが、訳あって酷く衰弱しており、見るからに可哀想な状態。しかし飼い主を失った白猫には行く場所がない。

——ああ、哀れな白猫はこのまま平塚の野良猫として生きていくしかないのか！

誰もがそう思ったとき、その猫に優しく救いの手を差し伸べたのが、生野エルザその人だった。同じネコ科の同類として、白猫の行く末を密かに案じていたエルザは、それを自ら引き取ったのだ。なにしろエルザは自分がライオンなものだから、もともと猫とは相性がいいらしい。実際、最初に遭遇したときから二人が、いや一頭と一匹が互いに強いシンパシィを感じていることは明らかだった。エルザは探偵事務所に白猫を連れて帰った。

それからのエルザは、弱った同類に対してエサを与えミルクを与えクスリを与えて、懸命に看病。その献身的な振る舞いを見るにつけ、「こんな猛獣にも、ちゃんと『母性』ってもんがあったのねえ」と私は感慨深い思いを抱いたものだ。

すると彼女の努力が実ったのか、白猫は見る見るうちに健康を回復。いまではすっかり元気になって、探偵事務所とその周辺、そして何より探偵の傍を自分の縄張りと定めたらしい。居眠りするエルザの胸の上が、白猫にとって、いちばんのお気に入りだ。

そんな白い仔猫のことをエルザも「猫ちゃん」と呼んで可愛がっている。たぶん、あれで相当可愛がっているほうなのだろうと、私は思う。だったら名前ぐらい付けてあげればいいのに——とも思うけど。

とにもかくにも、こうして白猫は探偵事務所の一員となった。猫とライオンの種族を超えた交流は、人間の目から見ても微笑ましくて愉快なものだ。しかしこの猫、私に全然なつかないのは、いったいなぜなのか。私をライバル視しているのか。私はべつに四本足の小動物ごときをライバル視する気など、さらさらないのだけれど（ひょっとして、こういう見下した考え方が嫌われる所以だろうか？）。まったく猫という生き物は謎である。

そんなわけで午前十時。本日の客が、約束どおりに探偵事務所に現れた。

派手目の顔立ちに丁寧すぎる化粧を施したその女性は、年のころなら五十代か。紺のニットにベージュのスカート。薄手のスプリングコートを羽織った姿は、いかにも良家の奥様といった雰囲気だ。彼女は脱いだコートを私に預けながら、事務所の中に探偵の姿を捜す素振り。どうやら目の前に佇む白シャツ女のことを、すぐには探偵と認識できなかったらしい。ここを訪れる客は大抵そういう反応になる。毎度繰り返されるひとコマだ。

「あたしに依頼したいことがあるんだって？　ま、とにかく座りなよ」

探偵は普段どおりのタメ口で依頼人にソファを勧め、自分もその正面に腰を据える。

中年女性の顔には『この口の利き方を知らない茶髪女に依頼したいことなど、果たして自分にあったかしら？』と自問する気配が滲んでいる。私はせっかくの依頼人が椅子を蹴って出ていかないよう、「どうぞ」といって湯飲みのお茶を差し出す。そして探偵の隣に腰を落ち着け、探偵助手であることをアピール。それでもなお依頼人の顔は不信感でいっぱいだ。だが、その視線がソファの傍の白猫を捉えた瞬間、険しかった彼女の表情がたちまち緩んだ。「まあ、可愛らしい猫ちゃんね。ここで飼っているの？」

「ええ、そうなんです」と勢い込んで頷いた私は、床の上の白猫を摑み上げて強引に抱きかかえる。そして猫の四肢を無理やり押さえ付けながら、「ほ、ほらね、かか、可愛いでしょう！」

心にもない台詞を吐くと、依頼人の眸はさらに輝きを増した。私の腕の中から白猫を奪い取り、自分の胸に抱くと「ほらほら、ミーコちゃん、ミーコちゃん！」と、いきなり勝手な名前で呼びはじめる。すると呼ばれた白猫が馬鹿みたいに「ニャ〜オ」と返事をするものだから、私は心の中で思わず叫んだ。――あんた、いつからミーコになったのよ！

だが肝心のエルザが何も気にしない顔で、「ミーコは最近、うちにきたんだ。ミーコは先月の事件で酷い目に遭ってよ……」と依頼人に話を合わせたため、この瞬間から、白猫の名前は『ミーコ』ということになった。これほど雑に名付けられた飼い猫が他にいるだろうか。私はミーコに対して少しだけ同情を覚えた。

一方、知らないうちに白猫の名付け親になった依頼人は、自分の名前を問われて、「大塚雅美。専業主婦よ」と猫を胸に抱いたまま答えた。「実は、探偵さんに捜してほしい物があるの。物っていっても、生き物なんだけどね」

「ははん、ペット捜しだな。前にもやったことがあるぜ。あのときは亀好きの男に頼まれて逃げたカミツキガメを捜したんだ。そしたら、その依頼人が殺されちまって……」

「…………」駄目でしょ、エル。そんな不吉な過去を依頼人の前で話題にしちゃ！

探偵事務所に流れる微妙な沈黙。大塚雅美はゴホンとひとつ咳払いしてから、ミーコを探偵に手渡す。そして詳しい依頼内容について語った。「亀じゃないわ。私が捜してほしいのは、鳥よ。鸚鵡のオーちゃんを捜してほしいの。オーちゃんは私の叔父が飼っていたペットだったんだけど、とある事情があって叔父の家から逃げ出してしまったの」

そして雅美は、その『とある事情』について説明を始めた。

「先日、元気だった叔父が突然、亡くなったの。名前は梶間修三。享年七十五歳。私から見て、死んだ母親の弟に当たる人よ。長らく神奈川県庁に勤める真面目な公務員だったわ。定年後は奥さんを早くに亡くして、その後はずっとひとり暮らしだったの。亡くなった原因は事故。自宅の階段で足を滑らせて転落、床で頭を強打したんだって」

「へえ、そりゃ可哀想に」

　エルザが表情を曇らせると、彼女の腕の中で白猫が「ミィ〜」と悲しげに鳴いた。

「発見されたのは、三日前の午前だったけれど、実際に階段から落ちたのは、四日前の夜の出来事だったみたい。叔父はひとり暮らしだったから、翌日の朝まで発見が遅れたのね。最初に見つけたのは、叔父のひとり娘である吉本春江――旧姓、梶間春江って人。私の従姉妹ね。その春江が訳あって叔父の自宅――古い日本家屋よ――そこを訪ねていったんだけど、呼び鈴を鳴らしても誰も出ない。諦めて帰ろうかと思ったけれど、庭先から室内を覗いてみると、昼間なのに居間の明かりが点きっぱなしになっている。どうも変だ、と胸騒ぎがした春江は、何度も呼び鈴を鳴らしたり戸を叩いたりしながら、叔父のことを呼んだそうよ。でも、やはり返事がない。それで春江はさらに不安になった。ほら、よく聞くでしょ、独居老人の孤独死って話。そこで彼女は、玄関の戸を開けてみたらしいの。そしたら――」

「梶間修三さんの遺体が？」エルザが先回りして聞く。

　すると大塚雅美は微妙な表情を浮かべた。「まあ、結論からいうと、そういうことなんだけれど、それを発見する前に春江は悲鳴をあげたそうよ。なぜって、玄関の戸を開けた瞬間、彼女の顔を目掛けて白い鳥が飛んできたから。それが鸚鵡のオーちゃんだった。驚いた春江は咄嗟にしゃがみ込んだ。結果、オーちゃんは開いた玄関から家の外へと出てしまった。彼女は飛び去っていく鸚鵡の姿を啞然として見送るばかりだったそうよ」

「ふーん。で、その直後に、春江さんは父親の遺体を見つけたってわけだ」

「そういうこと。普段は鳥カゴの中で飼われているはずの鸚鵡が、カゴの外に放たれている。それなのに飼い主の叔父の気配がない。当然、春江も不審に思うわ。それで彼女は家に上がりこんだ。そして階段の傍の廊下で叔父の遺体を発見したの」

「警察には通報されたんですか」と、これは私の質問。

大塚雅美は即座に頷いた。「ええ、その場で春江が通報したわ。彼女の目からは、叔父がなぜ死んでいるのか、よく判らなかったらしいの。ただ廊下にゴロンと寝転がったまま息絶えている。そんな感じに見えたそうよ。警察がきて、いろいろ調べた結果、どうやら階段から落ちて頭を打ったらしい——と、そういう結論に落ち着いたみたいね」

「なるほど。そうだったんですか」——だけどそれ、本当に事故かしら？

たちまち、そんな疑問が脳裏に浮かび上がるのだが、これって職業病だろうか。それともミステリの読み過ぎか。実際には大塚雅美の話の中に、殺人を匂わせる部分は特になかったように思う。なのに、どうしても過去の経験から深読みしてしまう私だった。

もちろん似たような考えは、誰よりも深読みが得意な友人の頭にも、当然浮かんでいるに違いない。そう思って隣のエルザを見やるのだが、彼女の横顔には普段と変わらない涼しげな表情が浮かぶばかりだった。

「事情は判った。要するに、その逃げた鸚鵡を捜して捕まえればいいんだな。――でも、なんでだい？　鸚鵡を可愛がっていたのは、叔父さんなんだろ。その叔父さんは事故で死んでしまった。じゃあ、逃げた鸚鵡のことを誰がそんなに大事に思っているのさ？」

「それは私よ」大塚雅美はキッパリと断言した。「ひとり暮らしの叔父にとって、オーちゃんは家族のような存在だった。まるで子供と喋るように鸚鵡に向かって話しかける叔父の姿を、何度も見たことがあるわ。そんな叔父が以前、私にいったの。『自分に万が一のことがあったら、オーちゃんを頼む』ってね。だから、私はその約束を守ろうと思うの」

「ふーん。ひとり娘の春江さんじゃなくて、姪っ子である雅美さんのほうに託そうとしたわけだ。そこには何か理由があるのかい？」

「だって春江は結婚していて、旦那や大学生の息子がいるもの。彼女の一存でペットは飼えないわ。その点、私は生涯独身だから問題ない。それに叔父がいうには、私どうやらオーちゃんの名付け親らしいのよ。以前、叔父が鸚鵡を飼いはじめたころ、私がその鸚鵡に『オーちゃん』って名前を付けたんだって。私はぜんぜん憶えていないんだけれど……」

おそらく鸚鵡だからオーちゃんと、彼女が勝手にそう呼んだに違いない。そして梶間修三は黙ってそれを受け入れた。大塚雅美の手によって雑に名付けられた被害獣が、ミーコ以前にもいたわけだ。私はまだ見ぬオーちゃんに少しだけ同情した。ミーコは飼い主の膝の上で気持ち良さそうに目を閉じている。苦笑いのエルザは短い茶髪を掻き上げた。

「まあ、いいや。そういうことなら、ぜひ引き受けたいところだけどよ。ひとつだけ問題があるな。亀と違って鳥ってやつは空を飛べるだろ。そこが、どうも——なあ、美伽」

「そうね、ライオンは空を飛べないもんね」

私の言葉に依頼人はキョトン。そして、こう主張した。

「その点は大丈夫だと思うわ。鳥といっても所詮ペットの鸚鵡だから、飛ぶことはそれほど上手じゃない。あまり遠くまではいけないはずよ。それに叔父の自宅の近所で、それらしい鳥を見かけたっていう噂も耳にしたわ。たぶん、まだそのあたりにいると思うの」

ならば捕獲できる可能性は高い。これで断る理由は、ほぼなくなった。私とエルザは互いに目と目で頷きあう。エルザは目の前に座る大塚雅美を真っ直ぐ見詰めると、

「よーし、あんたの仕事、引き受けてやるぜ。なんせ、この子の名付け親だもんな」

そういって探偵は膝の上の仔猫を撫でる。依頼人は訳が判らない様子で「はあ⁉」と首を傾げる。ミーコは眠たそうに「ファ～」と大きなあくびを放った。

2

その翌日、私と生野エルザは準備万端整えて古いシトロエンを飛ばした。

たどり着いたのは平塚市内を北西方向に伸びる金目川の中流。小田原厚木道路を越えたあたりに広がる閑静な一帯は、農地と住宅と若干の緑地が混在していて、まさに都会の中の田園といった雰囲気。先日亡くなった梶間修三氏が長年暮らしてきた自宅が、この地域にあるのだ。ということは鸚鵡のオーちゃんにとっても、ここが地元ということになる。

「平塚のヤンキーどもが、なかなか地元を離れないのと同様、平塚育ちのオーちゃんもそう簡単には地元を離れないはずだ。間違いなく、オーちゃんはまだこの付近にいる」

運転席のエルザはそう決め付けるのだが、なぜ逃げた鸚鵡がヤンキーと同様の地元愛を示すのか。その点が私にはイマイチよく判らない。

だが結論からいうと、彼女のヤンキー理論は意外と正しかったようだ。適当なところで車を停め、自分たちの目と足で捜索を開始してから、たったの一時間。早くも私たちは林の中で一羽の白い鳥と対峙していた。

「ね、ねえエル、あれって鸚鵡よね……し、白いカラスじゃないわよね……？」

声を震わせる私は、茶色のパーカーにベージュのパンツ。両手で捕虫網を構えるその姿は、虫捕りに興じる夏休みの小学生と大差ない。要するに、いい歳した女性でこんな恰好してる奴なんてどこにもいない、という情けない姿だ。

一方のエルザは迷彩柄のサファリジャケットにデニムパンツ。樹上の鳥を真っ直ぐ見やりながら、私の問いに答えていった。

「ああ、カラスじゃねえ。白いカラスなんて、そもそも平塚にいねーしよ」

「そ、そうよね」たぶん世界中、どこを捜したっていないだろう。「てことは——?」

尋ねる私の隣で、エルザは手許のスマートフォンと樹上の鳥を見比べる。画面上に示されているのは白い鸚鵡の画像だ。正式名称は『コキサカオウム』というらしい。体長は約四十センチ。曲がった嘴と純白の羽。頭の後ろにぴょんと飛び出たオレンジ色の冠羽がチャームポイントなのだとか。画像で見る限りは、いかにも鸚鵡らしい鸚鵡だ。いや、鸚鵡らしくない鸚鵡ってやつも、あんまり見たことはないのだが、それはともかく——

「間違いねえ。あれがオーちゃんだぜ。——おい美伽、網だ。網をよこせ」

エルザは樹上の鳥に視線を向けたまま催促。私が捕虫網を手渡すと、今度は友人のほうが夏休みの小学生っぽい姿になった。「見てろよ、美伽。一発で仕留めっから」

エルザは慎重に枝の真下に歩み寄る。枝の高さよりも、補虫網の柄の長さのほうが明らかに長い。鸚鵡のオーちゃんはまるで眠っているかのように、枝の上でジッとしている。

——チャンスよ、エル！

私が心の中で叫ぶと同時に、エルザもまた林全体に響くような叫び声を発した。

「そりゃぁぁぁぁ——ッ」気合もろとも振り下ろされる捕虫網。それは枝の上の標的をスッポリと包み込むかと思いきや、次の瞬間——ゴツン！

間抜けな音とともに網の先端部分が鸚鵡の脳天をまともに叩いた。

——馬鹿馬鹿、なにやってんのよ、エル!?　オーちゃんを殺す気!?

呆(あき)れ返る私の視線の先、驚いた鸚鵡が「ギャッ」と人間っぽい悲鳴をあげる。一方、エルザは「畜生(ちくしょう)、シマッタ」と焦りの声。大きく羽を広げた鸚鵡は、「ナニスンダ、コノヤロー！　ナニスンダ、コノヤロー！」と高い場所からエルザに罵声(ばせい)を浴びせる。すると今度はエルザのほうが「ナンダト、テメー！」と似たようなレベルの罵声を発して、手にした網を再度振り下ろす。だが、それは誰もいない枝に衝突してカツンと虚(むな)しい音を立てるだけだった。エルザの口からは「クッソー」と無念の声。だが、すべてはもう遅い。

飛び立った鸚鵡は人間たちの魂胆をあざ笑うかのように、大木の周りをぐるりと一周。さほど上手とは思えないバタバタとした羽ばたき方で林の外へと飛び去っていった。

「畜生、憶えてろよーッ！」鸚鵡に向かって無駄に吠(ほ)えるエルザ。

するとと鸚鵡は遠くの空で、「チクショー、オボエテロヨー」と得意の鸚鵡返し。

こうして最初の絶好機は、私たちの前をすり抜けていった。

「ああ、残念。もう少しだったのに」ガックリと肩を落とす私は、ふがいない友人を横目で見やりながら、「だけど、まさか《平塚のライオン》が、これほど狩りが下手だとはね」

「うるせー、ライオンは普段、鳥なんか捕らないんだよ！」

悔し紛れに叫ぶエルザは、地面の枯れ枝を拾い上げると、鸚鵡が飛び去った空を目掛けて「エイッ」とばかりに放り投げる。そして彼女はふと思いついたように呟いた。

「ん!? そういや、あっちの方角には飼い主の家があるんだっけ――」


それから、しばらく後。林を抜け出した私とエルザは、その足で梶間邸を訪れていた。

事故で命を落とした梶間修三氏が、鸚鵡のオーちゃんとともに暮らしていた日本家屋だ。門柱の陰から中を覗くと、そこに建つのは重厚な瓦屋根と黒ずんだ壁を持つ、古色蒼然とした建物。見た目は立派だが、かつての名家の斜陽化した姿、といった趣にも思える。

「住んでいたおじいちゃんが亡くなったってことは、いまは誰も住んでいないのね」

「つまり空き家ってことだな。――よし、入ってみようぜ」

不法侵入である。空き家だから許される、という法律は平塚にはない。でもまあ、庭先を見て回るぐらいなら構わないか。べつに建物の中にまで侵入する気はないのだし――と、自らを正当化しつつ私は友人の後に続いた。

林の中から飛び去った鸚鵡に、もしエルザがいったような地元愛――というか里心、あるいは帰巣本能――があるならば、最終的に鸚鵡の帰っていく場所は、やはりこの梶間邸である可能性が高い。そう考えたが故の、あくまでも合理的な捜索行動だ。私たちは古い日本家屋の周囲をぐるりと一周して、そこにオーちゃんの白い影を捜し求めた。

だが結果的に、私たちの目論見は空振りに終わった。敷地のどこを見渡しても、鸚鵡はおろかハトやスズメの姿さえ見当たらない。主を失った梶間邸はガランとして静まり返り、まさに空き家らしい寒々とした外観をさらしていた。

「やっぱり駄目ね。ここには戻っていないみたい」

「ああ。だけど、まったく痕跡がないってわけじゃねえ。――ほら、ここ」

エルザが指差したのは玄関の庇の下だ。石を敷かれたその場所に、なにやら茶色いものがこびりついている。私はひと目見て、その正体に思い至った。「これ、鳥のフンね」

「ああ、まだ新しい。やっぱりオーちゃんはときどき、ここに戻ってるのかもしれねーな」

エルザはジャケットのポケットから袋を取り出すと、「餌、置いといてやろう」といって袋の中の細長い粒々を玄関先に盛り塩のごとく置いた。「ヒマワリの種だ。鸚鵡はこれが大好物なんだってよ」

「ふーん。じゃあ、ここでジッと見張っているのが、意外と捕獲する近道かもね」

「確かにな。でも、それって地味すぎねーか」あまり気乗りがしない口調のエルザ。

「それもそうね」と溜め息をつく私。と、そのとき——

いきなり背後から知らない男の声が響いた。

「おい、誰だ、君たち！　そんなところで何してる。ここは他人の家だぞ！」

私は背筋をビクンと伸ばして後ろを振り返る。そこに立つのは薄手のダウンジャケットを着た眼鏡の男。年齢は大学生ぐらいだろうか。私たちより年下で喧嘩も弱そうだ。

おそらく隣のエルザも同様の判断を下したのだろう。眉間に皺を寄せると、鋭くガンを飛ばしながら、「はあん、あんだってぇ!?　よく聞こえなかったなぁ！」と鬼のように凄む。どうやら彼女は、自分がいま他人の家の庭先に不法侵入しているという事実を失念しているらしい。

ところが男子も男子である。恐れをなしたのか急にブルブル震えながら、

「い、いえ、ですから、あの、誰なんですか、あなたがたは？　ここで何をなさっている

んですか。ご存じないかもしれませんけど、ここは他人の家なんですよ」

と先ほどの問い掛けを随分マイルドに言い直す。正直マイルド過ぎて笑えるほどだ。

聞かれた探偵は、敢えて事実を告げた。「あたしたち、逃げた鸚鵡を捜してんだ。あんた、見なかったかい？　白い鸚鵡なんだけどよ」

するとと若い男は突然ハッとした表情。人差し指で眼鏡をくいっと押し上げると、

「え、鸚鵡って、じいちゃんが飼ってた鸚鵡のことですか？」

「え、じいちゃんって、鸚鵡飼ってたじいちゃんのことか？」

「そうです。鸚鵡飼ってたじいちゃんです」

「そうかい。じいちゃん鸚鵡飼ってたのか」

どうやら二人は同じ鸚鵡、同じ老人について語っているらしい。すなわちオーちゃんと梶間修三氏だ。私は眼鏡の彼に確認した。「あなた、梶間修三さんのお孫さん？」

「はい。吉本克己っていいます。梶間修三は母方の祖父です」

つまり遺体の第一発見者である吉本春江の息子ということだ。たちまち友人の眸が探偵としての輝きを帯びた。「そうかい。じゃあ、あたしたちも自己紹介しなくちゃな。あたし、生野エルザ。こっちは美伽だ。――ところで君、今日はここに何をしに？」

「べつに。なんとなく見にきただけです。あんまり訪れる機会がない家だし、この先、取

り壊されることになるかもしれないから、よく見ておこうと思って」

「ん、君って、吉本春江さんの息子さんだろ。家はこの近所じゃないのかい？」

「へえ、母のことをご存じなんですね」と吉本克己は少し気を許した様子。そして首を左右に振った。「いいえ、僕の家はこの近所ではありません。そもそも平塚じゃなくて、家はお隣の茅ヶ崎なんですよ。父がそこで飲食店を経営しているんです。だから僕自身、平塚の祖父の家にくることは滅多にないんです。だって茅ヶ崎からわざわざ平塚にやってくる用事って、ほとんどないじゃありませんか。何があるっていうんです？」

「そ、そりゃあ、いろいろあるんじゃねーか。べ、ベルマーレとか七夕まつりとか……」

――頑張って、エル！　その二つ以外にも、きっと何かあるはずよ！

茅ヶ崎ごときに馬鹿にされないよう、心の中で懸命にエールを送る私。だが――

「畜生、駄目だ。思いつかねえ！」

友人は肩を落として、アッサリと白旗を掲げた。「確かに君のいうとおりだ。茅ヶ崎の人間はそうそう平塚にやってこねえよな。だとすると、吉本春江さんが父親の遺体を最初に発見したっていうのは、結構な偶然だったわけか……」

「そんなことまで知ってるんですか。母が祖父の遺体を発見したことまで」吉本克己はいまさらのように疑惑の視線をエルザに向けた。「なんか変だな。どうもあなた、単なる鳥好きのヤンキーではないようですね……」

　衝撃の事実。彼はエルザのことを《鳥好きのヤンキー》だと思っていたらしい。では、いったい私は何だと思われていたのだろうか。《鳥好きのヤンキーの愉快な仲間》とかだろうか。その点、興味深いところではあるが――

　エルザは躊躇うことなく自らの正体を明かした。「実は、あたしたち探偵なんだ。とある人に頼まれて、逃げた鸚鵡を捜してんだけどよ」

「ああ、そうだったんですか。そのことなら僕も母から聞きましたよ。祖父の遺体を発見したとき、鸚鵡のオーちゃんに逃げられたって」

「そう、その鸚鵡だ」エルザはパチンと指を弾いた。「君のおじいちゃんって、随分と鸚鵡を可愛がっていたんだろ。珍しい人だな。どんな人だったんだい、梶間修三さんって人は？」

　エルザは鸚鵡の話を、梶間修三氏の人となりについての話へと、強引にスライドさせる。吉本克己は特に不審に思う様子を見せずに答えた。

「祖父のことなら、僕は正直、苦手でしたね。偏屈というか、気難しいところがありましたから。ちょっと近寄りがたい感じでした」

「てことは、怖い人だった？」

「ていうか偉そうな感じの人でしたね。昔は役所に勤めていて、実際その部署ではそこそこ偉い人だったようです。部下も大勢いたりしてね。けれどその分、妙に気位が高いんですよね。とっくに引退しているのに、なかなか昔の気質が抜けなかったみたいで……」

「ああ、よくいるな。そういう昔の肩書きにこだわる男」

「ええ。特に祖母が亡くなって以降は、親戚との付き合いも疎遠になっていました。母はときどき顔を見にきていたようでしたけれどね。あとは母の従姉妹に当たる人が、たまに面倒を見てあげていたそうですが、それもそうしょっちゅうではなかったはずです」

　吉本克己の母の従姉妹というのは、依頼人である大塚雅美のことだ。

もちろん私とエルザは顔色ひとつ変えることなく、

「へえ、奇特な人がいたわけだ」

「会ってみたいわねえ、その人」

と自然すぎる振る舞い。吉本克己は疑念を抱く様子もなく、話を続けた。

「そんな感じだから、近所付き合いもほとんどなかったんでしょうね。先日のお葬式には僕も参列しましたけど、あまり親身になって悲しんでいる人は、いなかった気がします」

「ふーん、孤独な人だったんだな。だから鸚鵡に話しかけていたわけだ」

「さあ、よく知りませんけど、ペットのことは大切にしていたようですね」そう答えた吉本克己は眼鏡の縁に手をやると、今度は自ら探偵へと質問を投げた。「――にしても、誰がオーちゃんの捜索なんて依頼したんです。まさか母じゃないですよねえ？」

「それは勘弁してくれ。依頼人が誰かは機密事項なんだ。――ところで話を元に戻すけど、そのオーちゃんを見なかったかい？　さっき、こっちに飛んできたはずなんだけど」

この肝心な問いに、彼はアッサリと首を横に振った。

「いいえ、見ませんでしたね。オーちゃんなら僕も以前見たことがあるから、近くにいれば気付くと思うんですが。――でも、こういっちゃなんですけど、逃げた鸚鵡なんか捜してどうするんですか。オーちゃんはべつに珍しくもない、ただの鸚鵡ですよねえ？」

「そりゃまあ、確かにな」エルザは頷き、そして自嘲気味に笑った。「だけどよ、そういう考えじゃあ、探偵って仕事は成り立たねーんだよ。――なあ、美伽」

私は捕虫網を片手にしながら、真っ直ぐ首を縦に振るしかなかった。

3

結局、一日目の捜索では、再びオーちゃんの純白の勇姿を見る機会はなかった。二日目の捜索は完全な空振り。私たちは、鸚鵡の尻尾さえ目にすることができなかった。そうして迎えた三日目の午前。生野エルザと私は、あらためて梶間修三氏の日本家屋を訪れた。

今回も私の手には、頼りない捕虫網が握られている。だが《武器》はそれだけではない。捜索も三日目ともなれば、装備も格段にバージョンアップする。私たちは大きな鳥カゴ状の装置を梶間邸の玄関先に運び込んだ。捜索三日目にして導入する新型秘密兵器だ。

「まあ、要するにワナだな。エサに惹かれて鳥がカゴに入ると、自動的に入口が閉まり、電気ショックが与えられ、オーブンでこんがり焼かれて、調理完成って仕組みでよ……」

友人の説明は途中から脱線してしまい、何が何だか訳の判らないものになった。

「嘘ばっかり。なにが調理完成よ。鸚鵡の丸焼きなんて絶対おいしくないわ。——にしても、よくこんな特殊な装置を用意できたわねえ。本職のペット探偵でもないくせに」

「実は『平塚水族店』のおじいちゃんに助けてもらったんだ」

『平塚水族店』は水族館ではなくて、単なるペットショップ。以前、逃げた亀を捜したときに世話になった店だ。そこに鰐みたいな顔をした店主がいたことを、私は懐かしく思い出した。

「亀を捕獲するためのワナなんだとよ。でもまあ、鳥を捕まえるのも似たようなものさ」

そういってエルザは、玄関先に山盛りにしていたヒマワリの種をチェック。そこには確かに食い荒らされた痕跡があった。とはいえ、カラスの仕業かもしれないので、オーちゃんがここで食事したと決め付けることはできない。可能性は五分五分だろう。

ワナの取り付けを終えると、私たちは再び近所の捜索を開始した。一昨日、オーちゃんを見かけた林の中は、もちろん要チェックポイントだ。私たちの足は自然とそちらの方角に向かった。するとそのとき、私たちの頭上を横切る大きな影。ハッとして見上げた私の視界を、純白の鳥が羽をバタバタさせながら通り過ぎる。「――見て、鸚鵡よ！」

私の叫びが終わらぬうちに、白い鸚鵡はその姿を緑の林へと消した。

「あっちだ。いってみよう」

鸚鵡の消えていった方角を見据えながら、エルザが駆け出す。

私も彼女の背中を追って林の中へと駆け込んだ。薄暗い林の中はシンと静まり返っていて、時折、鸚鵡とは違う鳥の声が響き渡っている。私はエルザとともに周囲の木々を見渡しながら、林の奥へと歩を進めた。そうするうちに「――見ろよ、美伽！」

エルザが立ち止まって小さく叫ぶ。彼女の指差す先、聳(そび)え立つ大木の高いところに、純白の鸚鵡の姿。太い枝の先に止まって羽を休めている。間違いなくオーちゃんだ。

「だけど、あの高さだと網が届かないんじゃないかしら」

オーちゃんの姿は、私たちの遥(はる)か頭上にある。だがエルザは少しも怯(ひる)まない。

「なーに、網が届かないなら、届くところまで近づくまでさ」

「え、それって、どーいうことよ⁉」

ポカンとする私をよそに、無謀な友人はいきなり目の前の大木に抱きつく。そして太い幹をスルスルと登りはじめた。なるほど、さすがネコ科に属するだけあって、ライオンは結構木登りが得意らしい。瞬(またた)く間に大木の高い枝にたどり着いたエルザは、私に捕虫網を要求。下から手渡してやると、その網を右手に構えて、枝の先に止まる白い鸚鵡へとそれを差し向ける。

鸚鵡は頭上に迫る網の存在に、まだ気付いていない。

二度目にして最大のチャンスはこうして訪れた。——落ち着いてね、エル！

心の中で声援を送る私。友人の右腕がピクリと動く。だが、そのとき——

静まり返った林の中、空気を切り裂くような風の音を感じた。すると次の瞬間、エルザの口から「うッ」という呻(うめ)き声。と同時に彼女の構えていた捕虫網が、なぜだか右手から離れて地面に落下。鸚鵡は驚いた様子で白い羽をバタつかせると、たちまち枝の上から飛び立った。

友人の異変を察知して、私は咄嗟に呼び掛けた。「どうしたの、エル⁉」

すると私の視線の先、枝に跨(またが)るエルザの身体が突然ぐらりと傾いた。

「あッ、危ない！」

叫び声を発しながら慌てて枝の真下に駆け寄る。そんな私を目掛けて、エルザの身体が真っ逆さまに降ってきた。思いがけない事態に、一瞬で私は青ざめる。混乱と恐怖と焦り、そしてヤケクソの思いを胸に、私は落下する友人の身体をどうにか抱きとめようと両腕を突き出す。「エ、エ、エル〜〜〜ッ」

結果、完全には抱きとめられなかったのだが――仮に抱きとめていれば、私のほうが無傷ではいられなかったと思うのだが――それでも私の男気（？）溢（あふ）れる振る舞いは、友人の痛みを和らげるクッション程度の役割は果たしたらしい。エルザは頭から地面に落ちることだけは避けられた。それでも不自然な恰好で地面に着地した彼女は無傷ではなかった。顔には苦悶（くもん）の表情が浮かび、額（ひたい）には脂汗（あぶらあせ）が滲んでいる。倒れた友人を抱きながら、私は叫んだ。

「どうしたの、エル！　何があったの！」

すると彼女は眉間に皺を寄せながら、「か、肩……肩だ……」

「え、肩!?」そういえばエルザは右手に持っていた捕虫網を変なタイミングで落とした。ならば右肩だ。そう思って彼女の右肩を注視する。瞬間、私はギクリとして声を失った。

エルザの右肩の裏側。一本の棒のような物体がにょきりと生（は）えている。いや、生えているのではない。これは刺さっているのだ。「な、何なのよ、これ！」

だが友人は力ない笑みを見せながら、「馬鹿、あたしに見えるわけねーじゃん……」

「………」だったら見ないほうがいい。私は咄嗟にそう思った。

彼女の右肩に刺さっているのは、一本の矢だった。

友人は何者かに弓矢で射られて、樹上から落下したのだ。

4

それから随分と時間が経った夜のこと。

私は平塚市内の総合病院の一室で不安な表情を浮かべていた。目の前のベッドに静かに横たわるのは生野エルザだ。布団から覗く彼女の顔は、多少青ざめてはいるが、普段とそう変わるものではない。しかし矢が刺さった右肩と着地した際に傷めた左足は、確かに重傷だった。麻酔の影響なのか、エルザは治療の途中から昏々と眠り続けている。

ただ見守るしかない私の前で、彼女が薄らと両目を開けたのは、時計の針が午後八時を回ったころだった。「ああ、良かった。やっと目が覚めたのね!」

思わず安堵の息を吐く私。すると友人は、どこかぼんやりした感じの顔と声で、

「……あれ、美伽……なんだ、ここ……あたし、どうしたんだっけ……?」

「え、嘘でしょ。憶えてないの？」

「んーっと」友人は病室の白い天井を眺めながら、「確か密室の中に白い仔猫がいて……」

「うわあ、それって先月の事件よ。――大丈夫？　しっかりして、エル！」

私は友人の記憶が一ヶ月も後戻りしたのかと本気で疑った。だが、それは強いショックを受けた人間にありがちな一時的な記憶の混乱。すぐに現在の状況を把握したエルザは、その眸に知性の輝きを取り戻した。ベッドの上で上半身を起こした彼女は、傷を負った右肩を確認。包帯とギプスで固定された肩に左手をやりながら、悔しそうに顔をしかめた。

「畜生、どこのどいつか知らねーけど、鳥と間違えて、あたしを撃つなんて。――おい、美伽、警察はなんていってた？　犯人は捕まったのか？　凶器はボウガンか何かだよな？」

　エルザの矢継ぎ早の問い掛けに、気おされる私。すると背後で突然、病室の入口が開く音。現れたのはスーツ姿の若い男だ。彼は私に成り代わって彼女の問いに答えた。

「凶器はクロスボウだ。まあ、ボウガンともいうがな。犯人はまだ捕まっていない――残念ながらね」

　男は平塚署の刑事だった。エルザの口から「なんだ、宮前か」と馬鹿にしたような呟きが漏れる。宮前刑事は余った椅子を引き寄せて、私の隣に腰を下ろすと、

「おいおい、『なんだ』とは失礼だな。これでも心配して見にきてやったんだぞ」

と恩着せがましい台詞。そしてエルザの顔を見やりながら一方的にいった。

「さてと、体調不良のところ申し訳ないが、いくつか質問に答えてもらいたい。なにせ、クロスボウを手にした通り魔が平塚市内に潜伏中——っていう切迫した状況なんでね」

「いいぜ。その代わり、あたしも警察に教えてほしいことがある」

「はあ⁉ こっちは君に何も教えてやる義務はないと思うが」

「そうかい。だったら、いいや。クロスボウ持った通り魔が暴れまわって、被害者があと五、六人ほど出たとしても、あたしのせいじゃねーからな。——おい、美伽、こんなところに長居は無用だ。さっさと事務所に戻って、ビールで一杯やろうぜ」

いうが早いか、友人は掛け布団を跳ね飛ばしてベッドから降りようとする素振り。だが次の瞬間、「んぎゃ！」と短い悲鳴を発したかと思うと、冷凍された魚のようにピタリと身動きを止めた。遅まきながら私は友人に忠告する。

「駄目よ、エル。あなたの左足、骨折してるのよ。——ひょっとして、痛む？」

「い、いいや、ぜーんぜん……」

強がってはいるが、額に脂汗を滲ませたその表情は、全力で『痛い！』と叫んでいる。手負いのライオンは、すごすごと元の寝床へ戻った。

「くそ、これじゃあ、身動き取れねーじゃん」

その様子を見かねたのか、宮前刑事が折れた。「判った判った。そこでジッとしてろ。君が知りたいことには極力答えてやるよ。だから、まずはこっちの質問に答えろ」

そして刑事は手帳を取り出すと、さっそく探偵に質問を投げた。「あの林の中で何をしていたのか？」「撃たれたときの状況は？」「犯人の姿を見なかったか？」「犯人の心当たりは？」「矢が刺さって痛かったか？」「別の何かにたとえるなら何の痛み？」等々――

エルザはうんざりした顔で矢継ぎ早の質問に答えたり、誤魔化(ごまか)したり。そして最後の質問に対しては、大きく首を捻(ひね)りながら、「うーん、そうだな。たとえるなら焼けた火箸(ひばし)を押し当てられたような――って馬鹿、つまんねー質問してんじゃねえや！」

と素敵なノリツッコミを披露。そして探偵はあらためて刑事を睨み付けた。

「じゃあ今度はこっちの番だな。梶間修三氏が自宅の階段から転落して死亡した件について知りたい」

「君らが捜している鸚鵡の飼い主だな。その人が、どうかしたか」

「彼が死んだのは、本当に事故なのか」

探偵の率直な問い掛けに、刑事は意味深な口調で答えた。

「ああ、その件なら事故だ――って話になってるな。俺も君が弓矢で串(くし)刺しにされる前は、そう信じていた。だが、いまとなっては、その確信も怪しくなったな。梶間修三氏は高齢で、当時はアルコールも入っていたという。その修三氏が自ら階段で足を滑らせたのか、それとも誰かの手で突き落とされたのか、それを正確に判断することは難しい」

「事故じゃないわ」と思わず私は横から口を挟んだ。「事故だったら、エルが攻撃を受けるわけないもの。誰かが私たちの仕事を邪魔している。きっと、そこには何か秘密があるはずよ」

おそらく犯人は、あの鸚鵡が探偵の手に渡ることを恐れているのだ。だから、エルザがオーちゃんを捕獲しようとする寸前に、彼女の後方からクロスボウを撃った。たぶん犯人の狙いは鸚鵡のほうにあったはずだ。だが放たれた矢はエルザの肩に刺さった。鸚鵡は飛び去り、エルザは樹上から落下。私があたふたしながら緊急通報をする隙に、犯人はクロスボウ片手に現場から立ち去ったのだ。

たぶん、この推理は正しい。問題なのは、なぜこの犯人が、たかが鸚鵡ごときを親の敵のように狙うのか、だ。そうまでするからには、そこになんらかの合理的な理由がなければならない。それは、いったい何か――

そのとき私の脳裏に微かに閃くものがあった。自分でいうのもナンだけど、私が閃くのは極めて珍しいことだ。だが、そんな私をよそに、エルザの質問はなおも続いた。

「階段から落ちた修三氏は、頭を強打して死んだんだよな。それって即死だったのか？」

「いや、即死ではなかった。死因は脳の内出血だ。頭を打った後、しばらくは意識があったものと考えられる。まあ、そう長い時間ではなかったはずだがな」

「そうか」とエルザは頷いた。「ところで現場の状況がイマイチ判らないんだけどよ。修三氏の死体はどこに転がってたんだ？　階段を下りてすぐのところか、それとも――」

「いや、階段からは少し離れていた。むしろ鳥カゴの傍だ」

「鳥カゴ⁉」探偵の眸がキラリと光る。「それってオーちゃんの住処（すみか）だよな」

「そうだ。鳥カゴは廊下の端にあった。階段を下りたところからは、二メートルほど離れている。そこに修三氏が手作りした立派な木製の鳥カゴが置いてあったんだ。まあ、鳥カゴっていっても、縦横一メートル以上もあるような大きな箱形のものだ。なにせ鸚鵡ってやつは、まあまあ大きな鳥だからな」

「その鳥カゴの傍で、修三氏は息絶えていたってわけか」

「そうだ。だから即死じゃないんだよ。階段から転落して鳥カゴの傍まで廊下を這（は）いずって移動する。少なくともその程度の時間、修三氏は息が残っていたということだな」

「そうか。でも、なんで修三氏は鳥カゴに這い寄ったんだ？　しかも虫の息で――」

探偵は独り言のように呟くと、また刑事に別の質問。「現場の様子で、他に何か変わった点は？」

「そういや、廊下の窓が開いてたな。鳥カゴの傍の小窓が一枚だけ」

「窓が開いてたって⁉」エルザは意外そうな表情。

「ん、ちょっと待って、宮前さん」と再び私が口を挟む。「窓が開いていたなら、どうしてオーちゃんは、その窓から出ていかなかったの？　オーちゃんは第一発見者の春江さんが玄関を開けた瞬間、外に飛び出していったのよね」

　私は当然の疑問を口にしたのだが、宮前刑事はアッサリと答えた。

「その小窓からは逃げられなかったんだよ。窓の外には泥棒避（よ）けの格子（こうし）が嵌（は）まっていて、人間はもちろん、大型の鳥も通り抜けることは不可能だった。他の窓は全部閉まっていたから、結局、鸚鵡は玄関が開いた隙に外に出たんだな」

　ああ、そういうことね――と私は納得した。と同時に、私の中に生じた微かな閃きは、いまや強い光となって輝きを増しているように感じた。だが確証はない。やはり問題なのは、オーちゃんなのだ。あの鸚鵡を捕まえなければ、すべては曖昧（あいまい）なままに終わる。

　エルザは何を考えているのだろうか。ベッドの上で上体だけ起こした彼女は、顎（あご）に手を当てながら沈思黙考といった様子に見える。私も黙ったまま、彼女の横顔を見詰めた。

「とにかく」と宮前刑事が沈黙を破って口を開いた。「名探偵が撃たれた事件と梶間修三氏の転落死は、無関係じゃなさそうだ。あらためて詳しく調べてみるとしよう。ただし、君はあんまり首を突っ込むなよ。——といっても、その身体じゃ当分暴れるのは無理だな。ふふッ」

愉快そうに笑いながら、刑事は悠然と席を立つ。

不愉快そうにムッとするエルザは、ベッドの上から「うるせえ、馬鹿、黙れ、変態」と根拠のない罵声を刑事に浴びせてウサ晴らし。

探偵の容赦ない暴言に背中を押されるようにして、刑事はひとり病室を出ていった。

その足音が遠ざかるのを確認してから、私は友人の前で口を開いた。

「間違いないわ。梶間修三氏は誰かに殺されたのよ。しかも事故を装う形で。そして、その誰かが今度はクロスボウでエルを撃った。そういうことよね？」

「まあ、そんなところだろうけどよ」エルザは壁の時計を見やると、心配そうな顔を私へと向けた。「ところで、美伽は帰らなくていいのかよ。このまま病院に泊まる気か」

「え、泊まってもいいけど……なによ、私がいたら迷惑？」

迷惑といわれたら、私はきっと泣いてしまうだろう。——えーん、えーん！

だが、続く彼女の言葉によって私は泣かずに済んだ。「いや、べつに迷惑ってことはねーんだけどよ。ただ折り入って、美伽に頼みたいことがあるんだ」

「え、なになに？」エルザが私を頼ることは滅多にないので、正直ちょっと嬉しい。彼女のベッドににじり寄りながら、「なによ、事件のこと？　いいわよ、いってごらんなさい。お姉さんがなんでも叶えてあげるから！」と私はなぜか突然お姉さん気取り。

　すると彼女の口から飛び出したのは、まったく予想もしなかった言葉。

「悪いけど、美伽、これから事務所に戻って……」

「うんうん、事務所に戻って……？」

「ミーコにエサをやってくれないか」

「はあ⁉」私は自分の耳を疑った。「それが折り入って私に頼みたいことぉ？　なによ、それ。事件と全然関係ないじゃない。この期に及んで、猫のことがそんなに大事ぃ？」

　唇を尖らせる私の前で、エルザは当然とばかりに首を縦に振った。

「だって、あたしと美伽が揃って病院にいたら、ミーコはいつまで経っても晩メシにありつけねーんだぜ。それじゃあ可哀想じゃんか。――だから、なあ、頼むよ、美伽」

　確かに彼女のいうとおりに違いないが、可哀想に思ってほしいのは、むしろこっちのほうだ。

　私はエルザのことを、こんなにも心配しているというのに、当のエルザは私ではなく猫のことを気に掛けているのだ。――じゃあ、なにか、私は猫以下なのか。私は猫に負けるのか。探偵にとって、探偵助手とは飼い猫にも劣る存在なのか。そんな馬鹿な！

私は椅子を蹴るように立ち上がると、「お、お、お腹なら、私だってペコペコだわさ！」と変な口調で不満を暴露。そして友人のベッドにくるりと背中を向けながら、「ふん、判ったわ。ミーコのことは任せてちょうだい。ただし、エルはお腹がすいたら、ひとりでなんとかしてね！」

私は目の前の引き戸を開けると、「さいならッ」

そんな私の背中に看護師の女性の声が響く。

「ちょっと、そこの人ぉ——ッ、病院ですよッ、廊下を走らないでぇ——ッ」

ひと声叫んで怒ったように戸をピシリと閉めようとするが、最近の病室の出入口はソフトクローズ機能が備っているので、戸はじんわりゆっくりとしか閉まらない。

「なによ、もう！　イライラさせるわね！」

私は戸が閉まりきるのを待たずに病室から駆け出した。

5

エルザの車を勝手に借りて、夜の街をぶっ飛ばすこと数分。私は無事に探偵事務所への帰還を果たした。

扉を開けると微かに感じる獣の匂い。ザッと見渡してみれば、白猫のミーコはエルザのデスクの上だ。書類と文房具の狭いスペースの中で丸くなりながら、ジッと飼い主の帰りを待っている。

そんなミーコは私の姿を認めると、ぴょんとデスクを飛び降りて、ゆっくりこちらへ歩み寄ってくる。だが、私の隣に飼い主であるエルザの姿はない。そのことが不思議に思えたのだろうか。しきりに首を傾げるミーコの仕草が、見ていてちょっと微笑ましい。なるほど、友人が私をひとり事務所に帰した意味が、少しだけ判った気がした。

「確かに、この子を飢え死にさせるわけにはいかないわね……」

私は小さなキッチンへ真っ直ぐ歩を進めると、戸棚の中から猫用のエサの缶詰――通称『ネコ缶』――を取り出し、それと同時に人間様用の箱形容器付きインスタント焼きそば――通称『ペヤング』――を取り出した。箱形容器に熱湯を注いでから、ミーコの前でネコ缶の蓋をパッカンと開けてやる。実際ミーコはお腹ペコペコだったのだろう。中身を皿に出してやると、むさぼるように食べはじめる。私も三分待って、ようやくカップ焼きそばの晩御飯にありついた。

こうして私とミーコの二人、いや一人と一匹は、世にも侘しい食卓を囲んだのだった。

「あーあ、エルには早く戻ってきてもらわなきゃねえ……」

ふと漏らした呟きに、食事を終えたミーコが「ニャ～」と呼応する。この謎めいた小動物と、初めて意思疎通ができた気がして、私はちょっぴり感動。と同時に、この猫が多少なりと人間の言葉を解することを確信した。そこで私はミーコに顔を寄せながら提案。

「そうだ。あんたも探偵事務所の一員なら、今夜は私に付き合いなさい。いいわね？」

一方的に命じられたミーコは、ウンともスンともニャンとも答えなかったが、私は構わず外出の支度。厚めのコートを羽織って胸にミーコを抱くと、再び事務所を飛び出した。

シトロエンの運転席に乗り込み、ハンドルを握って再び夜の街へ。進路を北西に向けると、やがて車は金目川沿いの道に出る。小田原厚木道路を越えてしばらく進むと、そこが目的地だ。

大きな門柱の傍に、私は車を静かに停めた。

「ここが、梶間修三氏の自宅よ。いまは空き家だけどね」

仔猫を相手に説明を加えながら、運転席を出る。ミーコは私の腕の中でキョトンだ。

「ふふふッ、実は昼間にワナを仕掛けておいたのよねえ……」

いろいろあったので、もう随分と昔のことのようだが、私は忘れていなかった。ひょっとすると何か獲物が掛かっているかもしれない。そう思うと、のんびり翌朝まで待っていられなかったのだ。

私はコートの胸に猫を抱いたまま、梶間邸の敷地内に足を踏み入れた。

ワナを仕掛けたのは玄関先だ。足音を殺して真っ直ぐそちらに忍び寄る。しかし――

「うーん、駄目かぁ！」ひと目見るなり、私は落胆の声を発した。カゴの中は空っぽ。「まあ、所詮は亀を捕獲するためのワナだっていうしねえ。やっぱり鳥は掛からないか……」

鸚鵡はおろかカラスの一羽さえ、引っ掛かってはいなかった。

私は『平塚水族店』店主の爬虫類顔を思い浮かべながら溜め息。と、そのとき――

「あッ！」油断した私の胸からミーコの白い身体がぴょんと飛び出し、地面にスタッと降り立った。「こら、ミーコ、遠くにいっちゃ駄目だからね！」

私は慌てて仔猫の白い影を追いかける。しかしミーコは私をあざ笑うかのように、軽快な足取りで梶間邸の敷地内を自由に歩き回る。万が一にも、この子の逃走を許したなら、後でエルザにどんな叱責を受けることか。私は青くなりながら、小さな白猫の背中を無心で追いかけた。

やがて気付けば、そこは梶間邸の裏庭だ。僅かばかりの樹木があり、枯れた鉢植えがあり、小さな灯籠が立っている。その灯籠の手前で白猫はようやく足を止めた。

「もう、ミーコったら、そんなに私のことが嫌い？　そんなに私を困らせたいの？」

泣きそうになりながら、白猫に両手を差し出す私。その視界の隅に一瞬、白猫とは違う別の白い物体が映った気がして、私は思わず息を呑んだ。「――え、なに？」

小さな灯籠の上、まるでオブジェのように大きな鳥が立っていた。

月明かりに照らされたその鳥は、純白の身体にオレンジ色の冠羽。両脚でしっかりと灯籠の屋根を摑んでいる。

眠っているのだろうか。その身体は彫像のように微動だにしない。私は白猫に差し出した手を引っ込める。そして、ほとんど無造作といえるほどの安易な気持ちで、今度は目の前の鳥へと両手を伸ばす。次の瞬間、私の両腕は何の苦労もなく念願の鸚鵡を抱きかかえることに成功した。

「やった、ついにやったわ。『オーちゃん捕獲計画』、略して『O計画』。見事ミッション完了よ！」

そんな大層な名称はもともとなかったのだが、テンションの上がった私は適当に歓喜の声をあげる。そして殊勲の白猫にも賞賛の言葉を送った。

「よくやったわ、ミーコ、あなたのお陰よ！」

足許の白猫は小首を傾げて澄まし顔。自分が褒められていると判っていないらしい。

一方、胸に抱かれた鸚鵡のオーちゃんは、おそらく長く続いた逃亡生活に疲弊しているのだろう。暴れる様子もなく、静かに私の胸に身体を預けていた。その目はパッチリと見開かれている。べつに眠っているわけではないらしい。

「そうだわ。だったら、いまここで……」

私は胸のうちにあった、ひとつの考え――それは私が病院で探偵や刑事と会話する中で得た小さな閃きだったのだが――それを、この場で実行してみることにした。

鸚鵡を胸に抱いたまま、そのユーモラスな顔を覗きこむ。そして私は鳥に尋ねた。

「ねえ、オーちゃん、犯人は誰なの？　修三さんを殺したのは誰？」

真剣極まる問い掛けに、オーちゃんは鸚鵡特有の甲高（かんだか）い声でこう答えた。

「シュウゾウサン、シュウゾウサン！　コロシタノハダレ、コロシタノハダレ！」

「…………」これぞまさしく鸚鵡返し。アテが外れた私は「あれえ!?」と首を捻る。

そんな私の足許で、ミーコは『なにしてんの？』とばかりに大きなあくびを披露した。

6

「ねえ、エル、いいニュースと悪いニュース、どっちから聞きたい？」

以前から一度いってみたかった台詞。私がそれを口にしたのは、翌日の午前のことだ。

場所は総合病院の病室。ベッドの上の友人は「はあ⁉」と眉をひそめてから、「べつにどっちでもいいけど……じゃあ、いいニュースから聞こうか」

「判った。いいニュースね」椅子に座った私は、持ち込んだバスケットを膝の上に置いて満面の笑みを浮かべた。「昨夜ね、オーちゃんを捕まえたの。――ほら、このとおり！」

蓋を開けると、バスケットの中には純白の鸚鵡の姿。エルザは大喜びしてくれるかと思いきや、「うあ、馬鹿馬鹿、なにが『ほら、このとおり！』だよッ」とベッドの上で軽いパニックを引き起こした。「病院に鳥、連れてくる奴があるか！」

「えー、だって鳥と猫を事務所で留守番させとくと、いろいろ心配じゃない。だから片方、連れてきたんだけど……やっぱり猫のほうが良かった？」

「猫だって絶対マズイだろ。なに考えてんだ、まったく！」

唖然とするエルザの目の前で、私は昨夜、オーちゃんの捕獲に成功した経緯を大雑把に伝えた。私が説明する間、オーちゃんはバスケットの中から元気よく飛び出すと、エルザの頭の上に両脚で乗っかって、羽をバタバタさせる仕草。昨夜は逃げる気力さえ見せなかった鸚鵡も、ひと晩経って見違えるほど活発になったようだ。

「どう、元気いっぱいでしょ。今朝はミーコのエサを横取りするほどだったのよ」

私が得意顔でいうと、エルザは頭上に鸚鵡を乗せたまま、「ああ、そうかい。そりゃ良かったな」と憮然とした表情。「──で、なんなんだよ、これ以上、悪いニュースって?」

「それがね」私は友人の頭上に立つ鸚鵡の姿を見やりながら肩を落とした。「昨夜からオーちゃんに何度も尋ねてみたんだけど、全然駄目なのよ。鸚鵡返しするだけで、犯人の名前はちっとも喋ってくれないの。オーちゃん、犯人の名前、忘れちゃったみたい……」

嘆息する私を見て、友人は呆気に取られた顔。だが次の瞬間には、いきなり破顔一笑。ベッドの上で身をよじりながら「あははッ」と盛大な笑い声を爆発させた。頭上の鸚鵡が驚いて飛び立つ。それでも彼女の爆笑はしばらく止まなかった。「あはッ、はッ……なにいってんだ、あんまり笑わせんなよ、美伽……き、き、傷口が開いちまうじゃねーか」

「………」傷口が開くほど面白いことを、いったい誰がいったのか。私にはまるで心当たりがないのだが、「どういうことよ、エル? これって、そういう事件じゃないの?」

「ああ、違う。でも美伽の勘違いはよく判るぜ」

友人は真顔に戻って説明した。「要するに、美伽はこう考えたんだろ。梶間修三氏は何者かに階段から突き落とされて殺害された。だが即死ではなかった。彼は最期の力を振り絞って、鳥カゴの傍まで這っていった。では、彼はそこで何をしたのか。実は、修三氏はオーちゃんに犯人の名前を伝えたんだ。『犯人は誰々』という具合にな。自分が死んだ後、オーちゃんの口から真犯人の名前が明らかになることを期待して──違うか?」

「違わないわ」まさしく私はそのように考えたのだ。「いわばオーちゃんは《生きたダイイング・メッセージ》ってわけ。だから犯人はオーちゃんの命を狙っている。そのとばっちりを受けて、エルが肩を撃たれた。そう推理したんだけど、間違ってる？」

「ああ、面白い考えだけど、残念ながら間違いだ。そもそも鸚鵡に言葉を教えるためには反復練習が必要だろ。鸚鵡の前で何度も何度も犯人の名前を繰り返せば、そりゃあ覚えてくれるかもしれないけど、瀕死の重傷を負った修三氏に、そんな時間的余裕はなかったはずだ」

「それはそうかもしれないけれど……」

「それにだ、百歩譲って修三氏がそういった手段を試みたとしよう。その場合、なんで彼はオーちゃんを鳥カゴの中から出すんだ？　犯人の名前を覚えさせるなら、鳥カゴの中のオーちゃんに声だけ聞かせればいいじゃんか。なのに、オーちゃんは鳥カゴから出ていたんだぜ。だから翌日、春江さんが玄関を開けた途端に逃げ出してしまった。そうだろ？」

「うーん、それもそうねえ」私は病室の天井を見ながら考えた。「だったら、オーちゃんは最初から鳥カゴの外にいたのかもよ。飼われている鳥も、たまには鳥カゴから出されることがあるでしょ。たまたま、そういう状況の中で、修三氏は階段から突き落とされた。それで彼は鳥カゴの傍まで這っていって……ん、これも変ね」

「ああ、変だ。オーちゃんが鳥カゴの外にいるなら、修三氏が鳥カゴの傍まで這っていく理由はない。やっぱりオーちゃんは鳥カゴの中にいたんだよ。それを修三氏がわざわざ外に出した。虫の息の中、最期の力を振り絞ってだ。――なんでだと思う?」

「さあ、判らないわ。何か重要な意味があるはずだけれど」

私はアッサリと白旗を掲げた。自らの脳裏に珍しく閃いた《オーちゃん＝生きるダイイング・メッセージ説》。それこそが真相だと確信するあまり、私はそれ以外の可能性を考えてこなかったのだ。「エルには判るの?　修三氏が死ぬ間際に何をしようとしていたか」

「ああ、なんとなく判る。少なくともダイイング・メッセージを残そうなんて考えは、彼の頭の中には微塵もなかったんだろうな。ポイントは開いていた小窓だ」

「鳥カゴの傍にあった廊下の窓ね。それが一枚だけ開いていた。――ひょっとして、それを開けたのも修三氏なの?　瀕死の重傷を負いながら?」

「おそらくそうだ。春とはいえ、まだ夜は寒いからな。最初から廊下の窓が開きっぱなしだったという可能性は、ほとんどないだろう。その小窓は修三氏が、わざと開けたんだと思う」

「判らないわ。なんのために、そんなことを?」

首を傾げる私とは対照的に、私の賢い友人は「なーに、考えるまでもないさ」と余裕の表情を覗かせた。「鳥カゴから鳥を出して、窓を開けるんだ。もちろん鳥を逃がすために決まってるじゃんか。もっとも窓の外には格子が嵌まっていたんで、身体の大きなオーちゃんは、その窓から逃げることはできなかった。結果、翌日になって春江さんが訪れた際に、ようやくオーちゃんは逃げ出すことができたってわけだ」

「え、そうなの？　でも、やっぱり判らないわ。なぜ大切な鸚鵡をわざわざ逃がすのよ。あッ、ひょっとして犯人の手に渡らないようにするため？　犯人の目的は、オーちゃんを強奪することにあった？　ああ、そういえば――」

私はまったく別の可能性に思い至って、思わず両手を叩いた。「鳥に無理やり宝石を飲ませて秘密の隠し場所にする――っていうミステリを過去に読んだことあるわ。じゃあ、もしかしてオーちゃんの胃袋の中にはダイヤモンドやルビーが転がってるってわけ？　それを奪われないようにするために、修三氏はオーちゃんを逃がそうとした。――そういうことかしら？」

私はいままでとは違った関心を持ちながら、枕元の鸚鵡をジーッと見詰めた。私の視線がエックス線なら、鸚鵡の胃袋が透けて見えたに違いない。しかし、ベッドのパイプに摑まったオーちゃんは純白の身体を精一杯細くしながら、オレンジ色の冠羽を左右に振るばかり。その様子を横目で見やりながら、友人はニヤリと笑った。

「勘違いするなよ、美伽。オーちゃんの胃袋の中にお宝が眠ってるなら、修三氏を殺害した犯人が、その夜のうちにオーちゃんを捕獲してるさ。翌朝、梶間邸では修三氏とオーちゃんの亡骸（なきがら）が揃って発見されたことだろうよ。でも現実は、そうじゃないだろ」

そしてエルザは私の顔を覗きこむようにして、指を一本立てた。「——あのな、美伽はいかにもミステリ的なストーリーに凝（こ）り固まり過ぎなんだよ。つまり毒されてんだな」

「ミステリに毒されてるっていうの!?　この私が——」

いかにもミステリの中の登場人物であるかのような女探偵から、そんなふうにいわれる筋合いはない。正直そう思ったが、考えてみれば確かに私の推理は、いかにも探偵小説風だったかもしれない。口ごもる私の前で、探偵は続けた。

「実際の殺人事件の被害者が死に際に考えることって、そんなことじゃないだろ。ダイイング・メッセージを残そうとか、高価な宝石を守ろうとか、そりゃあ、そういうことを考える人もいるだろうけど、そうじゃない人もいっぱいいる。修三氏だって、きっとそうだ。彼はただオーちゃんを餓死（がし）させたくなかった。おそらく、その一心だったんだよ」

「餓死って、オーちゃんが!?」

「そうだ。だって修三氏はひとり暮らしだろ。ひとり娘の春江さんは嫁ぎ先の茅ヶ崎にいる。茅ヶ崎の人間は滅多なことでは平塚にやってこない。春江さんだって、普段はそうそう実家に顔を出したりはしないらしい。おまけに孫の吉本克己の話によれば、修三氏は多少偏屈なところがあって、近所付き合いも苦手みたいだ。要するに、ペットの鸚鵡だけが話し相手の孤独な老人ってわけだ。だとすれば、彼は常日頃から頭の片隅で考えていたに違いない。もし自分に万が一のことがあった場合、この鸚鵡はどうなるのか——ってな」

「死んだ後は、姪の大塚雅美さんが引き取るって約束になっていたようだけど……」

「ああ、修三氏が誰かに看取られて亡くなった場合は、それでいい。でも修三氏が何より心配していたことは、自分が誰にも知られずに自宅で突然死した場合のことだと思う。よくニュースで見るだろ。孤独死したお年寄りが死後、何週間も経って、ようやく発見されるってケース。修三氏がそうなった場合、オーちゃんはどうなる？」

「そうか。鳥カゴの中で飢え死にするしかないわね」

「そう、それこそが修三氏の懸念していたことだった。そして事件の夜、そんな彼の身に、まさしく恐れていた不幸が訪れたんだな。階段から落ちて頭を強打した彼は、自分の死を覚悟した。そこで彼は鳥カゴの傍まで這っていき、鳥カゴからオーちゃんを出した。そして廊下の小窓を一枚、開けてやったんだ。その小窓には格子が嵌まっていたため、結局、修三氏の頑張りは意味を成さなかったんだが、狙いはあくまでもオーちゃんを家の外に逃がすこと。ただ、それだけだったのさ」

そして修三氏は力尽き、鳥カゴの傍で息絶えた、というわけだ。奇抜なダイイング・メッセージや意外な宝石の隠し場所とは無縁だが、おそらくは真実にいちばん近い解答が、友人の言葉には示されていた。だとすれば、私がオーちゃんに犯人の名前を尋ねたことは、まったくのお笑い種（ぐさ）。なるほど、傷口が開くほどに彼女が爆笑するわけだ。

「うーん、確かに私、毒されていたのかも。鸚鵡が犯人の名前を教えてくれると思い込んでたなんて。——ん、だけど待って」

私はあらためて素朴な疑問を口にした。「じゃあ、なぜ犯人はオーちゃんを殺そうとしているの。オーちゃんは何も知らないんでしょ？」

「おそらく犯人はオーちゃんが何も知らないってことを知らないんだな。要するに、犯人も美伽と同じ勘違いを犯しているってことさ。鳥カゴは階段から二メートルほどの場所にあった。修三氏を階段から突き落とした犯人は、鳥カゴの中にいる鸚鵡の姿を間近で見ただろう。その鸚鵡が翌朝、玄関から逃げ出したとなれば、犯人はちょっと不思議に思ったに違いない。なぜ鳥カゴの中にいた鸚鵡が、玄関から逃げ出せたのか。自分で鳥カゴから脱出できるわけはないのだから、これは修三氏がわざと鳥カゴから出したものと考えるしかない。では、いったい修三氏は死ぬ間際に、ペットの鸚鵡に対していったい何をしようとしたのか。そのメンタリティというか、動機というか、飼い主の思いみたいなものが、この犯人には理解できないんだな」

しかし、いまのエルザには、それが理解できたのだ。なぜなら彼女はこれでもいちおうミーコの飼い主だから。現に昨夜も彼女は、事務所で留守番するミーコの晩御飯のことを、何よりも心配していたのだ。

「犯人はおそらく不安になっただろう。ただの鳥や犬猫ならなんでもないが、なにせ鸚鵡って生き物には特殊な性質がある。それは言葉を喋るという特性だ。犯人の頭には『ひょっとして……』という悪い想像が広がったはず。そんなとき、犯人は驚きの事実を知る。平塚一の美人探偵たちが、逃げた鸚鵡を捜し回っているっていう事実だ。その意味を考えたとき、犯人の悪い想像は確信に変わったんだろう。『あの鸚鵡は生きたダイイング・メッセージに違いない。だから探偵たちが捜し回っているんだ』――っていうふうにな」

「完全に間違ってるけど、確かにそう思えるかもね。犯人の目からは特に」

単なるペット捜しの探偵の姿が、犯人には大いなる脅威に映っていたわけだ。

「だから、犯人はクロスボウなんか持ち出して、鸚鵡退治に乗り出したのね」

「そういうこと。一羽の鸚鵡をあたしたちと犯人が同時に追いかけているから、自然と両者は同じ場所に集まる。そんな中、犯人がオーちゃんを目掛けて放った矢が、あたしの肩に命中した。――とまあ、これは単にそれだけの事件だったのさ」

「それだけの事件って何よ。まるで事件解決みたいにいってるけど、それでいいの？　まだ事件は、なんにも解決していないじゃない。そもそも肝心の犯人はいったい誰なのよ。修三氏を階段から突き落として、あなたをクロスボウで撃った真犯人は誰？」

腰を浮かせて詰め寄ると、ベッドの上の友人は茶色い髪を左手で掻き回しながら、

「無茶いうなよ、美伽。真犯人が誰かなんて、判るわけねーだろ。あたし、ベッドの上から一歩も動けねーんだぜ。いまはこれが精一杯だっての。それに、あたしたちの依頼された仕事は、もう終わってるんだ。後のことは警察に任せればいいじゃんか」

「うーん、そりゃまあ、そうだけど……」

確かに私たちが大塚雅美から依頼されたのは、オーちゃんを捜して捕獲すること。その意味で仕事は、ほぼ終わっている。後はもう、捕まえた鸚鵡を依頼人に手渡すだけ。それで今回の任務は完了となるわけだが――

「ん、待って」私は突然ひとつの可能性に思い至って、ハッと顔を上げた。「そうだわ。なんで気付かなかったのかしら。こっちには最高の切り札があるじゃない！」

歓声をあげる私の視線の先には、純白の鸚鵡の姿。私は顎に手を当てると、独り言のように呟いた。「オーちゃんは私たちの手に渡った……でも、犯人はまだそのことに気付いていないはず……だったら、やり方はいろいろ考えられるわよね……」

「おい、待てよ、美伽」

こちらの考えが読めたとばかりに、慌てて友人が忠告する。「なんか危ないこと、企んでんじゃねーだろーな。よせよせ。今回に限っては、あたし、木刀振り回して大活躍ってわけにはいかねーんだからな」

「うんうん、判ってる判ってる。エルは何もしなくていいから。探偵が怪我したときくらい、探偵助手がハッスルしないとね」

「ハ、ハッスルって、なに勝手にテンション上がってんだよ。おい、マジかよ、美伽。どうなっても知らねーぞ。相手はクロスボウを持った殺人鬼かも——」

「はいはい、いいから、いいから、心配しないで」私は椅子から立ち上がると、自分の胸を拳で叩いていった。「あんたの右肩の敵、この美伽様が取ってきてあげる。エルはここで昼寝でもしててちょうだい」

友人は唖然とした顔で、「はあ、昼寝って……？」

一方の私は自信満々だ。「大丈夫、大丈夫……！」

そんな二人の前で、純白の鸚鵡は首をすくめるようにしながら甲高い声。

「ヒルネッ、ヒルネッ！　ダイジョーブッ、ダイジョーブッ！」

それに呼応するかのように、病室の外からも女性看護師の声が響く。

「こらぁ――ッ、誰ですか、病室で鳥を飼っているのはぁ――ッ」

7

遥か頭上に輝く月が、やけに明るい。梶間邸にとっては空き家となって以来、初めて迎える満月の夜だ。当然ながら空き家の窓に明かりはなく、古い日本家屋は静まり返ったまま夜の闇に溶け込むような佇まいを見せている。遠くで聞こえるフクロウの声。近くで聞こえるのは、道路を走る複数の車の音だ。やがて、その中の一台が軋むようなブレーキの音を響かせながら、屋敷のごく近くに停車。ドアの開閉音が響くと、間もなく門柱の陰から、黒ずくめの怪しい人影がその姿を現した。

男性とも女性とも判らない黒い人影だ。そいつはキョロキョロとあたりを窺う素振り。やがて誰もいないことを確信したのか、人影は敷地の中へゆっくりと歩を進めた。そのまま真っ直ぐ玄関先へと向かう。そこに置かれているのは、小動物を捕獲するために設置されたワナだ。

金網が張られた大型のカゴ。その中の様子をひと目見た瞬間、人影はギクリとしたように黒い身体を硬直させた。暗がりの中、人影は服のポケットから何かを取り出す。月明かりに照らされて、その何かが一瞬、眩(まばゆ)い輝きを放った。どうやら小型のナイフらしい。

人影はナイフを持って、大きなカゴに接近する。カゴの中には白い羽を持つ大型の鳥の姿があった。鳥はカゴの中で直立したまま、まるでオブジェのように微動だにしない。人影はカゴの前でしゃがみこむと、側面の小さな扉を開ける。間近に迫ったナイフにもかかわらず、純白の鳥は、まるで眠っているかのごとく身動きしないままだ。

そして人影は大きな鳥の白い羽に、光る刃を突き刺した。と次の瞬間――

「ニャア～」と猫が鳴いた。

「こら、駄目よ、ミーコ！」

コートの胸から飛び出した仔猫を追って、私は暗がりから駆け出した。逃げようとするミーコを、なんとか庭先で捕まえる。ほんの数メートル先に、例の人影がジッとしゃがみこんでいた。間近で見ても全然知らない顔だが、男性であることは一目瞭然(いちもくりょうぜん)だ。

男は鳥の羽にナイフを刺した恰好のまま、石のように硬直している。私は仔猫を胸に抱きながら男に尋ねた。

「あなた、なにしているの？　剝製(はくせい)の鳥を痛めつけて……それ、面白い？」

「は、剝製!?」男は驚いた様子で、あらためてカゴの鳥を見やる。「――く、くそッ」

「ついでにいうと、それ白い鸚鵡じゃなくて、白鷺(しらさぎ)よ。白鷺の剝製」

「なんだと、くそッ、鷺か」と、この期に及んで男は百点の駄洒落を言い放つ。

「あら、詐欺じゃないわ」私は冷静に彼の言葉を訂正した。「鳥を使って真犯人をあぶり出す。これがホントの《お鳥捜査（囮捜査）》よ！」

「くだらん駄洒落など、聞きたくない！」

「なによ、自分のことを棚に上げて他人の駄洒落をけなすなんて、最低な男ね」

私はフンと鼻から息を吐く。最低男は剝製の鳥からナイフを引き抜くと、その刃先を私へと向けた。私の乱暴な友人ならば、大喜びで木刀を構えて乱闘モードに突入するところだろう。しかし争いを好まない私は、すぐさま暗闇に向かって助けを呼んだ。

「エル〜〜〜ッ、じゃなかった、宮前刑事ぃ〜〜〜ッ」

すると、たちまち暗がりからスーツ姿の若い刑事が登場。不満げに口許を歪めながら、

「おいおい、なんだよ、君？　相手を挑発するだけしといて、後は他人任せか。随分、都合のいいやり方だな。――だが、まあいい。いまはそれどころじゃなさそうだ」

ナイフを持った男と正面から対峙する宮前刑事。おもむろに右手を胸に突っ込んで黒光りする拳銃を取り出したかと思うと、「おっと、間違えた」といって何食わぬ顔で再びそれを胸に仕舞い直す。そして今度はあらためて警察手帳を取り出しながら、「警察だ。おとなしくナイフを捨てろ！」と刑事は目の前の男に言い放った。

男はドスの利いた刑事の言葉にびびったか、それともチラリと垣間見えた拳銃に恐れをなしたか、おそらくは後者のほうだと思われるが、とにかく一瞬で顔色を変えた。

宮前刑事は、ここが勝負どころとばかり、さらに声を張り上げる。

「これ以上、罪を重ねてもためにならないぞ、吉本伸介！」

――え、吉本伸介⁉　誰よ、それ⁉　あッ、ひょっとして吉本春江の旦那さん⁉

漠然と見当を付ける私の目の前。吉本伸介と名指しされた黒ずくめの男は、一瞬たじろいだ様子。だがすぐに抵抗しても無駄だと諦めたらしい。震える手でナイフを放り捨てると「くそッ！」と言葉を吐き捨てる。そして男はワナワナと地面に膝を屈したのだった。

8

翌日の午前。私と宮前刑事が揃って病室に顔を見せると、生野エルザはベッドの上ですでに上体を起こしていた。顔色は良好で、髪や肌にも艶がある。脚の骨折さえ完治すれば、いますぐにでも悪党を追って駆け出していきそうな雰囲気だ。

そんな彼女に私はとっておきの報告をおこなった。

「喜んで、エル！　昨夜、梶間修三氏を殺した犯人が捕まったのよ。誰だったと思う？

それがなんと……」

「吉本春江だろ」

エルザは先回りして意外な名前を告げる。不意打ちにあって、私は目を丸くした。

「嘘でしょ。知ってたの、エル？」

「知ってたわけじゃねーけど、ひょっとして、そうかなって。——当たりか？」

「当たりだ」と答えたのは宮前刑事だ。「実は昨夜、囮の鳥を使った捕り物があってな」

「おトリのトリでトリもの？」探偵は不思議そうに眉をひそめる。「なんだかトリだらけじゃんか。——それで春江が囮の鳥に引っ掛かったのかい？」

「いや、引っ掛かったのは旦那の吉本伸介のほうだった」

刑事は探偵に対して、昨夜の捕り物の顚末をかいつまんで説明した。

「……と、まあ、そういったわけで伸介はナイフを捨てて、逮捕されたってわけだ。え、何の容疑かって⁉ えーと、そういや、何の容疑だったんだ⁉ よく判らんが、まあ、『他人が所有する白鷺の剝製をナイフで傷つけた罪』だな。それの現行犯だ」

「随分テキトーだな、おい！」

「細かいことというなよ、名探偵。——で、その後の取調べの結果、とうとう伸介は白状したんだ。梶間修三氏を階段から突き落として殺害したのが、妻の春江。そのことを知って鸚鵡退治に乗り出したのが、夫の伸介。クロスボウで君の肩を撃ったのも伸介だ」

「でも、どうして？」と私は首を捻る。「なぜエルは春江が犯人だと推理できたの？」

「べつに推理ってほどじゃねーけどよ」といってエルザは説明した。「たぶん階段から突き落とすっていう殺害方法は、あんまり確実なやり方じゃないよな。相手が死ぬこともあるだろうが、怪我だけで済むこともある。現に、修三氏も即死ではなかった。それなのに、この犯人は修三氏が息絶えたことを確認もせずに、さっさと現場を立ち去ったらしい。だから、犯人は逃げた鸚鵡の意味を取り違えたんだ。しばらく現場に残っていれば、修三氏が鸚鵡に何も言葉を教えていないことは、当然判ったはずなのによ」

「それも、そうね。——てことは、どういうことなの？」

「要するに、この殺人はまるで計画性がない、行き当たりバッタリの犯行ってことさ。おそらく犯人は何かの弾(はず)みで修三氏を突き飛ばした。そこが階段だったので、修三氏は転落して致命傷を負った。犯人は修三氏が死んだと思い込んで、慌てて逃げ出した。そういう粗雑な犯行だったんだろう。でも、そうだとすると変じゃねーか。現場には犯人の指紋(しもん)やら痕跡やらがベタベタと残っていたはずだ。なのに、なんで警察はその人物を疑おうとしないんだ？　警察だって、いちおうは事故と殺人の両面から捜査したはずだろ」

「そうか」ようやく私はピンときた。「つまり犯人は現場にベタベタと指紋が残っていても不自然じゃない人物ってことね。そして春江は事件の第一発見者。だから、現場に指紋があってもおかしくない。逆にいうと、春江は自分の残してしまった証拠をカモフラージュするために、第一発見者のフリをせざるを得なかったのね」

「実際そのとおりだったようだな」と宮前刑事が手帳を見ながら補足する。「春江は夫の経営する飲食店の資金繰りのことで、父親の援助を求めていたらしい。事件の夜もその件で、彼女は梶間邸を訪れていた。だが偏屈な父親は冷たく彼女をあしらった。階段を上って二階へ向かおうとする父親に、彼女は背後からすがりついた。そこで二人はもみ合いになり、父親のほうが階段から転落。驚いた春江は証拠隠滅も何もしないまま現場を立ち去り、茅ヶ崎の自宅に戻った。そこで夫の伸介にすべてを打ち明けたそうだ」

「じゃあ、翌日、春江が第一発見者のフリをしたのも、伸介が知恵を付けたんだな？」

エルザの問いに、宮前刑事は深く頷いた。

「そうだ。この伸介という男、結構なミステリ好きらしい。だから、そういう点には知恵が回ったんだな。もっともミステリが好き過ぎて、逃げた鸚鵡の意味を深読みし過ぎた。それで彼は墓穴を掘ったんだ。何でもない鸚鵡を追い掛け回した挙句、彼は鸚鵡と間違えてライオンを撃ち落とした。そして昨夜は、とうとう囮の鳥に引っ掛かった――ってわけだな」

そして宮前刑事は一編の物語を語り終えたかのように、パタンと手帳を閉じた。

ちなみに、昨夜の私が本物のオーちゃんを囮に使わなかった理由については、説明するまでもないだろう。万が一、犯人がクロスボウを抱えて登場した場合、一瞬で鸚鵡の串刺しができあがってしまうかも。そんな悲惨な事態を避けるために、敢えて白鷺の剥製を用いたのだ。もちろん私の要望に応えて急遽、剥製を調達してくれたのは『平塚水族店』の鰐顔の店長である。あの店に頼めばペットに関するものは、何でも揃うらしいのだ。

とにもかくにも、こうして今回の事件は無事に幕を閉じた。

エルザが大怪我を負った直後には、探偵事務所の一時閉鎖もやむなし、場合によってはこのまま廃業もあり得ると、弱気になった私だったが、どうやら危機は回避された。それに私としても、今回は多少なりと活躍できたのではないかと自負する思いもある。そんな晴れ晴れとした気分の私に、ふとエルザが尋ねた。

「ところで、オーちゃんはどうしてんだ？　今日は連れてこなかったのかよ？」

「ひょっとして会いたかった？　オーちゃんなら事務所にいるわよ」

「駄目じゃんか。猫と鳥を一緒に留守番させちゃ！」

「ところが、それが大丈夫なの。ミーコとオーちゃん、意外と仲良しだから。ねえエル、考えたんだけど、大塚雅美さんにお願いして、あの鸚鵡、譲ってもらったらどうかしら。

どうせ猫を飼うのも鳥を飼うのも同じことでしょ。殺伐(さつばつ)とした探偵事務所も少しは華やかになるわよ」

この優れた提案に、しかし友人は鬼のごとく首を左右に振った。

「駄目だ、駄目駄目駄目！」

「やっぱり駄目？　探偵事務所がこれ以上、動物園っぽくなるのは嫌？」

「違うって。美伽、全然判ってねーな。鸚鵡の寿命って何年ぐらいあると思ってんだよ」

「寿命って……さあ、十年ぐらい？」

「とんでもない、鸚鵡の寿命は五十年以上、長けりゃ八十年だぜ。だから判るだろ。なぜ修三氏が、自分が死んだ後のオーちゃんの行く末を案じていたのか。あの鸚鵡は大事に飼育すれば、あと半世紀ほど生きるかもしれないんだ。美伽、そんなの飼う覚悟あるか？」

「え、あと半世紀……」ってことは、そのころの私は？

遥か遠い未来を脳裏に思い描いて、私はしばし沈黙。それから仕方なく現実的な結論を下した。「うん、判った。ちょっと無理みたいね」

「だろ？」とベッドの上のエルザが片目を瞑(つむ)る。

せっかく、なついてくれたオーちゃんだけれど、八十歳まで面倒を見る自信はない。

こうして私は当初からの予定どおり、オーちゃんの今後を大塚雅美の手に委(ゆだ)ねることに決めたのだった。

――だって、猫と鳥とライオンを一緒に飼うのは、無理だもんね！

第四話　あの夏の面影（おもかげ）

1

逃亡した鸚鵡を追い掛け回した挙句、生野エルザが思わぬ重傷を負ったのは、この三月のことだった。右肩に傷を負い、左足を骨折したのだ。だが、そこは《平塚のライオン》と呼ばれる彼女のこと、回復力も野生動物並みだった。普段の乱れた暮らしぶりからは想像も付かないような健康的で平穏な毎日を送ったエルザは、予定より数日早く病院のベッドにサヨナラ。そして自分本来の寝床と定める『生野エルザ探偵事務所』へと久々の帰還を果たしたのだった。

しかし探偵事務所への帰還は、探偵業への復帰と同義ではない。彼女を待っていたのは職務に戻るための厳しいリハビリの日々だ。

食べて運動、寝て運動、合間に猫ちゃんを可愛がって、また運動。そして頑張った自分へのご褒美としてビールを一杯、また一杯――

最後のアルコール摂取が、ストイックな一日を台無しにしているような気もするが、とにかくエルザは入院生活でなまった肉体を鍛えなおそうと懸命に努力。すると、その甲斐あってか、彼女の身体は見る見るうちに以前の強い輝きを取り戻していった。

私こと、川島美伽はそんな友人の姿を眺めながら、安堵の思いでいっぱいだった。

「よかった。正直いうと私、ちょっと心配してたのよ。入院している間にエルの身体が、なんだか少し小さくなったような気がしてたから、大丈夫なのかな――って」

「そりゃ小さくもなるさ。入院中は病院食ばっかり食わされていたんだからよ」

エルザはタンクトップのお腹のあたりに白猫のミーコを抱きながら、不満そうに口許を歪めた。

実際、病院での控えめな食生活は健康的ではあったかもしれないが、もともとスリムだった友人の身体を、さらに細くしたことは間違いない。退院時の彼女は明らかに数キロほど体重が落ちた状態だった。その分、顔のラインはよりシャープになり、筋肉質だった二の腕は細くなり、極限までくびれたウエストラインは、まるでプロのモデルのよう。短かった茶髪も少し伸びて、そのころの彼女はまるで別人のようなルックスだった。早い話、ライオンっぽかった外見が、妙に女っぽくなっていたわけだ。

まあ、それはそれで、すこぶる魅力的なビジュアルだったので、私はそんな友人の姿をこっそり写真に撮って悦に入ったりしていたのだが、しかし生野エルザはあくまで《見た目も大事》な私立探偵であって、《見た目が命》のファッションモデルではない。にもかかわらず、彼女の痩(や)せた肉体からは、かつて過剰なまでに感じられた生命力や躍動(やくどう)感、あるいは野生動物特有の殺気(さっき)みたいなものが、確実に失われていたのだ。

そんな彼女を連れて二人で明石町(あかしちょう)のスナック『紅(くれない)』に顔を出すと、パーマヘアのママさんはエルザの姿をひと目見るなり「誰だい、この娘？」という顔をしたものだ。おそらくは、そのことが何よりショックだったのだろう。翌日からエルザの《運動と猫とビール》だけの毎日が始まったのだった（あれ、私はどこにもいないのかしら？　運動と猫とビールって？）。

そんな過酷なリハビリの成果を誇示するように、エルザは二の腕を掌(てのひら)で叩(たた)きながら、

「どうだ、美伽。いまはもう、すっかり元どおりだろ」

タンクトップから覗(のぞ)くエルザの二の腕は、しなやかでありながら程良く筋肉が付き、つややかで美しい。

私は友人に向かって親指を立てながら、彼女の真の意味での回復を祝った。

「おめでとう、エル。そろそろ現場復帰ね——」

すると、そのとき探偵事務所に響く電話の音。

受話器を取ると、相手は若い女性だ。短い会話を交わしたところによると、どうやら浮気調査を依頼したいとのことらしい。エルザにしてみればモノ足りない仕事かもしれな

い。だが、私は彼女の復帰初戦としては、むしろこれぐらいがちょうどいいと思った。いきなり殺人犯を追い回すような仕事では、あまりに不安が大きいと思ったからだ。いや、殺人犯を相手にするのは、基本どんなときでも不安だが、いまのエルザにとっては特に——という意味だ。

「どうする、エル？　普通の浮気調査みたいだけど」

「仕方がねえ、久々にやってやるか」妙に上から目線で頷(うなず)くエルザ。

私は電話の相手と後日に面談する約束を交わして、受話器を置いた。

2

そうして迎えた四月後半。日曜日の昼間のこと。朝から雑用に追われていた私とエルザは、食事をする余裕もないまま、外出の時刻を迎えた。ミーコのためにネコ缶を開けてやってから事務所を飛び出すと、二人して古いシトロエンに乗り込む。

エルザがハンドルを握って、車を走らせること数分。私たちは、なんとか約束の時刻に目的地へと到着した。そこは街の中心部、平塚にありながら『湘南(しょうなん)スターモール』と名付けられたアーケード街だ。

「平塚って『湘南』かしら？」

「平塚って『湘南』なのか？」

いまさらのように同じ疑問を呟きながら車を降りる私とエルザ。向かった先は雑居ビルの地下にある隠れ家的な喫茶店だった。

扉を開けて中に入ると、そこはアンティーク調の家具や小物に囲まれたレトロな空間。流れるＢＧＭも優雅なクラシック音楽。要するに、野蛮なライオンと猛獣使いが足を踏み入れるような場所では、まったくなかった（もっとも、そんな場所があるとするなら、動物園かサーカスぐらいだと思うが――）。

そんな場違いな雰囲気を肌で感じながら、私たちは店内を素早く見渡した。広々としたフロアでは数名の客たちが、優雅に珈琲を味わっている。

すると店の奥のテーブル席に、それらしい人物を発見。春めいた薄いピンクのワンピースに純白のカーディガンを羽織った若い女性だ。長い黒髪を頭の後ろで束ねたその姿は、いかにもお嬢様然としており、ハイソな客層の中にあっても確実にワンランク上の輝きを放っている。

歩み寄っていくと、向こうは『あなた、誰？』という不安げな表情を覗かせた。無理もない。彼女にしてみれば、評判高い私立探偵が、よもや赤いジャージにダメージジーンズというラフすぎる恰好で目の前に現れるとは、夢にも思っていなかったのだろう。ちなみに、隣に立つ私はベージュのブラウスに紺色のスカート。コンサバな装いが地味すぎたのだろうか、その存在は彼女の視界には全然入っていない様子だった。

私は自分の存在を誇示するように口を開いた。

「大原さんですね。事務所にお電話をいただいた――」

「えッ、あ、はい、そうです」依頼人は慌てて椅子から立ち上がると、申し訳なさそうにペコリと頭を下げた。「大原詩織と申します。探偵事務所の方ですね。すみません、全然そういうふうに見えなかったものですから」

「なーに、よくいわれるんだ。『探偵っぽくないルックスですね』ってさ」

エルザは綺麗に片目を瞑って依頼人の正面の席に座る。だが彼女の場合、探偵っぽくないのは外見よりも、その言葉遣いのほうだろう。おそらく彼女の中には《探偵はサービス業》という認識が決定的に欠けているのだ。それが証拠に、初対面の依頼人を前にしながら、エルザはさっそく普段どおりタメ口全開で図々しく話しかけた。

「ところで、あんた、昼飯は？　え、もう食べた？　実はあたしら、お腹ペコペコなんだ。悪いけど話を聞くの、何か食べながらでもいいかい？」

「え、ええ、どうぞ。私はもう注文いたしましたので」

ぎこちなく頷く大原詩織の前では、すでにホットの珈琲が湯気を立てている。

「そうか、サンキュ」といってエルザはメニューを開き、やってきたウエイトレスに向かって注文した。「じゃあ、BLTサンドと玉子サンドを……あとフライドポテトも大盛りで……それとあとビールを……」

「駄目でしょ、エル！」たちまち私の中で《アルコール注意報》が発令された。「ビールは駄目！」

「ん、そっか。そういや、まだ昼間だもんな。それに車もあるし」

そういう問題ではない。依頼人の話をビール片手に聞く探偵がどこにいるのか、という最低限の常識を問うているのだ。野蛮な友人には伝わりづらかっただろうか。私は非常識な探偵を押し退けるようにしながら、ウエイトレスの前に指を二本立てた。

「ホット珈琲を二つください。ええ、ビールはナシってことで」

注文する私の隣で、エルザはつまらなさそうに鼻を鳴らした。

やがてウエイトレスの手で注文の品が運ばれてきた。狭いテーブルが軽食と飲み物の皿でいっぱいになる。エルザは依頼人に向かって、「あんたも適当にツマみなよ。食べながら話そうぜ」といって、さっそく玉子サンドを手に取る。

大原詩織は困ったような顔で「ええ、はぁ……」と曖昧な返事をするばかり。

私は熱い珈琲をひと口啜ってから本題に移った。

「電話でもお聞きしましたが、何かお困りのようですね」

敢えて婉曲な表現で問い掛ける。すると野蛮な探偵が玉子サンドを頬張りながら、

「浮気調査だってな。旦那さんかい？　それとも彼氏？」

と、直接的に問い掛けなおして、私の細やかな配慮をすべて台無しにする。

問われた大原詩織は一瞬ドキリとした表情。それから俯きがちになると、消え入りそうな小声で答えた。「はい、いまお付き合いさせていただいている彼のことなのですが……」

「ふうん、彼氏か」とエルザは頷くと、「その彼氏の話の前に、まずはあんたのことを聞きたいな。若く見えるけど、学生さんじゃねーよな？」

「ええ、いちおう社会人です。今月から父の会社で働きはじめたばかりですが」

「父の会社？　へえ、あんたの父親って、会社の社長さんとか？」

「いいえ、社長ではなくて頭取です。『平塚市民銀行』の」

道端のATMの看板でも読むように、依頼人はアッサリとその名を告げる。その瞬間、エルザは驚愕のあまり、手にした玉子サンドを落っことしそうになった。

「え、『平塚市民銀行』って、あの平塚市民の銀行の……!?」

「ええ、平塚市民の銀行、『平塚市民銀行』です」と中身のない説明をした後、依頼人はあらためていった。「父はその銀行で頭取を務めております」

エルザが驚くのも無理はない。『平塚市民銀行』といえば、平塚では知らない者のいない有名地方銀行。その頭取のご令嬢が目の前にいらっしゃるなんて！　そして吹けば飛ぶようなこの泡沫探偵事務所ごときに、お仕事のご依頼をなさろうとされているなんて！と、必要以上にへりくだった気分になる私の隣で、エルザは呆れた顔で呟いた。

「あんたも結構、物好きだなー。わざわざ、うちにくるなんてよー」

実際そのとおりだ。お金持ちのお嬢様ならば、大金払って大手探偵事務所に依頼すれば済むところを、なぜ敢えて『生野エルザ探偵事務所』なのか。エルザは確かに腕利きの探偵だが、その評判は有名地銀の頭取のご令嬢を呼び寄せるほどではないと思う。

「実は今回、探偵さんに依頼するに当たって、家族に何の相談もしておりません。これは、あくまで私個人の問題ですから、探偵事務所も私が自分で調べて選ばせていただきました」

「家族には内緒ってわけだ。探偵を雇うことも、その彼氏のことも」

「ええ、話しておりません。『彼』だろうが『彼氏』だろうが、いっさい……」

そういって詩織は自ら『彼』についての説明を始めた。「彼は英会話教室の講師をしている人なんです。私は彼の勤める英会話教室に通ううちに親しくなり、やがて個人的にお付き合いをするようになりました」

「それは、いつごろのことでしょうか」と尋ねながら私は目の前のＢＬＴサンドに手を伸ばす。「あ、大原さんも、サンドイッチどうぞ。好きにつまんでくださいね」

「ポテトもあるぜ」といって、今度はフライドポテトを口にくわえるエルザ。

「は、はあ……」詩織は一瞬考え込む仕草を見せながらも、結局、軽食に手を伸ばすことはなく、ただ私の質問に答えた。「教室に通いはじめたのは今年になってから。お付き合いするようになったのは、二月の半(なか)ばからです」

その答えを耳にした瞬間、私とエルザが一斉(いっせい)に声をあげた。

「あ、バレンタインデーですね！」

「畜生(ちくしょう)、バレンタインデーかよ！」

詩織は恥ずかしそうにコクリと頷く。私とエルザはニンマリとした笑みを浮かべた。

現代においては、もはや友達同士、女同士でチョコをやり取りする日に堕(だ)してしまった感のあるバレンタインデー。だが、いまでも好きな男性に告白する女子が、全滅したわけではないのだ。その事実に私は小さな感動を覚えた。目の前の可憐(かれん)なお嬢様がハートのチヨコを手にしながら、イケメンの英会話講師（まだ誰もイケメンとはいってないけど）に愛を告げる。その場面を想像するだけで、こちらの胸までキュンとなるではないか。

「素敵ですねー」

溜め息混じりに呟いた私は、ＢＬＴサンドをひと口頰張りながら、「で、その英会話の先生のお名前は？　年齢はおいくつで、どんな人？　ていうか、どんな顔です？」

最後の質問がもっとも興味深いところだ。大原詩織は頰を赤くしながら答えた。

「彼の名前は寺山英輔さん。年齢は三十歳です。どんな人かと聞かれると答えに困りますけれど、優しくて頭が良くて明るくて会話が上手でスポーツも得意で繊細な部分もありながら男気があってユーモアのセンスもあるけれど本当は寂しがり屋なところもあり……」

「あ、もう結構です」

聞いた私が馬鹿だった。恋する女性に相手の男性の人柄など冷静に分析できるはずがないのだ。私はいちばん大事な問いを繰り返した。「それで、お顔のほうは？」

「あ、写真なら、お見せできますよ。ご覧になりますか」

「おッ、写真あるのかい。だったらぜひ、ご覧になってやろうじゃんか」

と口の利き方を知らない探偵は、滅茶苦茶な言葉遣いで写真を要求。詩織はバッグの中からスマートフォンを取り出し、指先で操作をはじめた。やがて差し出されたスマホ画面の中では、若い男女が寄り添いながらカメラ目線でピースサインをしている。背景にみなとみらいの大観覧車が写り込んでいるから、たぶん二人で横浜を訪れた際に撮ったものだろう。自撮り写真ではなく、誰かにシャッターを押してもらって撮った写真だ。

　女性のほうは大原詩織。隣に立つ男性が話題の寺山英輔らしい。詩織より頭ひとつ上背があり、脚はすらりと長い。身体にフィットしたダウンジャケットがよく似合っている。顔は想像にたがわぬ精悍な二枚目顔だ。整った目鼻立ちと日焼けした肌。笑みを浮かべた口許からこぼれる白い歯が爽やかな印象を与える。――うーん、なるほど、こりゃあ世間知らずのお嬢様がのぼせ上がりそうな、判りやすいイケメンだわねえ！

　と下世話なことを考える私。隣でエルザは「ひゅう！」と冷やかしの口笛を吹いた。

「凄え！　まさしくラブラブ・ツーショット写真じゃんか」

　エルザはスマホ画面に指を滑らせながら、他の写真も勝手に眺める。そこには寺山英輔の写真ばかりが何枚も並んでいた。「ふうん、これは英会話教室の光景かい？　こっちは水族館だよな……でもって、これは横浜中華街で、こっちは……おっと、出た出たバカップルの聖地、湘南平のテレビ塔だ！　二人で南京錠持って笑ってるぜ！」

　――こら、駄目でしょ、エル！　依頼人のこと『バカップル』っていっちゃ！

　慌てる私の前で、詩織は恥ずかしげな表情。そのときエルザの指先がピタリと動きを止めた。

「ん、なんだ、この写真⁉　これって夜……夜の駐車場かな……」

エルザは画面上の一枚の写真をジッと見詰めた。

それは確かに、他の写真とは趣が異なる一枚だった。夜の駐車場で男が佇んでいる。そのチェックの長袖シャツを着た若い男だ。フルフェイスのヘルメットを手にしている。その傍らに写り込んでいるのは大型バイクだ。ツーショット写真ではないし、男はカメラ目線でもない。それでも彼が寺山英輔であることは、その二枚目顔からも明らかだった。それは確かに魅力的な一枚に思えるのだが、その一方で不自然な印象も拭えない。

――なんだか隠し撮りみたいな写真ねえ。

それが私の率直な感想だった。だが、そのことを確認するより先に、「あッ、その写真は駄目です」といって、詩織がエルザの手からスマホを奪い取ったので、私は質問するタイミングを失った。エルザも「やあ、ごめんよ」と素直に依頼人に謝ってから、今度はBLTサンドに手を伸ばす。「食べなくていいのかい？　なくなっちゃうぜ、サンドイッチ」

「ええ、私は結構です。食欲ありませんから……」

「じゃあ、いいや」と呟いたエルザは、手にしたBLTサンドを齧りながら、「それで、その写真の彼氏が最近、浮気してるっていうのかい？」

「浮気かどうか、まだ判りません。でも様子が変なのは確かです。私と一緒にいるときも、なんだか態度がよそよそしくて、《心ここにあらず》みたいな感じなんです。まるで私じゃない、誰か別の女のことを考えているかのよう。それに先日は、どうも私に隠れて、休日にひとりでどこかへ出掛けていったみたいなんです。そのことを私が尋ねると、妙に返事が曖昧で、さらに問い詰めると、急に不機嫌になったりして……」

「それで彼の愛情に不審を抱くようになった？」

「ええ、ひと言でいうとそうです」

「だからって、浮気してるって話にはならねーと思うけどよ」

「そうかもしれません。——だけど心配なんです」

「そんなに？」エルザは呆れた顔で肩をすくめた。「あんた、顔は可愛いしスタイル抜群だし、おまけに実家はお金持ちなんだろ。あんたぐらいの女が傍にいるなら、男だってそうそう他の女に目移りしねーと思うぜ。——なあ、美伽？」

「………」実際そのとおりかもしれないけれど——エル、あなた、この仕事を断る気？

ここで彼女を安心させたら、せっかくの依頼がフイになってしまうではないか。私はお金持ちの依頼人を逃したくない一心で、敢えてエルザとは逆の立場から主張した。

「そうとは限らないわよ、エル。男ってもんは、可愛いお嬢様が傍にいても、不埒な浮気心を抑えられないものなのよ。毎日、高級な和食やフレンチを食べていたら、たまにラーメンやカレーやサンドイッチが食べたくなるでしょ。それと一緒よ」

「そういうものか？」エルザは手にしたサンドイッチの最後のひと切れを口の中に放り込むと、パンパンと手を払いながらいった。「あたし、男じゃねーから判んねーけどよ」

「ええ、きっとそういうものよ！」——私も男じゃないから判らないけどね！

3

結局、私たちは大原詩織の依頼を引き受けた。彼女の恋人に対する疑念は、ひょっとすると気のせいかもしれないと、私も正直そう思う。が、それならそれで私たちの全身全霊を傾けた調査によって、恋人が浮気などしていないという事実を明らかにしてやれば良い。それで、あの可憐なお嬢様の気が晴れるのなら、それは報酬を得るに充分値する仕事といえるだろう。

「それに、あたしのリハビリにもなるしな」

と気楽なことをいいながら迎えた翌日の月曜日。さっそくエルザは平塚市の北へと車を飛ばした。たどり着いたのは相模川に程近い国道沿いの一角。そこに真新しい三階建てのビルがあり、『東堂英会話スクール』の大きな看板が掲げられている。寺山英輔の勤務する英会話教室だ。ちなみに『東堂英会話スクール』といえば、平塚近郊で複数の教室を展開する英会話学校。目の前の建物は、その本校らしい。

そこで私はいかにも《英会話教室で自分磨きをしたがっているＯＬっぽい女》の雰囲気を身に纏いながら、道行く中年女性に声を掛けて情報収集。幸い中年女性は英会話教室の生徒らしく、気軽な調子で答えてくれた。

「え、あなた、『東堂英会話スクール』に入会を考えているの？　だったら、お勧めするわよ～。だって、ここの先生はみんなイケメン揃いだもの～。え、寺山先生？　ああ、あの先生なら私も習ったことがあるわ。とっても優しくて素敵な先生よ～。しかも独身なの。でも、みんなが狙ってるから、私じゃ無理かもね～。あなただったら若いから可能性があるかもよ～」

中年女性はそういう目的で教室に通っているらしい。同じ人種と思われたくない私は、

「いえ、私はただ自分を磨きたいだけですから。イケメン講師には興味ないですから」

と二重三重の嘘をついてから、中年女性に別れを告げた。そして私は車に戻ると、助手席に滑り込み、さっそく聞き込みの成果を披露する。「ねえ、聞いて、エル！　ここの英会話教室、先生がみんなイケメンなんだって！」

「はあ!?　なに聞き込んできたんだよ、美伽」

あれ、そういえば、なんだっけ……と我に返る私。要するに中年女性から与えられた情報に見るべきものはなかったようだ。運転席のエルザは落胆の溜め息を漏らしてから、フロントガラス越しに目の前のビルを眺めた。

「まあ、いいや。とにかく、あの建物の玄関から寺山英輔が現れたら、それを密かに尾行する。ただ、それだけのことだ」

「仕事終わりに女性と密会する可能性は充分ありそうね」

そんな会話を交わしながら私とエルザは本格的な張り込みモードに突入。退屈な時間を強靭な意志の力で克服すること数時間。夕暮れ迫る時刻になって、スーツ姿の寺山英輔がビルの玄関先に現れた。彼の勤務がどういうローテーションなのか不明だが、とにかく本日の彼の仕事は終了したらしい。だが私たちの仕事は、ここからが本番なのだ。

「いくぜ、美伽」といってエルザはシトロエンをゆっくりとスタートさせる。

寺山は歩道に出ると、そのまま徒歩で移動を開始した。

それからしばらくの後——

私とエルザを乗せたシトロエンは、国道沿いの雑居ビルの前に停車。窓越しに見やると、寺山は地下へと続く階段を、ひとり下りていくところだ。入口に掲げられたネオンサインによれば、どうやら地下の店は小洒落た呑み屋らしい。

「あの店で誰かと落ち合うのかもね。――私、こっそり見てこようか」

「ああ、そうしてもらえると助かる。もし何かあったら携帯に掛けてくれ」

判った――と頷いた私は、エルザを運転席に残して車を出る。ビルの階段を下りて、木製の扉を開けると、そこはカウンターとテーブル席が半々程度の洋風居酒屋といった雰囲気。私は片隅のテーブル席にひとり腰を下ろすと、現れた店員にうっかりビールを注文。たちまちテーブルに届けられた琥珀色のグラスを見るなり、「シマッタ！」と顔をしかめた。「これを飲んだら、もう車の運転はできなくなっちゃうわね」

――でもまあ、いっか。ハンドル握るのは、いつもエルザのほうだもんね！

友人の飲もうとするビールには容赦なく《アルコール注意報》を発令する私も、自分の飲むビールには極めて甘い。私はグラスの縁からこぼれかかった純白の泡を、唇で迎えにいく。ホップの香りと炭酸に喉を刺激され、「くーっ、この最初のひと口が、たまんないのよねえ！」と馬鹿みたいな感想が私の口から漏れた。

一方、問題の寺山英輔はカウンター席に座っている。どうやら彼はこの店の常連らしい。カウンター越しに若い茶髪のバーテンダーと会話を交わしている。手にしたグラスは洒落たカクテル。目の前には何皿かの料理が並んでいた。

しかし誰かを待つような素振りは特に見られない。私は彼の背中を見詰めながら、無言のままビールをグビリグビリ。最初の一杯を瞬く間に飲み干すと、次の一杯はジョッキで注文。こうなったらツマミも貰おう。鳥の唐揚げとポテトフライとマルゲリータピザだ。

やがて運ばれてきたカロリーの権化のごとき品々を口にしながら、孤独な張り込みはなおも続いた。そんな私の姿は、傍から見れば《仕事終わりの独身ＯＬがチョイ飲みする光景》にしか見えなかっただろう。お陰で私は、完全に店の風景の一部。その存在に疑問を差し挟む者など、誰ひとりいないはずだ。——でも、これでいいの、川島美伽!?　酒場のチョイ飲みが板に付いたら、女としてどうなのよ!?

自らに問い掛けながら、飲み続け食べ続け、そして監視を続けること約二時間。

結局、茶髪のバーテンダー以外とは誰とも接触しないまま、寺山はようやく席を立つ素振り。そこで私は彼に一歩先んじて席を立つと、勘定を済ませて店を出る。階段を駆け上がり、路肩に停めた車に戻る。助手席に飛び込んだ私は、さっそくエルザに報告した。

「てらひゃまのやつ、そろそろれてくるわよ。らけろみせれはられともあわらかったみらい——」

「わッ、なんだよ美伽、べろんべろんじゃねーか！」エルザは運転席で飛び上がるほどの驚きを示した。「何いってるのか、全然判んねーぞ」

寺山の奴、そろそろ出てくるわよ。だけど店では誰とも会わなかったみたい——と私はいったはずなのだが、「え、判んらい!?　私のロレツ、そんらに怪しくらってる!?」

「ああ、怪しいなんてもんじゃねえ。――ていうか、張り込み中に飲む奴があるか!」

と険しい顔で一喝するエルザ。

私は涙目になりながら「ごめんらさーい」と両手を合わせる。

するとそのとき、階段を上がって現れる寺山の姿。彼は片手を挙げて流しのタクシーを停めると、すぐさま後部座席に乗り込む。それを見るなり、エルザはサイドブレーキを下ろした。

「まあ、いいや。とにかく、あのタクシーを追うぞ。美伽も目を離すなよ」

「ふぁあぁ〜い」私があくび混じりに応えると、

「寝るなあッ!」エルザが大声で叫ぶ。「ちゃんと目ぇ、開けてろってーの!」

いうが早いか、エルザは強くアクセルを踏み込む。古いシトロエンは鞭で打たれた暴れ馬のごとく、夜の国道を急加速で走り出した。

そうしてタクシーを追うこと数分。いつしか私とエルザを乗せた車は『東堂英会話スクール』の本校ビルまで舞い戻っていた。前を行くタクシーは建物を通り過ぎて、その先の角を左に曲がる。住宅街の狭い路地を進むタクシー。その進路は、なぜか滅茶苦茶なものだった。

直進したかと思うと右折。さらに進んで左折したかと思うと、また右折。さらに右折。そして左折。まるでカーナビが突然ぶっ壊れたかのような挙動不審のタクシー。それを懸命のハンドルさばきで追いかけながら、運転席のエルザが舌打ちした。

「チッ、向こうはこっちの尾行に気付いたみたいだぜ。わざと変な道を通ってやがる」

「そういうことなのね」べつにカーナビの故障ではないらしい。「どうする、エル？」

と私が問い掛けた、ちょうどそのとき、前を行くタクシーが一軒の住宅の前でピタリと停まった。

豪邸と呼ぶほどではないが、二階建ての大きな家だ。その門前で車を降りた寺山英輔は、タクシーをやり過ごした後、そのまま門の前に佇む。そして、ゆっくりとした足取りでこちらに歩み寄ってくると、運転席の窓を拳でノック。絶体絶命のピンチに、エルザは苦い顔だ。窓を開けながら何食わぬ顔で尋ねる。

「ん、どうかしたのかい、お兄さん？」

「どうもこうもありませんね」寺山は内心の憤りを抑えるように息を吐く。そして丁寧な言葉遣いで対応した。「なぜ僕の後をつけるんです？　誰かに頼まれましたか？」

「はあ、あんたの後をつける!?　あたしたちが!?」エルザは寺山の端整な顔に鋭くガンを飛ばして、大胆に言い放った。「あたしたち、誰の後もつけてねーよ。ただ、あんたの車が、偶然あたしたちの前を走ってただけさ。――なあ、美伽？」

「…………」エル、お願いだから、もうちょっとマシな嘘を考えて！

助手席の私は、思わず冷や汗。寺山が怒り狂って手を出せば、ライオン対イケメンの壮絶なバトルに発展する危険性が大だ。しかし私の心配をよそに、寺山は終始、節度を保った大人の対応。やれやれ、というように小さく首を振っただけで、「まあ、いいです。とにかく迷惑ですから、二度とこんな真似はしないでくださいね」

それだけいって踵を返した彼は、そのまま家の門を入っていった。

あらためて眺めてみれば、門柱の表札には『寺山』の文字。要するに、馴染みの店で一杯やった彼は、タクシーで自宅へと戻った。ただ、それだけのことだったらしい。

「うーん、今夜の尾行は大失敗ねー」助手席の私は嘆きの声。

「ああ、この次は、別のやり方を考えなくちゃな――」

そう呟くと、エルザは怒ったようにアクセルを踏み込み、また車をスタートさせた。

4

その翌日、エルザと私は夕刻が迫るのを待って探偵事務所を出た。

だが向かった先は『東堂英会話スクール』でもなければ、寺山英輔の自宅でもない。寺山の尾行にこだわるならば、そういった場所に出向くべきところだが、昨日の一件で、その手は早々に諦(あきら)めたのだ。

「だって、警戒されるに決まってるしよ。当分、尾行は無理だろうな。今日は違うところから攻めてみようぜ」

「その『違うところ』っていうのが、ここなわけね」

そういって私は、雑居ビルの一階に掲げられたネオンの看板を眺める。アルファベットの複雑な飾り文字は、どうやら『ジローズ・バー』と読むらしい。ここは昨夜、寺山が一杯ひっかけたバー、というか、私がべろんべろんになった洋風居酒屋だ。

地下へと向かう階段を下りながら、私は素朴な疑問を口にする。「この店の店員から情報を得るつもり？　だけど客のことについて、そうそう簡単に喋(しゃべ)ってくれるかしら」

「なーに、大丈夫さ。あたしらレベルのピチピチギャルが話題を振れば、向こうはホイホイ乗ってくるに決まってるって」

　その自信は、どこからやってくるものなのか。それとあと『ピチピチギャル』って言い方は、いまどき本物のギャルたちは絶対しないんじゃないだろうか。——疑問に思う点は多々あったが、とにかく私は友人に促されて、『ジローズ・バー』の玄関扉を押し開けた。

　開店したばかりの店内はガランとしていて、お客の数は片手で数えられるほど。私とエルザは迷うことなくカウンター席に並んで陣取った。

「いらっしゃいませ。何にいたしましょうか」

　若いバーテンダーがカウンター越しに笑顔を向けてくる。昨日も見かけた茶髪の彼だ。

　二日連続で来店した私のことを不審に思ったりしないだろうか。そんなふうに心配して見守る私の前で、彼の視線はエルザの派手な容姿に釘付け。私の存在などまるで眼中にないらしい。お陰で私の不安は風のように吹き去り、不満はマグマのように湧き上がった。

「じゃあ、生ビールをグラスで」と、手堅く注文する友人の隣で、

「じゃあ、ウイスキーのダブルをストレートで」と一杯目から飛ばしまくる私。

　やがて注文の品が運ばれると、さっそくエルザが茶髪のバーテンダーに声を掛けた。

「お兄さん、毎日店に出てるのかい……へえ、ここお兄さんの店なんだ……じゃあ、お兄さんの名前が次郎さんなのかい……ふうん、それで『ジローズ・バー』っていうんだ……

じゃあ名字はなんていうのさ……いいじゃん、教えておくれよ、ほれほれ……」

という流れで、エルザは彼の名前が杉本次郎であることを聞き出した。なるほど、この調子なら相手はどんな質問でも、ホイホイほれほれ、と答えてくれそうだ。

それから他愛ない会話が続いた後、エルザはおもむろに本題に入った。

「ところで、お兄さん、この店の常連さんに寺山さんって人いるだろ？」

「ええ、寺山さんなら、よくいらっしゃいますよ」杉本次郎はそう答えてから、怪訝そうな顔をエルザへと向けた。「寺山さんのお知り合いですか」

「いや、べつに知り合いってわけじゃねーんだ」エルザは顔の前で手を振って、その手をいきなり私へと向けた。「ただ、あたしのダチがさ……」

「…………」ダチである私が、どうしたというのだろうか？

キョトンとする私の横で、友人は思いがけない台詞を口にした。「この娘が、お熱らしいんだよ。その寺山さんっていう人に」

——はあ⁉　馬鹿いわないでよ、エル。いつ私が英会話講師に惚れたっていうのよ⁉

思わず抗議の言葉を口にしそうになる私を、エルザはウインク一発で黙らせた。

すると杉本次郎はカウンター越しにマジマジと私の顔を見詰め、そして「ああ！」と何事か気付いたように声を発した。「いま思い出しましたよ。お客さん、昨日もいらっしゃっていましたね。そこのテーブル席に座って、何かこう思い詰めたような顔で、寺山さんの背中をジーッと見詰めていた。——ふうん、そういうことだったんですかあ。いや、私はてっきり寺山さんの命を狙う殺し屋か何かだと思いましたよ、あはは！」

殺し屋ではない。探偵助手である。べつに思い詰めたような顔は、していなかったはずだ。

そして私は、ようやく気付く。エルザが昨夜呟いた『別のやり方』というのは、このことだったのだ。友人は私を出しにして、杉本次郎から情報を得ようという魂胆らしい。ならば私は甘んじて、恋する乙女の役割を演じるしかあるまい。そう腹を括った私は、グラスのウイスキーをひと口飲むと、「ハーッ」と湘南の海よりも深い溜め息。そして胸に手を押し当てながら、イケメン英会話講師への熱い思いを訴えた。「ええ、実は彼女がいったとおりなんです。寺山さんとの熱い一夜が、どうしても忘れられなくて……」

私の過剰な演技に、エルザはそっと苦笑い。しかし何も知らない杉本次郎は「ええッ」とのけぞりながら、棚に並んだ酒瓶を危うく倒しそうになった。「いや、しかし寺山さんには付き合っている彼女が別にいるはずですが——」

「ええッ、そそそ、そんなァ！」

口に手を押し当て、私はショックを受けたフリ。そして、ここぞとばかり重大な質問を口にした。「いったい誰ですか。その女性というのは?」

「え、えーっと、それはですねえ」しばし言い澱んでいた杉本次郎は、やがて決心した様子で口許に手をやりながら、「まあ、本当のことだから隠すこともないと思いますけど、寺山さんの付き合っている彼女というのは、あの『平塚市民銀行』の頭取の娘さんなんですよ。どうです、ビックリするでしょ?」

「………」いや、全然だ。大原詩織のことでは、私は何も驚けない。

こちらの薄いリアクションに、杉本次郎は逆に驚いた様子。なぜ驚かない、とばかりに眉根を寄せて複雑な表情を浮かべる。そんな彼に、今度はエルザが尋ねた。

「それ以外で、誰かいないかな? 寺山英輔の意中の女性が、他に誰か――」

「え、あのお嬢様以外にですか? いや、そんな人はいないと思いますけどねえ。あ、そうだ。そういえば寺山さん、最近変な女性のことを気にしていたなあ」

「変な女性!?」

「いや、変な女性っていっても、魅力的な女性であることは間違いないんですけどね」

杉本次郎は腕組みしながら、「えーっと、あれは火事のあった夜だから……」と昔の記憶を呼び戻すような呟き。そして小さく頷くと、おもむろに説明を始めた。「そう、あれは昨年の夏、ちょうど子供たちが夏休みに入った七月後半のことです。英会話教室の関係者で大磯まで車で出掛けて、海辺で一泊したことがあったんですよ。その集まりに私も参加したんですがね」

「ん、なんでバーテンダーのお兄さんが、英会話教室の人たちと海に？」

「なぜって、そりゃ私も英会話教室の生徒だからですよ。こう見えても英語を勉強中なんです。参加したのは講師が四人と生徒が二人の計六人。講師陣の中には寺山さんもいました。で、私たち六人は大磯のビーチで泳いだりバーベキューしたりと、いろいろ楽しんだわけですが、今年に入ってから急に寺山さんが、そのときに海で出会った女性のことを気にしはじめましてね」

「へえ、昨年の七月に会った女性のことを、今年に入ってから？」

エルザは興味を惹かれた様子で問い掛けた。「その女性って、どういう人だい？」

「それが、海の家の娘なんですよ。大磯のビーチに海の家があって、そこでカキ氷とか焼きソバとか売っている美人の看板娘がいたんですね。その娘のことを寺山さんは、やけに気にしているようでした」

「ふうん、さては浜茶屋の看板娘に、一目惚れしたか――」

「まあ、酷い！　この私を差し置いて、そんなどこの馬の骨とも判らない女に惹かれるなんて！」――あれ、いったい私は何を悔しがっているのかしらん？

アルコールの摂取とともに判断力が著しく低下する私。それをよそに、友人はなおも質問を続けた。「その看板娘、どこの何ていう娘なのかな？」

「さあ、判りませんね。あ、だけど写真なら残っていますよ。その娘のことは、私も結構気に入っていたんで、飲み食いするついでに一緒に写真を撮らせてもらったんです」

「えッ、その写真、いま見られるかい？」

カウンター越しに身を乗り出すエルザ。その前でお喋り好きのバーテンダーが、おもむろに自分のスマホを取り出す。そして画面上に指を走らせること数分。やがて「うんうん、これこれ」と呟いた杉本次郎は、スマホ画面を私たちのほうに向けた。「ほら、ここに三人で並んで写ってるでしょ。この右側の娘ですよ」

差し出された画面を覗くと、なるほど、それは海の家を背景にして撮影した写真だ。暖簾に染め抜かれた『松むら』という文字も見て取れる。これが海の家の屋号らしい。

写真の中央には海パン姿の杉本次郎の姿。その右隣に寄り添うように立つのは、ブルーのTシャツに短パン姿の若い女性だ。日焼けした肌が健康的で、肩にかかる長めの茶髪がいまどきのギャルっぽい。微笑む口許からは白い八重歯が可愛らしく覗いている。大原詩織とは全然タイプが違うけれど、男性を惹きつける魅力があることは、女性の私から見ても何となく判る。

が、それにしてもだ――「なんか、この写真、悪意を感じるわね」

私は憤慨しながらバーテンダーを見やる。

「ホントだな」エルザも顔をしかめて、スマホ画面を見詰めている。

「えー、悪意ですかあ。いやあ、べつに普通の写真ですけどねえ……」

と杉本次郎は茶髪を指で掻くが、悪意の存在は疑いようがない。なぜなら――

杉本次郎を真ん中にして三人で写ったその写真。彼の右隣に立つ看板娘は問題ない。だが、その一方で彼の左隣に立つ、おそらくどこの看板娘でもないであろう、ぽっちゃり太った女の子の姿は、残酷なほど大胆にトリミングされている。

お陰で、彼女の天真爛漫な笑顔は、写真の縁から半分ほどもハミ出しているのだった。

5

浮気相手か否かは判らない。意中の女性かどうかも不明だが、とにかく寺山英輔は昨年の夏に出会った、海の家の看板娘に興味を惹かれていたらしい。ならば、その看板娘に会うまでだ。

というわけで、さっそく大磯にあるという海の家『松むら』に直行――と、いきたいところだが、いまはまだ四月。海の家がオープンしているはずもない。なので、私とエルザは看板娘を捜す前に、まずは『松むら』の経営者捜しから始めなくてはならなかった。

とりあえず翌朝、シトロエンを飛ばして平塚の隣町、大磯へと向かう。遥か昭和の昔、『芸能人水泳大会』で大いに名を馳せた、あの大磯だ。

到着すると、さっそく海辺にあるマリングッズの店や飲食店などを片っ端から聞き込んで回る。結果、地元の浜茶屋事情に詳しい男性サーファーに遭遇することができた。彼の話によれば、『松むら』は地元の喫茶店『松村珈琲店』が夏季限定でオープンする海の家だという。

エルザは勢い込んで尋ねた。「その店にべっぴんの看板娘がいなかったかい？」

「ああ、いたね。すらっとした茶髪の娘だろ」サーファーの顔が一瞬ニヤける。「その娘なら、いまでも『松村珈琲店』でウエイトレスとして働いてるはずだよ」

情報を得た私とエルザはサーファーに別れを告げて、さっそく『松村珈琲店』へと向かった。場所は大磯の町立図書館の近く。古い建物の一階にある昔ながらの喫茶店だ。

カウベルの鳴る扉を押し開けながら中へと入る。店内は意外と広いが、すでに昼食の時間帯を過ぎているため、客の数は少ない。とりあえず私たちは店の奥のボックス席に腰を落ち着けた。

メニューを眺めていると、エプロンドレス姿のウエイトレスが登場。「いらっしゃいませー」といって、水とおしぼりをテーブルに並べた。

その顔を見て、私は思わず「あッ」と小さな叫び声。次の瞬間、テーブルの下に殺気を感じたかと思うと、ふくらはぎに激痛が走り、思わず私は「ぎゃッ」と悲鳴をあげた。

若いウエイトレスは、いったい何事かと怪訝そうな表情。しかしエルザは、「大丈夫、何でもないんだ」と軽く手を振ってから、「ブレンド珈琲を二つ――なあ、それでいいだろ、美伽？」

いいも悪いもない。私は額に脂汗を浮かべながら、無言のまま頷くしかなかった。

「ブレンド珈琲を二つですねー。少々お待ちくださいー」

明るい声で復唱したウエイトレスは、空になったお盆を胸に押し当てながら厨房へと消えていく。それを待って、私は乱暴な友人に猛抗議した。

「痛いじゃない、エル！　いきなり人の足を蹴らないでよね！」

「だって仕方ねえじゃんか。いまにも美伽が、あの娘に話しかけそうだったからよ」

「話しかけちゃ駄目？」私は不満な思いで唇を尖らせる。「だって、きっとあの娘よ、海の家の看板娘って。髪の色は黒に戻してるけど、顔だちが写真で見たのと一緒だもん」

「ああ、確かにな。でも問題は、どうやって話しかけるかだ。いきなり寺山英輔との関係を尋ねる気か。そんなの不自然すぎるだろ。怪しまれるにきまってる」

「それはそうだけど……じゃあ、どうするのよ？」

「うーん、どうすっかなー」虚空を見上げながらエルザは腕組み。やがて、「ああ、そうか、よし！」と何か妙案を思いついたように頷くと、その顔に明るい笑みを浮かべた。

いったい、どうする気？　そんな疑問を抱いたものの、そのとき再び厨房から先ほどの美人ウエイトレスが姿を現したので、私は口を噤むしかなかった。

ウエイトレスは珈琲カップの載ったお盆を手にしながら、私たちのもとへ。二杯の珈琲をテーブルに並べると、「ご注文の品はお揃いでしょうかー」と定番の台詞を口にする。

そこでエルザが口を開いた。「ありがと。――ところで聞きたいことがあるんだけどさ」

「はい⁉」

「実は、あたしたち人を捜してるんだ。たぶん『松むら』っていう海の家で働いていた女性だと思うんだけどさ。君、知らないかな？　ぽっちゃりした体形の笑顔が素敵な女の子なんだけどよ」

――え、そっち⁉　と一瞬、虚を衝かれる思いの私。

だが確かに、これは賢いやり方かもしれない。エルザは杉本次郎の写真に見切れていた女の子を出しにして、看板娘から話を聞きだそうという魂胆なのだ。これならば無闇に警戒されることもないだろう。すると案の定、美人ウエイトレスは話に乗ってきた。

「ああ、『松むら』っていう海の家なら、うちが毎年、夏季限定で出している店です。昨年は私もそこで働いていました。ぽっちゃり体形の彼女のことも覚えていますよ。七月の終わりのころに、短期のアルバイトで働いてくれた人です。でも彼女、どこの誰だか、私もよく知らないんですよねえ。一週間ほど一緒に働いたんですけど、あんまり話はしなかったし、いまはもう名前も覚えていないくらい印象の薄い娘で——だけど変ですねー」

「ん、変って何が？」

「なんで、みなさん、あの娘のことを、そんなに知りたがるんですかー」

彼女の言葉に、私とエルザは思わず顔を見合わせた。

「え、それって、どういうこと？」私は看板娘に問い掛けた。「私たち以外にも、あのぽっちゃりした彼女のことを捜しにきた人物がいるってことかしら」

「ええ、あれは先月のことだったでしょうか。男性のお客様がいらっしゃって、あの娘のことを盛んに尋ねられたんです。もっとも、私はあまり詳しくお答えできませんでしたけど——」

「へえ、その男性客って、どういう人だい？」

エルザの問いを聞いた看板娘は、何を思ったのかエプロンドレスのポケットを探ってスマートフォンを取り出す。そして指先で画面をタップしながら、何かを探す素振り。

「ああ、ありました。この人ですー」

そういって差し出されたスマホ画面には、一枚の写真が示されていた。

それは杉本次郎の持っていたのと、よく似た写真。だが明らかに違う一枚だ。背景は海の家だがアングルが違う。『松むら』の暖簾も、この写真には写り込んでいない。被写体となっているのは、やはり三人の男女だ。右端に立つ美女は茶髪の看板娘。左端には、ぽっちゃり体形の彼女。この写真ではトリミングされていないので、丸っこい身体の全体像がTシャツの上からでも明確に見て取れる。写真の左右で好対照を成す女性二人。その間に挟まれて立つ若い男は、しかし杉本次郎ではない。

中央に写るのは、見覚えのある精悍な二枚目顔。英会話講師の寺山英輔だった。

「おッ、これは……」と食い入るように写真を見詰めるエルザ。

「これは、寺……」と思わず寺山英輔の名前を口にしそうになる私。

すると再び私のふくらはぎ目掛けて、ライオンの後ろ足が飛んでくる。

私は再び「ぎゃッ」と悲鳴をあげて悶絶（もんぜつ）。ウエイトレスは怪訝そうな顔だ。

そんな彼女のスマホ画面を指先でコッコツ叩きながら、エルザは何食わぬ顔でいった。

「ありがと。すんごく参考になったよ。——この写真、もらえないかな？」

6

そして迎えた翌日の夕刻。我らが推理の殿堂『生野エルザ探偵事務所』に、ひとりの来訪者があった。「あのー、ごめんくださいませ……」

気弱そうな声とともに顔を覗かせたのは、今回の依頼人、大原詩織その人である。

今日の彼女は純白のワンピースに薄いブルーのカーディガン姿。さすが頭取の娘と呼ぶべきか。その上品な装いからは、普通のOLとは一味違う高貴な雰囲気が漂っている。玄関に現れた彼女の姿を見るなり、白シャツにジーンズ姿のエルザが気安く手を上げた。

「やあ、いらっしゃい。さすが、時間ピッタリじゃんか。――ほら、そんなところに突っ立っていないで、中に入りなよ。さあさあ」

まるで親しい友人でも招くように、エルザは依頼人を事務所内に手招きする。

一方、大原詩織は初めて訪れる探偵事務所の光景が珍しいのか、前回以上にオドオドとした態度。しかし白猫ミーコの姿を見つけると、「あら、可愛い猫ちゃんですね……」と自然な笑顔を覗かせる。そして勧められたソファに、優雅な振る舞いで腰を落ち着けた。

するとエルザは突然、私のほうを向いて、「そうだ、美伽、冷蔵庫に貰い物のケーキがあったよな。せっかくだから、ここで食べようぜ」と意味不明な発言。

――はあ⁉ 探偵事務所の冷蔵庫にあるのは、缶ビールとツマミの塩辛だけでしょ⁉

首を捻る私は、それでもいわれるままに冷蔵庫を開けてみる。すると、なぜかそこには見知らぬ白い箱がある。蓋を開けると中身は三人分のチョコレートケーキだった。

「…………」腑に落ちない思いを抱きつつ、私はケーキを皿に移して、人数分の珈琲を用意。それから仔猫のために、スティック状の袋に入った猫用のおやつ（これをミーコは気が変になるくらい喜ぶのだ）を皿に出してやってから、依頼人のもとへと向かった。

「ええっと、たぶん貰い物ですけど、どうぞ……」

と曖昧なことをいってケーキと珈琲をテーブルに並べる。猫のおやつを床に置くと、たちまちミーコは自分とおやつだけの世界に没入。そして私はエルザの隣に腰を下ろした。

それを待ってから、大原詩織が口を開いた。「今日は何のご用件でしょうか。呼ばれるままに、ここまで参りましたが、依頼した件に何か進展でも――？」

「まあな。寺山英輔さんの意中の相手が判ったんだ。たぶん間違いないと思う。でもまあ、そう慌てることねーだろ。せっかくだから、食べながら話そうぜ。なかなか大変な仕事だったんだからよ」

そういってエルザは目の前のチョコレートケーキにフォークをブスリ。それから大きく口を開けてケーキをガブリ。ライオンというよりは、まるで原始人のような食べ方を披露する。そして彼女は口をモグモグさせながら、今回の仕事の顚末を語りはじめた。

「まず、あたしたちは寺山さんのことを尾行したんだが、これが大失敗でさ……」

「……はあ」依頼人はゴクリと喉を鳴らしながら、探偵のお喋りに耳を傾ける。

エルザの話は、『ジローズ・バー』での杉本次郎とのやり取りを経て、舞台は大磯へと移る。『松村珈琲店』での看板娘とのやり取りに差し掛かったところで、何を思ったのかエルザは話を中断して、唐突に尋ねた。「あんた、食べないのかい？」

「えッ」小さく声をあげる依頼人の前。ケーキは手付かずのまま皿の上にあった。

「じゃあ、あたしが貰っちゃおうかな。実は、あたし最近まで怪我で入院しててさ。病院食ばかり食べてたら、変に痩せちゃったんだよな。いまはたくさん食べて、太ろうとしているところなんだ」

そして探偵は依頼人の姿を正面から見詰めた。「――あんたと真逆だな」

瞬間、ハッという声が依頼人の口許から漏れる。それを見て、私は首を傾げた。

「どういうことよ、エル？　真逆って……え、詩織さんはダイエット中ってこと？」

「ああ、そういうことだ。だから彼女はケーキを食べないし、喫茶店で勧められたサンドイッチにも、いっさい手を付けなかった」

「そういえば、そうだけど」私はお嬢様のスリムな身体つきを眺めながら、「でも、それだけでダイエットしてるとは、決め付けられないんじゃないの？」

「そりゃそうだ。でもよ、あたしたちはダイエットする前の彼女の姿を、もう見てるじゃんか」

そういってエルザは自分のスマホを取り出す。そして画面上に一枚の写真を示した。

それは『松村珈琲店』のウエイトレスから入手した写真だ。真ん中に寺山英輔。右端に茶髪の美女。そしてエルザは写真の左端に立つ女性を指差して尋ねた。

「ほら、ここに写ってる、ぽっちゃり女子。——これ、あんただよな？」

エルザの唐突な指摘を受けて、大原詩織はすぐには返事ができない様子。恥ずかしそうに俯きながら、ぎゅっと拳を握っている。そんな彼女に成り代わって、私が声をあげた。

「本当なの、エル!?　この太っ……いえ、ぽっちゃりした女の子が詩織さんだなんて……嘘でしょ!?　まったく別人みたいに見えるけれど……」

「そうでもないぜ。頭の中でイメージしてみろよ、美伽。この写真のぽっちゃり女子を二十キロほど痩せさせて、顎(あご)の肉を削(そ)ぎ落として、頬をぺったんこにして、目許をキリッとさせて、鼻筋をハッキリさせて、そんでもって顔の輪郭(りんかく)をシュッとさせてやるんだ。そうすりゃ、いまの彼女とそっくりじゃんか」

——そんだけ脳内整形すりゃあ、どんな体形の女子だってモデルみたいになるわよ！

心の中でツッコミを入れる私は、しかし何度見ても、この写真の彼女が大原詩織のダイエット前の姿であるとは、信じられなかった。「本当なんですか、詩織さん？」

詩織は消え入りそうな声で答えた。

「はい、間違いありません。この写真は昨年の七月に大磯の海の家でアルバイトしたときに撮ったものです。私が寺山英輔さんと初めて出会ったのが、このときでした」

「ん、待って。この前、喫茶店で話したときは確か、『今年になって寺山さんと出会って、二月のバレンタインデーから付き合うようになった』って、そういってましたよね」

「いえ、私、そうはいってないと思うんですが……」

「ああ、彼女は、そんなふうにはいってない。『今年になって英会話教室に通うようになり、そしてバレンタインデーに告白した』といったんだ。その言葉はべつに嘘じゃない。かといって、真実をすべて語っていたわけでもないんだ。彼女がなぜ、寺山さんが講師を勤める英会話教室に通うようになったのか。それは、昨年の夏にビーチで出会った素敵な英会話講師のことを、彼女が忘れられなかったからだ。そこで彼女は過酷なダイエットを成功させ、スリムな体形になって英会話教室に通い出した。それが今年の一月だったたってわけだ」

「え、じゃあ詩織さんは半年もしないうちに、いまの体形に？　わお、凄ぉーい！」

「ああ、確かに凄い。たぶん結果にコミットするダイエットジムか何かに通ったんだな」

そうかもしれないけれど、凄いのは『ラ〇ザッ〇』ではなくて、惚れた男に綺麗な姿で会いにいきたいと願う、彼女の一途(いちず)な心だ。もちろん、それを見抜いたエルザの眼力も、同様に凄いと思うのだが――「でも、待ってよエル。詩織さんのダイエットの話なんて、この際どうでもよくない？　彼女が私たちに依頼したのは、寺山英輔さんに詩織さん以外の意中の女性が存在するか否か。それだけだったはずよ」

私の言葉に、依頼人はコクンと頷く。エルザはニヤリと笑って続けた。

「べつに依頼の内容は忘れてねーよ。だから、あたしたち、わざわざ大磯まで足を延ばしたんだろ。そして『松村珈琲店』で、いまはウエイトレスをやっている看板娘に会った。そしたら彼女は何ていった？」

「さあ、何ていってたっけ？　そういや、三月に寺山さんが店にきたっていってたわね」

「そうだ。じゃあ寺山さんは、その店に何を求めてやってきたのか」

「ええっと、確か寺山さんは、海の家の看板娘を捜しに……ううん、違うわ！」

「そう、違うんだ。杉本次郎の話によると、寺山さんは海の家で会った茶髪の看板娘のことを気に掛けていたらしい。だが、その娘が彼の意中の女性ではないんだ。彼はただ派手で目立ちやすい美女のほうが、たぶん捜しやすいだろうと判断したから、その娘の情報を求めただけ。実際に、彼が会いたかったのは茶髪の美女ではなくて、その娘と一緒に働いていた、もうひとりの娘。ぽっちゃりした体形の、でも天真爛漫な笑顔が可愛い女の子のほうだ」

そういってエルザは目の前に座る、いまはぽっちゃりではない、笑わなくても充分に可愛いといえるお嬢様へと真っ直ぐ指を向けた。大原詩織は戸惑いを隠せない様子で、

「そんな……まさか……彼が私のことを……？」

と、はにかむ表情。そんな彼女を勇気づけるようにエルザは続けた。

「信じられないかもしれないけど、たぶん間違いない。『松村珈琲店』を訪れた寺山さんは、看板娘に話しかけはしたが、その内容は、ぽっちゃり女子についての質問だった。彼は看板娘に話を聞けば、そのぽっちゃり女子の名前や住んでいる場所が判るんじゃないかと期待したんだろうな。もっとも、その看板娘も昨年の夏に短期間一緒に働いていただけのバイトのことを、よく覚えてはいなかった。あんたを採用した喫茶店のオーナーなら、詳しい情報を握っていたかもしれない。履歴書とか残ってるだろうしな。でも、いまどきのまともなオーナーならバイトの個人情報を他人に教えたりはしないはず。結局、ぽっち

ゃり女子を捜そうとする寺山さんの捜索の糸は、そこでプッツリ途切れたってわけだ」

エルザは指を一本立てて説明を続けた。

「その一方、大磯の海で寺山さんに一目惚れしたあんたは、彼が『東堂英会話スクール』の講師だってことを、ちゃんと覚えていた。そこであんたは、今年になってすっかりスリムになった体形で、彼と再会した。平塚の英会話教室の講師と生徒としてだ。そして、あんたは寺山さんの前では、自分が昨年の夏に海の家でバイトしていたぽっちゃり女子であることを、ヒタ隠しにしていた。これじゃあ寺山さんだって、二人が同一人物だとは気付かないよな」

「てことは、どういうこと？　要するに、寺山さんは目の前にいる詩織さんのことを、あの夏のぽっちゃり女子だとは気付かないまま、お付き合いを続け、その一方で、あの夏のぽっちゃり女子のことが忘れられずに、いまもその面影(おもかげ)を追い求めているってこと？」

「そういうこと」頷いた探偵は、再び正面に座る依頼人に目を向けた。「じゃあ、話を依頼された件に戻そう。確か、あんたから頼まれたのは、『彼氏に自分以外の意中の女性がいるか否か』ってことだったよな。で、あたしたちが調べた結果、判ったのは――」

探偵は依頼人をズバリと指差していった。

「『あんたの彼氏の意中の女性は、昨年の夏のあんた自身』――それが結論ってことさ」

そしてエルザは皮肉っぽい笑みを覗かせながら、いまはスリムなお嬢様にいった。

「要するに、あんた、ダイエットする必要なんて全然なかったんだよ」

その言葉は、大原詩織にとって何よりの福音だったらしい。

「…………」

ポカンと口を開けた依頼人は、次の瞬間、「そそそ、そうだったんですかあッ」と、お嬢様らしからぬ叫び声。そして、いきなり目の前のフォークを摑みながら、「そうと判れば、もう我慢はいたしません！」と、いきなりダイエット生活からの決別を宣言。皿に載ったチョコレートケーキにフォークをブスリと突き刺すと、エルザにも負けないほどの大口を開けて、ガブリとそれにかぶりついた。

突如として旺盛な食欲を露にする依頼人。その姿を目の当たりにしながら、私とエルザは唖然とした顔を見合わせるばかりだった。

7

瞬く間に自分のケーキを平らげた大原詩織は「お世話になりました」ではなく、大きな声でひと言「ごちそうさまー」と言い残して、探偵事務所を去っていった。浮気問題のモヤモヤが解消したせいか、あるいは過酷なダイエットから解放されたせいか、去り際の彼女はまるで憑き物が落ちたように晴れ晴れとした表情。それを見送る私の胸中も、かつてない充実感でいっぱいだった。「ああ、なんだか、いいことしたって感じねー」

依頼人が去った探偵事務所で、私は胸に手を押し当てて吐息を漏らす。事件らしい事件も起こらず、その意味で今回の依頼は、まったく地味な仕事ではあった。だが私たちのささやかな努力は、恋と体形に悩むお嬢様の悩みを、確かに解決したのだ。

「きっと詩織さん、これから恋人のところに駆けつけるんでしょうねえ」

「だろうな」エルザはおやつを食べ終えたミーコを胸に抱きながら、ロングソファの上に長々と寝そべった。「――で、恋人に向かっていうんだろうな。『昨年の夏、浜茶屋にいたおデブちゃんは、実は私なの』って」

「そうね。だけどエル」私は友人に、窘めるような視線を向けていった。「依頼人がいなくなった途端に、『デブ』って言葉を使うのは、良くないと思うわよ」

「はあ、『デブ』なんて、いってねーじゃん。『おデブちゃん』っていっただけで」

「あら、同じことだわ。『デブ』だって『おデブちゃん』だって！」

「いや、同じじゃねえ。『おデブちゃん』は『デブ』とは違うし！」

と、いきなり不毛な言い争いを開始する私とエルザ。両者の険悪な雰囲気を察して、白猫がエルザの胸からピョンと床に飛び降りる。と、そのとき玄関の前に再び人の気配。扉を開けて顔を覗かせたのは、見慣れたスーツ姿の若い男だ。それを見て、エルザはソファから上体を起こした。「あれ、なんだよ、宮前じゃねーか。どうした、何か用か？」

現れたのは平塚署の宮前刑事だった。彼は探偵事務所の中に足を踏み入れながら、

「いや、べつに用があるってわけじゃない。そんなことより『デブ』が、どうかしたのか？　扉の向こうまで聞こえていたぞ、『デブ』がどうしたこうしたって。いったい何の話か知らないが、いずれにしても俺は良くないと思うなあ。相手が誰であろうと『デブ』なんて言葉を使うのは、けっして褒められたことではない。君たちだって、もし自分がそういわれたら、どんな嫌な気分がする？　そもそも他人のことを『デブ』なんていう奴に限ってだなあ……」

「ああ、判った判った。もう絶対いわねーっての！」

「なによ、宮前さん、私たちに説教しにきたわけ？」

私とエルザはうんざりした顔で宮前刑事を見やる。刑事は床に寝そべる白猫に悪戯っぽく指先を伸ばしながら、「説教なんて、まさか。ただ近くまできたんで、顔を見せようと思っただけだ」

「そうか。でも残念だったな。宮前の顔を見たがっている人間は、ここにはいないぜ」

エルザの言葉に呼応するように、刑事の前で白猫がプイッと顔を背ける。

「くそ、飼い主に似て可愛くない猫だな」

刑事は背筋を伸ばすと唐突に話題を変えた。「そういえば、さっき建物の入口で女性とぶつかりそうになった。あの娘は誰だ？　お詫びの言葉もそこそこに物凄い勢いで走り去っていったが――」

「ああ、彼女か。彼女は英会話教室の生徒さ」とエルザははぐらかすような答え。

私もそれに乗っかる形で、「『東堂英会話スクール』よ。講師陣がイケメン揃いだって評判なの」

「ん、その英会話教室なら、俺もよく知ってるが」

刑事はふいに表情を曇らせながら、「しかし、『東堂英会話スクール』の生徒が、なんで探偵事務所から出てくるんだ？　名探偵に何か依頼でもしたのか？」

「そんなことまでホイホイ答えられるわけねーだろ。そういう宮前は『東堂英会話スクール』に嫌な思い出でもあるのかよ。名前を聞いた途端、妙に暗い顔をしたぜ」

「ひょっとして、高い入会金を払いながら途中でやめちゃった苦い経験がある、とか？」

「そうそう、いまどき刑事だって英語くらい喋れないと出世できないなーって思って、高い入会金を払ったんだけど、たった三回通っただけで――って馬鹿！」と宮前刑事は渾身のノリツッコミを披露。私たちを唖然とさせたかと思うと、エルザの真向かいのソファにどっかと腰を下ろした。「そんなんじゃない。以前、ちょっとした事件でその英会話教室の関係者を調べたことがある。それだけのことだ」

「ちょっとした事件？」エルザが眉をひそめる。「それって、どんな事件だ？」

「まあ、放火事件だな」

刑事の言葉に、探偵の耳がピクリと反応する。私も同様に、心がざわつくような感覚を抱いた。

放火事件。それに類する言葉を最近、誰かの口から聞いたような記憶がある。いったい誰から聞いたんだっけか——？　首を捻る私をよそに、宮前刑事は説明を続けた。

「平塚市内にある、とあるビルが全焼したんだ。そのビルの所有者が『東堂英会話スクール』の社長だった。当時は地元の新聞を賑わせた事件だぞ。知らないのか、名探偵？」

「ああ、初耳だ。当時っていつのことだよ？」

「あれは、そう、昨年の夏だな。ちょうど子供たちが夏休みに入ったばかりの時期だ」

その言葉に探偵の顔色が変わった。私も思わずハッとなる。子供たちが夏休みに入ったばかりの時期に起こった火事。そのような言葉を口にした人物を、私はようやく思い出した。『ジローズ・バー』の杉本次郎だ。

エルザも同じことを思い出したのだろう。私たちは思わず顔を見合わせた。

「夏休みに入ったばかりってことは――おい、美伽！」

「そうよ、エル！　ちょうど英会話教室の人たちが泳ぎにいっていた日だわ。あのバーテンダーさんが、確かそんなことをいってたはず」

「ん、何の話だ？　君たち、何か知ってるのか？」

「いや、まだ何ともいえねーけどよ」探偵は顎に手を当てる。そして不安げな顔で刑事に要求した。「その事件、もう少し詳しく教えてくれねーか。どうも嫌な予感がするんだ。頼む、宮前、このとおりだ。――ほら、ミーコも、こうして頭下げてるだろ」

床の上では白猫が目を閉じたまま俯いている。頭を下げてお願いしているように見えなくもないが、たぶんおやつを食べて眠くなっただけだろう。

刑事は「やれやれ」というように溜め息をつくと、逆に聞いてきた。「嫌な予感って、いったい何だ？　何か心当たりでもあるのか、名探偵？　だったら、こっちが教えてもらいたいところだな。なにせ、あの放火事件は犯人がまだ捕まっていないんだから――」

「ああ、いいぜ。宮前が話してくれたら、こっちも知ってることを話してやるよ」

一枚上手の女探偵を前にして、刑事は再び深い溜め息を漏らした。

宮前刑事は問題の放火事件について、手帳を片手に語りはじめた。

「事件が起こったのは、昨年七月二十二日、土曜日の深夜のことだ。平塚市下島にある鉄筋四階建てのビルから出火した。それを通行人が発見して一一九番に通報。消防車が駆けつけて消火活動に当たったが、結局、火の勢いが強くて建物は全焼。幸い現場は川沿いの田園地帯だったので、周辺への延焼は免れた。鎮火した後、現場検証がおこなわれたところ、焼け跡の中から黒焦げの焼死体が――」

「ええッ、死体が見つかったの！」思わず素っ頓狂な声をあげる私。

しかし宮前刑事はニヤリと笑って、「いや、黒焦げの焼死体が見つかるかなあ、と思って捜索したんだが、そういうものはいっさい見つからなかった。そもそも、その建物は空きビルだったんだ。以前は、とある会社の本社だったんだが、それが新しい別のビルに移転して以降、下島の建物は中身カラッポの誰も立ち寄らないビルだったわけだ」

「ははーん、その『とある会社』っていうのが、つまり『東堂英会話スクール』ってことなんだな？」

「そういうこと」宮前刑事は頷いて続けた。「問題は、なぜ火の気のない無人の建物から火が出たか、ということだ。調べた結果、火元は一階の一室。そこに灯油がぶちまけられて、火が放たれたらしい。歴然たる放火だ。きっと地元のヤンキーどもが面白がって火を放ったに違いない、と捜査員たちは誰もがそう思った」

「え、誰もが、そう思ったの？　捜査員の誰もが？」

「酷い偏見じゃんか」とエルザが不満げに口を開く。「ヤンキーたちが火遊びをするとしても、わざわざ灯油をぶちまけたりはしないだろ。そこまで念の入った放火事件なら、何かちゃんとした理由があるはずだ。どうしても建物を全焼させないといけない理由が。たとえば、その建物に多額の火災保険が掛けられていた、とか」

「ほう、鋭いな。実は俺も同じことを考えたんだよ」

「へえ、鋭いな。あたしと同じことを考えるなんて」

相手を褒め合うように見せかけながら、その実、自分を褒め合う刑事と探偵。

私は横から口を挟んだ。「で、どうだったの？　建物に保険金は掛かっていたの？」

「ああ、無人の空きビルにしては法外とも思えるような多額の保険金がね。受取人は『東堂英会話スクール』の社長さんだ。個人名は伏せておくが、仮にT社長としておこうか」

「東堂だろ。社長の名前は東堂ナントカさんだ。そうに決まってるじゃんか」エルザはじれったそうに刑事に聞いた。「宮前は、その東堂社長を保険金詐欺の疑いで調べたんだな。で、どうだったんだ、その結果は？」

「ハッキリいってT社長はシロだ。自分のビルが焼けているころ、T社長は遥か遠くシンガポールに出張していた。T社長は放火犯ではない」

「そうか。でも、なんか逆に怪しいな。その東堂社長って奴、放火の疑いを掛けられないように、前もって国外に逃げてたみたいに思えるぜ」

「確かにそう見えなくもないが、とにかくT社長は平塚にいなかったんだ。自分のビルに火を放つことは、T社長には不可能だった」

この期に及んでイニシャル・トークにする必要が、どこにあるだろうか。その点、深く疑問に思いつつ、私は刑事に質問した。

「じゃあ、東堂社長が誰かに放火を頼んだっていう可能性はないの？」

「う、うむ……その可能性は、まあ否定できないんだが……」途端に怪しい口調になりながら、宮前刑事は続けた。「だが、いろいろ調べた結果、これという放火犯は特定できなかった。放火の実行犯が判らないんじゃ、東堂社長がそいつに放火を依頼したことも立証できないだろ。いや、東堂社長っていうか、T社長だが……」

口を滑らせた宮前刑事は「シマッタ！」というように頭を掻く。

私は咄嗟の思い付きを言葉にした。「東堂社長が海外にいるなら、その部下たちは？　社長の部下にはイケメンの講師たちが大勢いるんでしょ。彼らの中の誰かが、社長の指示を受けて放火をおこなった。そういう可能性は考えられるはずよね？」

「そりゃあ、可能性だけなら何だって考えられるさ。だが可能性だけで犯人にするわけにもいかないからな。当然、警察は講師たちにも疑いの目を向けはしたが、決定的に怪しいとまで思える存在はいなかった。それで結局、この線はうやむやになったんだ」

悔しげに唇を嚙む宮前刑事。それを見て私は溜め息交じりにいった。

「じゃあ、東堂社長は逮捕を免れ、保険金は彼に支払われた――ってことなのね」

「まあ、そういうことだな」

「でもよ、宮前」とエルザがいった。「事件の日、そのイケメン講師たちの中に、大磯に泳ぎにいってた一団があったはずだよな。全員の名前は判らないけど、ひとりは講師の寺山英輔。それと生徒の杉本次郎って男もいたはずだ。彼らのことは疑わなかったのか」

「はあ、なんで君ら、そんなことまで知ってるんだ?」宮前刑事は不思議そうな顔で、手帳のページを繰った。「ああ、確かに、その二人を含む男六人のグループが、大磯に泳ぎにいっていた。講師が四人で生徒が二人だ。そして放火のあった夜、その六人は大磯の海辺に停めた車の中で車中泊したらしい。――それが、どうかしたか?」

「いや、どうかしたかじゃねーだろ。そいつらのことは疑わなかったのかよ」

「疑うといってもなあ、その六人は夜の間もずっと一緒にいたんだぞ。誰かがこっそり抜け出し、平塚に舞い戻ってビルに火を放つなんてできないだろ」

「本当に六人が一緒にいたのか。車の中に？　バスなのか、その車は？」

「バスなわけないだろ。車は二台あったんだよ。一台のセダンに生徒二人が眠り、もう一台のワゴン車のほうに講師四人が眠ったらしい。もっとも講師たちが眠りについたのは、深夜の二時近く。彼らは、その時刻まで車内で酒を酌み交わしていたそうだ。そして、そのころ平塚ではT社長のビルが、もうすっかり焼け落ちていた。つまり、講師たち四人には立派なアリバイがあるってわけだ」

「ふん、なるほど、確かに立派なアリバイだな」

エルザは皮肉のこもった口調で呟く。「身内同士で支えあう立派なアリバイだ」

「私もエルに賛成。その講師たち、きっと口裏を合わせてるんだわ」

手を挙げる私の前で、宮前刑事は「やれやれ」というように首を左右に振った。

「まさか、講師の四人全員でか？　いくらなんでも、それは考え過ぎってもんだろ」

「でも、可能性はあるはずだぜ。社長を主犯格にした会社ぐるみの犯行って考えれば、あり得ない話じゃないだろ？」

「そりゃあ、まったくないとはいえない。だが何度もいうけど、可能性があるってだけじゃ、犯人扱いはできないんだよ。その四人が揃って口裏を合わせているというなら、それを証明するような証拠がないとだな」

「証拠⁉　口裏合わせの証拠か……」

何事か脳裏に引っ掛かったように、エルザは考え込む仕草。そして次の瞬間、「あああッ」と悲鳴にも似た叫び声をあげた。「ある。あるぜ、宮前、その証拠……あぁッ、でも、待てよ……くそッ、そうか……そうだったのか！」

何事か閃いたらしいエルザは、すっくとソファから立ち上がると、スマホを取り出して誰かへと電話。だがスマホを耳に押し当てること、約一分。結局、誰とも通話しないまま、彼女はそのスマホを仕舞った。「駄目か。ああ、畜生、どーすりゃいいんだ⁉」

短い茶髪を両手でわしゃわしゃと掻き回しながら、エルザはソファの周りをウロウロ。危うく踏みつけられそうになったミーコが、慌てて床の上を逃げ惑う。その様子を見て、宮前刑事は怪訝そうな表情を浮かべた。

「おい、急にどうした、名探偵⁉　餌を落っことしたライオンみたいになって……」

「そんなんじゃねえ！」探偵は刑事の戯言を一蹴すると、「とにかく、ここにジッとしちゃいられねーな。おい、出掛けるぜ、美伽。暇なら宮前も一緒にこい」

いわれて私は即座に立ち上がる。宮前刑事は眉毛を八の字にしながら、

「え、一緒にこいって、どこへ？　ていうか、さっきの約束は、どうなったんだよ？　俺の話は終わったんだからな。今度は君が話す番だぞ」

するとエルザは、白シャツの上に赤いジャージを羽織りながらいった。

「だったら、車の中で話してやるよ」

8

宮前刑事は探偵事務所をパトカーで訪れたわけではなかった。仕方がないので、私たち三人は古いシトロエンに乗り込む。運転席に座るのはエルザで、助手席は私。宮前刑事は後部座席だ。

とっぷりと日が暮れた夜の街角。シトロエンはタイヤを鳴らしてロケットスタートを決める。前列のシートの間から顔を突き出しながら、宮前刑事はエルザに問い掛けた。

「どうしたんだよ。いったいどこに向かうのか、説明しろ。それとあと、車の速度を少しだけ落とせ。いくらなんでも見過ごせないスピード違反だぞ」

「くそッ、それどころじゃねーってのに！」

「実際、どうしたのよ、エル？」私も不思議に思って助手席から問い掛ける。「さっき、口裏合わせの証拠が見付かった、みたいなことをいってたけど、あれはどういう意味？」

「なーに、いったとおりの意味さ。あたしたちは、その証拠をバッチリ見ている」

「え、『あたしたち』ってことは、私もそれを見ているってこと？」だが、そういわれたところで、何のことやら見当が付かない。「どういうことよ、エル？　証拠って何？」

「写真だ。ほら、大原詩織のスマートフォンの画面で見ただろ。寺山英輔の写真を」

「ああ、横浜でデートする写真とか英会話教室で撮ったやつとか、何枚かあったわね」

「その中に、一枚だけ変な写真があっただろ。夜の駐車場で撮られた寺山の写真だ。彼はヘルメットを持っていて、その傍らには一台の大型バイクがあった」

「ああ、依頼人が『それは駄目』といって隠した写真ね。確かに私も見たけど、あの写真、そんなに変だったかしら。寺山の姿がイケメンライダー風に写っていたと思うけど」

「ああ、顔は変じゃない。でも恰好が変なんだよ。あの写真の中の寺山はチェックの長袖（ながそで）シャツを着ていたはず。でも考えてみろよ、美伽。大原詩織が英会話教室に通いはじめたのは、今年の一月から。告白して付き合うようになったのは、二月のバレンタインデーから。そしていまはまだ四月だ。この季節のライダーでさえ、革（かわ）ジャンか何か着ているのが普通。一月から三月の間なら完全防寒スタイルだ。それじゃなきゃ、寒くてバイクなんか転がしていられないんだよ。それなのに、あの写真の中の寺山は妙に軽い服装で写っていた。彼があの恰好でバイクを運転していたとするなら、それは今年に入ってからのことじゃない」

「そっか、いわれてみれば確かに。——ってことは、あの写真は昨年のもの？」

「そうだ。そして昨年だとすると、大原詩織が寺山と直接会う機会は、たった一度しかなかったはず。それは昨年夏の大磯だ。てことは、あの写真は昨年夏の大磯で撮られたものなんだろう。しかも撮影されたのが夜ってことは——」

「あッ、そうか。あれは平塚で放火事件が起こった夜なのね。その夜に撮った寺山の写真を、大原詩織はスマホの中に大事に保存していた。——ん、でも変ね」私はふと疑問を覚えて、後部座席の刑事に尋ねた。「ねえ、宮前さん、昨年の夏、英会話教室の六人グループは、二台の車で大磯を訪れたのよねえ。そして二台の車に分かれて寝たはず」

「そうだ。君たちの話は、イマイチ俺にはピンとこないんだが、その点だけは俺も奇妙に思う。六人のグループは大磯まで車できている。それなのに寺山がバイクと一緒に写っている写真があるってことか？　なんで、そこにバイクがあるんだ？　寺山はそのバイクで、どこへ——？」

「んなこと、きまってるだろ」

探偵はハンドルを握り締めながら断言した。「寺山の向かった先は平塚だ」

「ううむ、そうか。なんとなく判ってきたぞ。寺山はバイクで平塚の下島にある無人のビルに向かい、そこで灯油をまきちらして火を放った。その行きがけだか帰りがけだかの写真を、その大原ナントカって娘が撮っていたんだな」

「じゃあ、きっと詩織さんは隠れて撮ったのね。放火犯の寺山が、わざわざ自分の写真を撮らせてくれるはずがないもの」

「ああ、もちろんそうだ」とエルザが頷く。「大原詩織は一目惚れした相手の姿を、たまたま深夜の駐車場に見付け、咄嗟にカメラを向けてシャッターを切った。写り具合から見て、あれはスマホのカメラモードじゃなくて、ちゃんとしたデジカメでフラッシュをたいて撮ったものだろう。その直後、撮られた寺山が、どんなふうに行動したのか、それはよく判らない。フラッシュには気付いたけど、自分が撮られたとは思わなかったのか。それとも撮影者を追い掛けたけれど、見失ったのか。いずれにしても、寺山が彼女から写真を奪い取るような展開にはならなかったんだろうな。だから、彼女のスマホには、あの写真がいまだに残っている。大磯の夏の夜、仲間の講師たちとずっと一緒にいたはずの寺山が、なぜかひとりでバイクと写る写真だ。——どうだ、宮前、この写真は決定的な証拠になるだろ」

「いや、それはどうかな。写真一枚だけじゃ、なんともいえない。いつどこで撮ったものか、正確なところが判らないからな」

と、宮前刑事は慎重な態度。そして続けた。「だが、その写真を撮った大原ナントカって娘の証言があれば、話は別だ。その娘が『何月何日の何時何分に、どこそこで、この写真を撮りました』と証言してくれれば、それは寺山の嘘を暴く立派な証拠になる。――そうか、判ったぞ。この車はその大原ナントカちゃんの家に向かっているんだな」

「いや、残念ながら、そうじゃねーんだ」

エルザは運転席で悔しげに首を振った。「さっき彼女の携帯番号に掛けてみたんだが、全然繋がらない。どうも様子がおかしいみたいだ」

「あッ、そっか」私は思わず叫んだ。「詩織さんは、寺山に会いにいったはずよね。昨年の夏、海の家にいたぽっちゃり体形の女性は、自分だということを告げるために」

「そうだ。あたしの間違った推理を信じたせいで、たぶん彼女は……」

ハンドルを握るエルザの横顔に、ジリジリとした焦りの色が滲む。よく事情が呑み込めない宮前刑事にも、深刻な事態は伝わっているらしい。その唇は真一文字に結ばれている。緊張感の漂う車の中、私は努めて冷静な声で友人にいった。

「大丈夫よ、エル。詩織さんは寺山の家にいるはず。きっと助かるわ。だから慌てずに急いで――」

9

私とエルザ、そして宮前刑事を乗せたシトロエンは、相模川沿いの国道を北上。交差点を左に折れると、住宅街の細い道を通って一軒の住宅へとたどり着いた。エルザは門の前に車を停める。私は周囲を見回しながら、「ちょっと、エル！　ここって駐車違反よ」

「いや、問題ねえ。『刑事が一緒にいれば駐車違反は成立しない』っていう有難い法律がある」

「いやいや、そういう法律はないが、事態は一刻を争う。——このままいこう」

いうが早いか、宮前刑事は後部座席から路上に飛び出す。私も助手席から外へ。エルザは運転席を出ると、すぐさま車の後部トランクに回った。取り出したのは新品の木刀だ。以前、愛用していたものは、とある悪党にへし折られてしまったので、今回のやつは二代目だ。エルザは片手でそれをブンと振ると、肩に担いで目の前の家を見上げた。

それは見覚えのある二階建て住宅。寺山英輔の家だ。数日前、彼のことを尾行した際に訪れたことがある。

「あのときは恥を搔かされたが、今回は絶対リベンジだ」

強い決意を語る探偵を、刑事が押しとどめていった。

「こらこら、待て待て、生野エルザ。そんな物騒なもの持って、他人の家に押し入る気か。それは、さすがの俺も見過ごしてやれないぞ。不法侵入の現行犯だ」

「じゃあ、どうすんだよ？」

「とりあえず、ここは俺に任せろ。君たちは、どこか後ろのほうに隠れているんだな」

いいながら宮前刑事は門を入って、寺山邸の玄関へと向かう。私とエルザは建物の陰に身を隠しながら、玄関先の様子を窺った。

宮前刑事が呼び鈴を鳴らすと、建物の中で人の動く気配。刑事はおもむろに警察手帳を取り出すと、ドアスコープに向かって丁寧に頭を下げた。

「どーも、平塚署の者ですが」

躊躇うような間があって、玄関扉は開かれた。チェーンロックは掛かっていない。中から現れたのは、寺山英輔の端整な横顔だ。彼は突然現れた刑事に愛想の良い笑顔を向けながら、

「やあ、どうかされましたか？　このあたりで何か事件でも？」

と、ごく自然な振る舞い。その表情からは何も読み取ることはできない。

宮前刑事もまた自然な口調で説明した。「ええ、実は、この付近で何者かの悲鳴を聞い

たという通報がありましてね。少しお話を伺えませんでしょうか」

「え、悲鳴ですって⁉　いや、しかし僕は何も気付きませんでしたが」

「そうですかあ……通報によると、この付近で確かに聞こえたそうなんですがねえ……」

「えーっと、それは何時ごろのことでしょうか」

「さあ、何時ごろといわれましてもねえ……」

――馬鹿なの、宮前刑事⁉　もうちょっと上手な誤魔化し方があるでしょーに！

呆れる私の目の前、刑事は玄関の中を覗き込む。そして何気ない口調でいった。

「おや、女性の靴がありますね。ほら、そこ。若い女性の靴だ」

「え、ええ……」たちまち寺山の横顔が苦しげに歪んだ。「女性の靴が、何だというんです、刑事さん？　お調べになっている女性の悲鳴とは、何の関係もありませんよ」

「ええ、もちろん、そうでしょうとも」と素直に頷いた宮前刑事は、一転して意地悪な笑みを浮かべながら、「――あ、だけど寺山さん、あなた、なぜ悲鳴をあげたのが女性だと思われたんです？　私は『何者かの悲鳴』としかいわなかったはずなんですがねえ」

瞬間、寺山の顔面に狼狽の色が浮かぶ。

――やるじゃないの、宮前刑事！　そのまま家の中まで強引に押し入っちゃえ！

背後から無言の声援を送る私。きっとエルザも同じ気持ちに違いない。だが、そんな私たちの目の前で突然――「ぎゃッ」と短い叫び声。次の瞬間、宮前刑事の身体はのけぞるように後方に傾き、玄関先の地面にバッタリ転倒。頭を打つようなゴツンという鈍(にぶ)い音が響いたかと思うと、そのまま彼の身体はピクリとも動かなくなった。

　建物の陰でハッと息を呑む私とエルザ。その視線の先には、強張(こわば)った表情を浮かべる寺山英輔の姿。右手に握られているのは護身用のスタンガンだ。哀(あわ)れ、宮前刑事はスタンガンの電気ショックを喰(く)らって転倒。後頭部を地面に強打して、どうやら死んだらしい。

　事態を把握したエルザの行動は素早かった。

「貴様、よくもおぉぉぉ――ッ」

　建物の陰から飛び出すと、エルザは木刀片手に猛然と相手に襲い掛かる。驚いた寺山は、慌てて扉を閉めようとする。だが一瞬早く、エルザの突き出した木刀の先端が、扉の隙間(すきま)にガッチリと挟まった。しかし扉の向こうの寺山も必死だ。手にしたスタンガンを木刀の先にぐっと押し付ける。次の瞬間、「うわあぁッ、ビリビリビリッ――ってなるか、馬鹿！」

　エルザ渾身のノリツッコミが決まり、ついに玄関の扉は開かれた。

「待ちやがれ、寺山！」

野獣(やじゅう)のごとき咆哮(ほうこう)をあげて、エルザは建物の中へと身を躍(おど)らせる。すぐさま私も彼女の後に続いた。

廊下を進み、奥の部屋に飛び込むと、そこは広々としたリビングだ。ロングソファの上には、まるで死んでいるかのように目を瞑った若い女性の姿があった。――大原詩織だ。

だが彼女は死んでいるわけではなかった。後ろ手に縛られた状態で眠っているだけらしい。寺山はそんな彼女を無理やり立たせると、その白い首筋にスタンガンを構えた。

「それ以上、近寄るな！　近寄ったら、この女の命はないぞ！」

鬼気迫る表情の寺山英輔。絶体絶命の大原詩織。身動きできない私とエルザ。

――だけど、あれ？　スタンガンって殺傷能力のある武器だっけ？

一瞬、間の抜けた空気がリビングに漂う。

その直後、寺山はスタンガンをポイッと床に放り捨てると、テーブルの上にあったナイフを、あらためて手にした。そして再び大声で叫ぶ。

「それ以上、近寄るな！　近寄ったら、この女の命はないぞ！」

私とエルザは揃って苦い顔を見合わせた。

「ううッ、この野郎、頭の悪い脅し文句を……」

「しかも、それを二回も聞かされるなんて……」

屈辱に身を震わせる私とエルザ。だが人質の安全を最優先で考えるなら、ここは手を出せる場面ではない。エルザは木刀を中段に構えながら、鋭い声で相手に警告した。

「無駄な抵抗はよせ、寺山。おまえの悪事は全部、お見通しだ！」

「う、うるさい！　こんなところで捕まってたまるか。絶対、逃げ延びてやる！」

寺山はナイフの刃先を大原詩織の喉許に突き付ける。彼女の口からは恐怖の叫び声さえあがらない。悪い薬でも飲まされたのだろうか、その表情はどこか虚ろに見える。

そんな詩織の身体を盾にしながら、寺山はリビングの出入口へと少しずつ移動を開始。だが詩織の両脚は、まるで力が入っていないかのよう。その足取りは見るからに危なっかしい。寺山の口からは苛立ちの声があがった。

「こら、しっかり立て！　ちゃんと歩きやがれ。フラフラすんな！」

だが詩織の表情はぼんやりしたまま。その足取りは遅々として進まない。やがて業を煮やしたかのように、寺山の罵声が飛んだ。

「ええい、畜生！　さっさと歩けよ、このデブ！」

寺山の口から発せられた禁断の二文字。瞬間、リビングの張り詰めた空気に、ピシッと一本の亀裂が生じた。その直後、私たちが目の当たりにしたのは驚くべき光景だった。

いままで意識朦朧の状態だった詩織。だが、その表情は『デブ』の言葉を聞いた途端にガラリと一変。カッと両目を見開いた彼女は、目の前のナイフにも何ら動じることなく、

くるりと後ろを振り向きながら、

「はあぁぁぁ⁉　誰がデブですってえぇぇぇ、どこの誰があぁぁぁ⁉」

思わぬ問い掛けを受けて、寺山は目をパチクリ。

「え……いや……誰って……その……」

「この際だから、いわせてもらいますけどね」

大原詩織はスーッと大きく息を吸う。そして腹の底から湧き上がるような声で叫んだ。

「デブって、いうなあぁ――ッ！　太って何が悪いってのよおぉ――ッ！」

叫ぶと同時に、詩織は捨て身の頭突きを敢行。渾身の一撃を喰らって、寺山のイケメンが醜く歪む。ふらつきながら滅茶苦茶にナイフを振り下ろす寺山。間一髪、それをかわした詩織は「きゃあ！」と叫んで床に尻餅をついた。その頭上に再びナイフが振り下ろされようとする瞬間、エルザの木刀が目にも留まらぬ速さで一閃。木刀の先端が凶悪なナイフを弾き飛ばす。宙を舞ったナイフは、スタンと軽やかな音を立てて壁に突き刺さった。

形勢は完全に逆転した。エルザは寺山に向き直ると、

「死んでいった宮前の敵だ。貴様にも死んでもらうぜ！」

いうが早いか、エルザは相手の脳天を目掛けて木刀を振り下ろす。哀れ、寺山英輔の頭は、真夏のビーチのスイカのごとく、木刀に打たれてカチ割られてしまうのか――

そう思われた直後、エルザの木刀は男の頭部を綺麗にかわして、その左肩をピシリと打ち据えた。

「うッ――」短い呻き声を発して、寺山はガクリと片膝を突く。

エルザはくるりと回した木刀を肩に担ぎながら、

「ふん、仕方がねえ。こんぐらいで許しといてやるか。たぶん宮前も死んでねえし」

瞬間、寺山の口から漏れるホッという安堵の溜め息。だが、その直後、彼の身体は片膝を突いた恰好で激しく痙攣。そのまま声も出さずにバッタリと床に倒れ込んでいった。

「あら……」思わぬ光景に唖然とする私。

「おやおや……」とエルザも呆れた表情だ。

バッタリ倒れた寺山の傍には、ウットリと妖しい笑みを浮かべる大原詩織の姿。

その右手には寺山の放り捨てたスタンガンが、しっかりと握られていた。

10

リビングでの乱闘の後、玄関へ向かうと、そこでは宮前刑事がまだ死んでいた。

だがエルザが木刀の先端で顔のあたりを突っつきながら、「おい、いつまで死んでんだよ」と優しく呼びかけると、死んだはずの刑事は「う、ううん？」と呻き声を発して無事に生き返った。

それから彼はふらつく足取りでリビングへ向かうと、床にぶっ倒れた寺山英輔に手錠を打った。とりあえずの罪状は《現職刑事をスタンガンで失神させた罪》。要するに公務執行妨害だ。

だが、これで事件が終わったわけでは、もちろんない。寺山の自白や大原詩織の証言、そして彼女の撮った写真などを証拠として、警察は昨年夏の放火事件をあらためて捜査。それによって事件の全容が明らかにされたのは、乱闘の夜から一週間後のことだった。

探偵事務所を訪れた宮前刑事は、私とエルザを前にして真相を語った。

「やはり思ったとおり、放火の実行犯は寺山英輔だった。彼の贋アリバイをでっち上げたのが、英会話教室の同僚三人。だが、彼らを裏で操っていたのは社長の東堂義昭だ」

「T社長だな」エルザは胸に抱いた白猫の髭を引っ張りながら頷いた。「やっぱり、そいつが今回のラスボスだったわけだ」

私は最後まで顔を合わせることのなかった大悪党の顔を、自分で勝手に思い描いた。

「きっと嫌らしい目つきをした脂ぎった顔の中年オヤジよ。でっかい衿の高級紳士服を着て誰よりも太いネクタイをしているわ。トイレに入っても絶対に手を洗わないタイプね」

「それは美伽の単なる偏見だと思うけどよ……」

　とエルザは僅かに首を傾げる。宮前刑事は構わず話を続けた。

「実は『東堂英会話スクール』は生徒数が減少して経営が悪化していた。そこで社長の東堂義昭は、腹心の部下四人を巻き込んで、今回の大掛かりな保険金詐欺を目論んだんだな。その実行犯を務めたのが寺山英輔だ。寺山は事件の夜、同僚三人とワゴン車の中で一緒に飲んでいるフリをしながら、その実、ひとりだけ車を離れ、別の駐車場に停めてあるバイクに跨った。そして平塚までバイクを飛ばして、東堂のビルに火を放った。それからまた大磯にとんぼ返りしたんだが、バイクを駐車場に停めたところで、いきなり写真を撮られたそうだ」

「そのとき寺山は、自分が写真に撮られたことに気付かなかったのかよ？」

「いや、フラッシュの明かりで、寺山は自分が撮られたことに気付いた。撮影者が太った女性だということも判ったらしい。もちろん寺山は慌ててその女の子を追いかけた。しかし、なにせ深夜のことだ。結局、彼は女の子の姿を見失ったそうだ」

「寺山はその女の子が、浜茶屋のバイトの娘だと気付いたのか？」

「いや、気付かなかったらしい。太った体形に見覚えがあるような気はしたが、そのときの寺山の頭の中では、太った撮影者と海の家の太ったバイトの娘とは一致していなかった。だから彼は撮られた写真について、どうすることもできなかった。仕方なく寺山は同僚たちのいるワゴン車に戻った。だが、寺山は自分が写真に撮られたことを、同僚たちには内緒にしていたらしい。ミスをしたと社長に知られたら、大目玉を喰らうと思ったからだ。こうして事件の夜は過ぎていった。寺山は、撮られた写真が何かの拍子に警察の手に渡らないよう、ただ天に祈る。その一心だったそうだ」

宮前刑事は手帳を見ながら、さらに続けた。

「そして翌日以降、ビル火災は放火事件として調べられた。だが、犯行の夜に海外出張していた東堂義昭に放火の容疑は掛からない。大磯で四人一緒にいたという講師陣にも、いちおうアリバイが成立する。結果、放火犯は捕まらないまま、事件は迷宮入りとなった」

「で、そのまま年を越しちゃったわけね」といって私は素朴な疑問を口にした。「それって寺山にとっては、理想的な展開のはずよね。なのに、なぜ寺山は今年になってから急に、昨年の夏に会った女の子のことを捜しはじめたのかしら？」

私の目から見ると、寺山の行為はまさしく《藪をつついて蛇を出す》行為に思える。何もしなければ、寺山の悪事が露見することもなかったろうに、いったいなぜ？

この問いに答えたのは、白猫を抱くエルザだった。

「なぜって、そりゃ思い出したからだろ。事件の夜、駐車場で自分の写真を撮った女の子。それが浜茶屋で会ったぽっちゃり女子だってことを、今年になって寺山は思い出したんだ」

「思い出したって……事件から何ヶ月も経って？」

「ああ、べつに不思議じゃないだろ。だって昨年夏の太ったバイトの娘は、今年になってからはスリムな体形のお嬢様として、寺山のすぐ傍にいるんだ。それによって寺山の中に眠っていた記憶が喚起されたとしても、おかしくはない」

「そっか。体形や顔が変わっても、要は同じ人間だもんね。しょっちゅう一緒にいれば、何かを呼び覚まされることはあったかも……」

「たぶん、そういうことだ。記憶を喚起された寺山は、浜茶屋で会った太ったバイトの娘のことで、頭がいっぱいになっただろう。なにせ、その娘は放火事件の決定的な証拠を握っているかもしれないんだから。そこで寺山はあらためて、その太ったバイトの娘を捜すことにした。『ジローズ・バー』の杉本次郎から話を聞き、彼は大磯の『松村珈琲店』にまで出掛けていった。だが結局、お目当てのぽっちゃり女子にたどり着くことは叶わなかった」

「すぐ傍にいるのにね。スリムになった姿で」

「ああ、しかし寺山は、写真を盗み撮りした娘と、浜茶屋の太ったバイトの娘が同一人物だということには気付けても、それがいま自分の付き合っている大原詩織だとまでは気付かない。だから寺山のモヤモヤした気分は続いていたわけだ」

「それで最近の寺山は、《心ここにあらず》だったわけね」

「そう。そして、そんな寺山の様子を大原詩織は不審に思った。彼女は、寺山に自分以外の意中の女性がいるのではないかと疑った。そこで彼女は私たちに調査を依頼した。それ以降のことは美伽も、よく知ってるとおりだ。あたしは間違った調査結果を彼女に伝えた。『あんたの彼氏の意中の女性は、昨年の夏のあんた自身』——ってな。いま思うと、恥ずかしい話さ」

「うーん、あのときは素敵な結末だと思ったのにねえ」

どこか残念な思いを抱きながら、私は呟く。だが、おそらくは素敵な結末で今回の仕事を終わらせたいと、そう願う心が探偵の聡明(そうめい)さに目隠しをしたのだ。そのことを充分に自覚するエルザは、自嘲(じちょう)気味に吐き捨てた。

「素敵どころか大失態さ。お陰で彼女は危うく口を封じられそうになったんだからな」

「そして宮前刑事は、危うく死にかけた。——これは、そういう事件だったわけね」

「ああ、そういうこと」エルザは確信を持った口調で頷く。

「そういうことじゃないだろ。いつ俺が死にかけたんだよ。気を失っていただけだ！」

ひとり不満げに声を荒らげる宮前刑事。
するとエルザの胸の中、白猫のミーコが鋭い牙を剝きながら「ニャ〜オ」と、ひと鳴き。そして再び彼女の胸に小さな顔を埋めていった――

こうして事件は、いちおうの解決を見た。だが、そうなるとあらためて気になるのは、あの可哀想なお嬢様――大原詩織のことだ。

信じていた恋人に裏切られたことで、彼女は心にどれほどの傷を負ったのだろうか。その裏切り男に対してスタンガンでの一撃をお見舞いしたことで、彼女の傷は多少なりとも癒されたのだろうか。あるいは逆に、彼女の中の未知なる何かが覚醒したりはしなかったのだろうか。

バッタリ倒れた寺山英輔とウットリ笑った大原詩織。鮮烈なコントラストを描いた、あの場面を思い返すたび、私は彼女の行く末に何か危ういものを感じずにはいられないのだが――

そんな彼女と偶然の遭遇を果たしたのは、事件解決から随分と日数が経過した、とある休日のことだった。

場所は平塚の中心街にある一軒のカフェ。ガラス張りの店内から路上に目をやるエルザが、いきなり「おやッ」と驚きの声をあげた。「ほら、見ろよ、美伽」

友人の指差す方角に視線を向けると、透明なガラス越しに見えるのは、どこか見覚えのある純白のワンピース姿。それが大原詩織だと気付くのに、私は数秒の時間を要した。なぜなら久しぶりに見る彼女の姿は心なしか――いや、歴然と太って、いやいや、なんというべきか、慎重に言葉を選ぶならば――要するに大変ふくよかな体形になっていたからだ。

純白のワンピースはベルトを巻いた腰のあたりがきつそうだし、シャープだった顔の輪郭は、以前より円形に近づいている。そんな彼女が手にするのはチョコレートソースがたっぷりかかった巨大なクレープだ。どうやら探偵事務所での《ダイエット終結宣言》以降、彼女の逆ダイエット（あるいはリバウンドともいう）は現在まで継続中らしい。

私は肩を落としながら、「大丈夫かしら、彼女？　せっかくダイエットが成功していたのに、あれじゃあ、アッという間に元の体形に戻っちゃうわよ」

「そうだな。でも、あれでいいんだろ。もともと食べるのが好きな娘なんだよ」

なるほど、確かにエルザのいうとおりだ。歩きながら大口開けてクレープにかぶりつくお嬢様の姿は、べつに美しいと思わないが――むしろハシタナイとすら思えるのだが――しかし、その表情は活き活きとしており見るからに幸せそうに映る。それは、あの夏の日の写真の中で、ぽっちゃりだったころの彼女が見せていた天真爛漫な笑顔に似ている。

きっと彼女の負った心の傷は、甘い物が癒してくれたのだろう。それはべつに悪いことではない。

「でも困ったな」とエルザがふいに呟く。

「え、困ったって、何が？」と尋ねる私。

「あの調子だと今度会ったときには、もうあたしたち、あの娘のことを見付けられねーかもよ」

なるほど、その可能性は充分ありそうだ。

頷く私の前、透明なガラスの向こう側を、少し太目のお嬢様が大股に通り過ぎていく。

彼女は私たちの姿に気付かない。

私とエルザは、彼女の姿を目に焼き付けるように、遠ざかる背中をいつまでも見送るのだった。

（この作品は、平成二十九年九月、小社から四六判で刊行されたものです。また本書はフィクションであり、登場する人物、および団体名は、実在するものといっさい関係ありません。）

ライオンは仔猫に夢中　平塚おんな探偵の事件簿3

一〇〇字書評

切り取り線

購買動機（新聞、雑誌名を記入するか、あるいは○をつけてください）	
□（　　　　　　　）の広告を見て	
□（　　　　　　　）の書評を見て	
□ 知人のすすめで	□ タイトルに惹かれて
□ カバーが良かったから	□ 内容が面白そうだから
□ 好きな作家だから	□ 好きな分野の本だから

・最近、最も感銘を受けた作品名をお書き下さい

・あなたのお好きな作家名をお書き下さい

・その他、ご要望がありましたらお書き下さい

住所	〒				
氏名		職業		年齢	
Eメール	※携帯には配信できません		新刊情報等のメール配信を 希望する・しない		

この本の感想を、編集部までお寄せいただけたらありがたく存じます。今後の企画の参考にさせていただきます。Eメールでも結構です。

いただいた「一〇〇字書評」は、新聞・雑誌等に紹介させていただくことがあります。その場合はお礼として特製図書カードを差し上げます。

前ページの原稿用紙に書評をお書きの上、切り取り、左記までお送り下さい。宛先の住所は不要です。

なお、ご記入いただいたお名前、ご住所等は、書評紹介の事前了解、謝礼のお届けのためだけに利用し、そのほかの目的のために利用することはありません。

〒一〇一-八七〇一
祥伝社文庫編集長　坂口芳和
電話　〇三（三二六五）二〇八〇

祥伝社ホームページの「ブックレビュー」からも、書き込めます。

http://www.shodensha.co.jp/bookreview/

祥伝社文庫

ライオンは仔猫に夢中　平塚おんな探偵の事件簿3

令和2年4月20日　初版第1刷発行

著　者　東川篤哉
発行者　辻　浩明
発行所　祥伝社
東京都千代田区神田神保町3-3
〒101-8701
電話　03（3265）2081（販売部）
電話　03（3265）2080（編集部）
電話　03（3265）3622（業務部）
http://www.shodensha.co.jp/

印刷所　堀内印刷
製本所　ナショナル製本
カバーフォーマットデザイン　芥 陽子

Printed in Japan ©2020, Tokuya Higashigawa　ISBN978-4-396-34616-4 C0193